AFGESCHREVEN

Land zonder
grote mensen

ODINE KHAYAT

Land zonder grote mensen

Vertaald door Hester Tollenaar

MOURIA

Voor Slimane, Maxence, Valentine en al hun lotgenoten,
voor iedereen met een hart dat te gevoelig is

Het leven is niks voor kinderen

Deel een

1

Ik heet Slimane. Ik vraag me eigenlijk wel af waar mijn ouders die naam hebben opgevist... Zeker uit een meer hier ver vandaan! Ik leef in een gezin waar helemaal niks van klopt. Als ik niet een jongen van nog maar elf was, zou ik al mijn spullen in een koffer stoppen, zoals mijn vader als hij boos is, en de deur hard achter me dichtslaan. Daarna zou ik in mijn auto gaan zitten en met veel kabaal wegrijden, zoals mijn vader als hij boos is. Ik zou een dikke rookwolk achterlaten, zoals mijn vader als hij boos is, om alles en iedereen te laten weten dat ik helemaal niet blij ben. Mijn vader is altijd boos. Ik weet zeker dat hij zelfs tegen zijn moeder schreeuwde toen hij nog in haar buik zat, bijvoorbeeld dat ze het 'fruitwater' moest verschonen, een beetje zoals je de kattenbak verschoont. Volgens mij was het een grote fout om hem op de wereld te zetten. Dat was wel het laatste dat we nodig hadden. Het schijnt dat de navelstreng om zijn nek heen zat toen hij geboren werd en dat hij bijna gestikt was. Jammer...! De dokter moest hem als een tol ronddraaien om hem uit de knoop te halen. Wat een verspilde moeite... Oma vertelde dat hij zo rood was als de klaprozen die je langs de snelweg kunt zien als je op vakantie gaat. Maar ja, daar weet ik niks van, ik ben nog nooit op vakantie geweest.

Ik kijk vaak naar het nieuws op televisie om het geschreeuw van mijn ouders als ze ruziemaken niet meer te horen en dan wordt me wel duidelijk dat er iets niet klopt. Grote mensen zeggen de hele tijd dat we dit of dat moeten doen en zus of zo moeten zijn, maar als je ziet wat ze onze planeet hebben aangedaan, dan denk ik dat het beter zou zijn als ze hun mond zouden houden en de kinderen de macht zouden hebben. Als ik de macht had, zouden mannen nooit hun vrouw mogen slaan. En vrouwen zouden nooit zomaar tegen hun man tekeer mogen gaan. Het huwelijk zou trouwens ook niet meer bestaan als ik de macht had. Mama's en papa's zouden niet samenwonen, of anders alleen als ze eerst een test zouden doen. Zoals voor een rijbewijs, maar dan voor een soort bewijs om samen te mogen wonen. Met punten, en als ze te veel punten kwijtraken, is het over, dan mogen ze niet meer samenwonen. Om een nieuw bewijs te halen, moeten ze opnieuw examen doen. In films zien mensen er verliefd uit, ze wonen samen in mooie huizen en dragen chique kleren, maar je krijgt alleen te zien wat goed is. In het echte leven doen mensen hun boodschappen bij de buurtsupermarkt en maken ze overal ruzie over, zelfs over welke macaroni ze moeten kopen. In het echte leven wonen mensen in veel te kleine huizen en worden ze soms zelfs ontslagen door hun baas. Dan blijven ze in hun huiskamer voor de televisie zitten, 'overgeweldigd' door verdriet. Ze beginnen tegen elkaar te schreeuwen en hun kinderen groeien op met brandnetels in hun hart. Als onkruid niet meteen weggehaald wordt, overwoekert het uiteindelijk alles: zelfs onbegroeide grond en wilde bloemen. Zelf denk ik dat geen enkel kind een gebrek aan warmte kan overleven.

Mijn vader hangt de hele dag op de bank, in zijn joggingpak van de uitverkoop van vorig jaar. Hij drinkt biertjes die hij met kratten tegelijk koopt. Mijn moeder wordt daar gek van. Soms komt ze thuis en zegt ze dat ze er genoeg van heeft dat haar salaris opgaat aan kratten bier. Eerst doet hij net of hij haar niet hoort, maar daarna, hij kan het niet helpen, neemt hij nog snel een slok en staat hij op. Dan zijn de rollen omgedraaid. Mijn moeder probeert vlug dekking te zoeken in de keuken, maar het is te laat. Hij rent naar haar toe, zorgt dat ze de deur niet dicht kan doen en begint haar te slaan. Hij slaat net zolang tot ze neervalt op de tegels van de keukenvloer. Laatst ging mijn broer Maxence meteen naar haar toe om haar te beschermen, maar toen gaf mijn vader hem twee harde klappen waardoor zijn neus ging bloeden. Ik stond erbij en kon niets doen. Ik zag hoe het bloed uit Maxence' neus zich mengde met het bloed uit mama's wenkbrauw. Het leek wel een donkerrood beekje dat over de stenen vloertegels stroomde. Ik weet niet wat het nummer van de ambulance is, dus ben ik maar naar ze toe gegaan en toen hebben we elkaar alledrie stevig vastgehouden terwijl er op mijn witte T-shirt klaprozen begonnen te bloeien. Mama kon haar ogen bijna niet meer opendoen en ik bedacht dat ik voor altijd haar blindengeleidehond zou zijn als ze echt niet meer zou kunnen zien. Ik weet niet meer hoe lang we daar zijn blijven zitten, op de grond in de keuken, maar ik vond zelfs de koude stenen vloer gemeen.

Het leven is niks voor kinderen.

Op televisie heb ik wel eens iemand horen zeggen dat de staat ons moet beschermen. Daar was ik het helemaal mee eens. Een week later kwam mijn vader stomdronken thuis en ik begreep dat hij weer ontslagen was. Toen had ik echt zin om de staat te bellen, maar ik wist niet wat zijn nummer was. Soms zie ik meneren op televisie. Meneren in nette pakken die mooie woorden gebruiken, die vertellen over vooruitgang, voorspoed en vertrouwen in de toekomst, en dan bedenk ik dat ik er best zo een als papa zou willen hebben. Een echte papa, die schoon is en lekker ruikt. Maar Maxence zegt dat niets helpt tegen een ziel die verpest is, ook een mooi pak niet. En toch, als mijn vader af en toe een stropdas om zijn ziel zou kunnen doen, zou die er vast mooier uitzien.

Luistert er iemand naar ons, op de dagen waarop de pijn te groot is om binnen in ons te houden? De dagen waarop we naar de hemel kijken en tot de stilte smeken. Een zinderende stilte, zoals van lava die uit al onze vulkanen stroomt. Een verdriet dat in ons tot uitbarsting komt en alles verwoest wat het tegenkomt. Wat is er aan de hand met mijn vader? Max en ik noemen hem de Engerd, want hij is helemaal geen echte vader. Hij heeft vast iets heel ergs meegemaakt waardoor hij zo geworden is. De Engerd wordt opgevreten door boosheid, door een ingehouden, scherpe, vernietigende woede. Hij kookt ervan over, zoals hete melk, en alles vat vlam. Wie kan me uitleggen waarom? De gezinnen uit reclames op televisie lijken helemaal niet op dat van mij. Ze zijn lief, ze leven in mooie huizen en er gebeurt nooit iets heel ergs. In reclames is zelfs wat er in de vuilnisbak zit mooi. Vaak als ik televisie kijk, kijk ik daarna naar de Engerd en dan snap ik sommige dingen van het leven niet. Ik zou echt graag in een reclame willen leven, met aardige mensen en woorden die zo lief zijn als bloemetjes. Maar Maxence zegt dat reclames alleen maar onze hersens narcotiseren.

'Wat betekent dat, onze hersens narcotiseren?'

'Dat betekent je hersens in slaap brengen.'

'Maar kunnen ze daarna wel weer wakker worden?'

'Nee. Als je te veel televisie kijkt, worden je hersens nooit meer wakker.'

'Denk je dat de hersens van de Engerd slapen?'

'Ik denk dat de Engerd geen hersens heeft.'

'Wat heeft hij dan?'

'Problemen.'

'Maar als je zijn hoofd zou openmaken, zou er dan helemaal niks in zitten?'

'Inderdaad. Alleen een groot gat.'

'Bedoel je een soort grote krater?'

'Precies.'

'En ik, heb ik wel hersens?'

'Natuurlijk heb je hersens! Maar wat jij vooral hebt, is een hart.'

Toen was ik wel gerustgesteld. Gelukkig zit er in mijn hoofd geen krater zoals bij de Engerd en zit er in mijn borst een hart waar ik alle mensen in kan doen van wie ik hou. Soms leg ik mijn hand op mijn hart en luister ik heel goed. Het geklop van ons hart is eigenlijk het geroezemoes van alle mensen die erin wonen. Als er niemand meer is, stopt je hart met kloppen. Het moet heel groot zijn om er alle mensen in te doen van wie je houdt en ruimte over te houden voor de mensen van wie je nog gaat houden, maar die je nog niet kent. Een groot hart in de vorm van een villa, ook al moet je dan een heleboel muren neerhalen. Een hart met ramen zodat je de hemel kunt zien en er mooie suikerspinwolkjes in kunt tekenen.

2

Het is weer zover... De Engerd zit midden in een woedeaanval. Als er mensen op andere planeten leven, horen ze hem zeker, zo hard schreeuwt hij. Maxence en ik hebben ons verborgen in de kast in onze kamer. Mijn hart klopt veel te snel en ik kan niet goed ademhalen, dus druk ik me stevig tegen hem aan. Maxence is mijn echte broer, niet zomaar een broer die er toevallig is. Hij en ik, dat is voor het leven. Wat ik het fijnst vind, is hoe hij me aankijkt als ik tegen hem praat. Hij kijkt me aan als een echte persoon, niet als een kind. Zelfs als ik domme dingen zeg. Vaak fronst hij zijn voorhoofd en ziet hij er zo volwassen uit dat hij wel tweehonderd jaar oud lijkt. Als er een prijs zou bestaan voor de beste mens op aarde, dan zou Maxence die winnen, zeker weten. Maxence is van algemeen nut. Op school is hij klassenvertegenwoordiger en iedereen is dol op hem. Maar ik zie wel dat hij meestal verdrietig is. Een keer schrokken we 's nachts weer eens wakker van het geschreeuw van de Engerd. Toen kropen we heel dicht tegen elkaar aan en begon Maxence te huilen. Misschien een beetje raar, maar dat was de eerste keer dat ik hem zag huilen. Hij kon niet meer stoppen. Daardoor moest ik ook huilen. Onze tranen mengden zich en vormden een grote rivier die zich in zee stortte. Er zijn te veel haaien in deze wereld, zegt Maxence wel eens. En vaak zegt hij ook dat we helemaal geen bioscoopkaartje hoeven te betalen om een horrorfilm te zien, omdat we gewoon kunnen gaan zitten en ons eigen leven kunnen bekijken.

Het is pikdonker in de kast. Er komt maar één streepje licht naar binnen, als een laatste beetje hoop in de ijzige nacht… Tegen mijn arm voel ik het zwaard dat ik voor Kerstmis heb gehad. Ik zou ermee de huiskamer in willen rennen om mijn moeder te bevrijden. Om de Engerd neer te steken zodat hij ophoudt onze harten te breken en onze levens kapot te maken. Maar ik ben te klein om wraak te nemen. Vaak voel ik me groot, zo groot dat het lijkt alsof ik mijn hand maar hoef op te steken om de hemel te kunnen aanraken. Maar als ik voor de spiegel sta, zie ik alleen maar een kind van elf dat niet eens zelf een tijdschrift van boven op de kast in de hal kan pakken. Een kind dat veel te klein is om helemaal zijn eigen gang te gaan. Een kind dat is overgeleverd aan de gekte van grote mensen.

Ik hoor voetstappen. Mama rent naar onze kamer, op de vlucht voor de Engerd. De hel gaat losbarsten. Hij blijft maar doorbeuken. Maxence doet de deur van de kast open en ineens staat de Engerd voor onze ogen. Maxence schreeuwt zo hard als hij kan.

'Hou op!'

De Engerd grijpt hem en gooit hem tegen de muur. Boem! Ik spring op de Engerd. Ik ben geen kind, ik ben Batman! Ik laat niets van hem heel! Maar dan krijg ik een stoot tegen mijn arm. Een felle pijn trekt door mijn hele lichaam. Ik ben maar een kind van elf dat niet eens kan vechten. Alle films van Bruce Lee heb ik gezien, maar ik ben te klein. Te klein om de gekte van grote mensen tegen te houden. Wat zou ik graag in een wereld met alleen kinderen leven…

De Engerd slaat erop los. Hij slaat op alles wat binnen handbereik is. Zelfs mijn lamp in de vorm van een maan moet eraan geloven en valt op de grond. De maan is afgebroken en ligt in stukjes naast mama, die allemaal bloed in haar haar heeft. Dat is pech, want ze had het gisteren nog geverfd. Heel blond, daar houdt ze van. Ze leek op een engel. Een beetje een slonzige engel, dat wel, maar nu moet ze helemaal opnieuw beginnen. Van de engel is niets meer over. Ik krijg nog een laatste schop. We houden onze adem in. Hopelijk gaat hij weg, heeft hij er genoeg van om ons in elkaar te rammen. Hopelijk is hij moe, al is het maar een beetje. Als je bedenkt hoeveel hij rookt, zou hij eigenlijk niet eens de kracht moeten hebben om ons zo vaak te slaan. Op zijn pakjes sigaretten staat ROKEN IS DODELIJK. Was dat maar waar! Hij rookt minstens een pakje per dag en slaat ons urenlang in elkaar zonder moe te worden. Onbegrijpelijk, toch? Ik durf niet op te kijken om te zien of hij echt weg is gegaan, want daar kan hij weer boos om worden. Ik wacht. Mama's blonde haren liggen uitgespreid over de vloer, als honderden graankorrels na de oogst. Ik hoor Maxence zo zacht mogelijk ademen. Op zulke momenten is er maar één ding waar we zin in hebben, namelijk zo snel mogelijk onder de grond verdwijnen en nooit meer terugkomen. De Engerd geeft een harde beuk tegen de deur. Van schrik schreeuw ik het uit, ik kan er niets aan doen. Hij wordt boos en geeft me nog een schop. Tegen mijn ribben, precies daar waar het echt pijn doet. Wees nu eens een echte man! denk ik bij mezelf. Maar ik ben geen man. Ik ben te klein om net te doen alsof ik geen pijn heb. Ik huil zachtjes. Hij mag me niet horen, anders begint hij weer. Laat hem weggaan! Alsjeblieft!

De voetstappen van de Engerd klinken in de gang. Hij is weg, we hebben gewonnen! Maar nee… Hij is nog in huis. We mogen nog niet bewegen, voor het geval hij van gedachten verandert. Soms heb ik op die momenten het gevoel dat ik zo ver weg ben dat hij me niet eens zou zien als hij terug zou komen. Maar je weet nooit… De voordeur gaat met een knal dicht. Nu is hij echt weg. We blijven nog even met onze hoofden gebogen zitten en kijken dan voorzichtig op. Onze blikken kruisen elkaar. Ik zie de pijn in mama's ogen en in die van Maxence. O, de blik die hij dan heeft! Een mengeling van woede en verdriet, iets wat ik nooit zal kunnen omschrijven. Mijn maanlamp ligt aan diggelen op het versleten tapijt. We kunnen niet eens een nieuwe kopen, want hij kwam uit de uitverkoop van zeker twee jaar geleden. Max en ik deden hem 's avonds in het donker altijd aan en keken naar het licht. 'Ons leven moet hemels zijn,' zei Max tegen me. Maar ons leven is helemaal niet hemels, ons leven is hels.

'Kom maar, mama. Niet meer huilen nu, alsjeblieft.'

Maxence probeert haar overeind te helpen, maar ze kan niet meer. Deze keer heeft hij haar echt flink toegetakeld. Hij heeft haar zo hard met zijn vuist op haar mond geslagen dat haar lip eruitziet als een grote biefstuk, zoals die bij de slager op de hoek. Maxence vouwt ijsklontjes in een theedoek. Zo doen ze dat in films. Gelukkig is Maxence er. Ik zou dat allemaal niet kunnen. Ik zou niet weten hoe. Ik help hem om mama overeind te houden. Ze lijkt zwaarder dan anders. Misschien komt dat doordat ik last heb van de arm waarop de Engerd me geslagen heeft. Maxence ziet er ook uit alsof hij het moeilijk heeft, maar hij doet zijn best om sterk te zijn. We proberen mama naar haar kamer te brengen, maar ze wil niet. Ze wil bij ons slapen.

'Alleen vanavond. Goed?'

Natuurlijk vinden we dat goed! Ik zou zo graag willen dat we een echt gezin waren... Ik zou er alles voor geven om een leven te hebben dat schoon, gestreken en opgevouwen is, en netjes op kleur gesorteerd in de kast ligt. Een leven met allemaal verschillende kleuren en nooit iets donkers.

Mama gaat op mijn bed liggen, dat er nu nog kleiner uitziet. Maxence schuift zijn bed helemaal tegen het mijne aan zodat we met zijn drieën naast elkaar kunnen slapen. We zetten de twee bedden voor de deur zodat de Engerd er niet in kan, mocht hij 's nachts thuiskomen. Meestal blijft hij de hele nacht buiten als hij ons 's avonds een pak slaag gegeven heeft. Ik ga tussen mama en Maxence liggen en we kruipen dicht tegen elkaar aan.

Het komt wel goed.

Hoeveel mensen zoals wij zijn er in de wereld? Mensen die liggend op hun verdriet en ingestopt onder hun angst in slaap vallen? En hoe kunnen ze geholpen worden? Soms bedenk ik dat alle ongelukkige mensen samen sterk genoeg zouden zijn om te vechten. Tegen alle klappen en tegen alle wonden op aarde. Maar de wereld is te groot, ik weet niet waar ik zou moeten beginnen. Ik heb een hele hoop ideeën om onze levens beter te maken, maar ja, ik zit in een kinderlichaam. Ik stel niks voor.

3

Een bleek zonnestraaltje valt op mijn wang. Ik doe mijn ogen open en een paar seconden lang vergeet ik alles. De tranen, het geschreeuw, de schrammen van het leven. Maar dan zie ik de silhouet van Maxence, bij het raam. Alles wat er gisteren gebeurd is, komt meteen weer in me op. Ik krijg knopen in mijn buik die onmogelijk los te maken zijn.

Nee, er is gisteren niks gebeurd. Als ik mijn hoofd omdraai, zal ik niet mama naast me zien liggen. Ze heeft in haar eigen bed geslapen, met de Engerd. Ik werp een blik naar links en zie een paar blonde lokken op mijn kussen liggen. Maxence gebaart dat ik bij hem moet komen. Ik sta heel voorzichtig op om haar niet wakker te maken. Hij legt zijn hand op mijn schouder en drukt zijn mond tegen mijn oor zodat niemand kan horen wat hij tegen me wil zeggen.

'We moeten iets doen. Dit kan zo niet langer.'

'Maar wat kunnen we doen dan?'

'We moeten naar de politie gaan.'

'De politie?'

'Slimane, we moeten hem aangeven, dat varken.'

'Maar... stoppen ze hem dan in de gevangenis?'

'En wat dan nog? Zou je dat erg vinden?'

'...'

Waarom lijkt het soms alsof we van monsters houden? Waarom heb ik ondanks alles het gevoel dat ik toch nog een beetje van de Engerd hou? Een heel klein beetje maar. Meer niet, dat zweer ik.

'Slimane, er komt een dag dat we het niet overleven. Ik kan er niet meer tegen.'

'Je hebt gelijk. We moeten iets doen.'

'Ik heb het uitgezocht. Mama hoeft alleen maar aangifte te doen op het politiebureau.'

'Denk je dat ze dat wil doen?'

'Na wat er gisteravond is gebeurd, denk ik van wel, ja.'

Ik weet het niet zo zeker. Als ze niet wil, zou ik dat vreselijk vinden, maar als ze wel wil, zou ik het ook vreselijk vinden. Ik kan niet meer bewegen en klamp me vast aan Maxence. Altijd diezelfde benauwdheid. Alsof ik gevangen zit in mijn eigen lichaam en er niet uit kan.

'Mama... Mama, wakker worden!'

Langzaam opent ze haar ogen. Ze zijn opgezwollen en helemaal beurs door de klappen. Haar lip is nog dikker dan gisteren.

'Mama...'

Ze kijkt ons met haar rechteroog aan, want haar linkeroog blijft potdicht zitten.

'Kom mama, je moet je aankleden.'

'Nee, dat lukt me niet. Bel maar naar het hotel, zeg maar dat ik ziek ben.'

'Mama, we moeten naar het politiebureau.'

'Naar het politiebureau?'

'Ja, om aangifte te doen.'

Totaal in paniek grijpt ze de arm van Maxence vast.

'Je mag hier nooit over praten, hoor je me? Nooit!'

'Jawel! Juist wel! Straks maakt hij je dood!'

'Welnee. Hij is nu zo omdat hij ontslagen is. Als hij een nieuwe baan vindt, komt het weer goed.'

'Nee, het komt niet goed en dat weet je.'

'Maxence, alsjeblieft!'

'Waarom doe je zo? Waarom blijf je bij die vent?'

'Omdat ik van hem hou!'

'Niet waar! Je kunt niet van hem houden, dat kan niet. Dat kán niet!'

Maxence heeft een hart dat te gevoelig is, net zoals mijn hart. Als er veel pijn in komt, wordt het te heet. Dan begint het te branden. Ons hart smelt door verdriet. Het wordt steeds kleiner en uiteindelijk verdwijnt het.

Maxence schuift de bedden opzij en gaat de kamer uit. Mama pakt me bij mijn arm.

'Slimane, zeg het hem alsjeblieft. Zeg hem dat hij hier niet over mag praten. Met niemand!'

Ze heeft zo'n doodsbange uitdrukking op haar toegetakelde gezicht dat ik alles zou beloven om haar te zien glimlachen. Alleen maar een glimlach, 's morgens, voordat ik naar school ga.

'Kom je Slimane?'

Ik moet me klaarmaken. Doen alsof het een gewone ochtend is. Maar ik heb een grote blauwe plek op mijn arm en we hebben vandaag zwemles... Ik zou me wel naar de bodem van het water willen laten zakken, om alles te vergeten.

Maxence en ik zitten op dezelfde school, ik zit in de eerste klas en hij in de derde. We gaan er altijd samen heen. Soms moet ik er bijna om lachen als ik ons zo zie lopen. We lijken wel kreupel, kreupel gemaakt door het leven. Op de dagen na een pak slaag hebben we een trui aan om onze ellende te verbergen, zelfs in de zomer. Een coltrui om precies te zijn, van dik katoen. Gelukkig is het nu winter. Vanmorgen heb ik een dikke trui aangetrokken om de enorme blauwe plek op mijn arm te verbergen. En daaroverheen een jas. Die is een beetje te klein want ik heb hem al zeker twee jaar. Maxence draagt zijn kleren en schoenen tot het niet meer kan en daarna krijg ik ze. Soms zijn de zolen van zijn gympen zo versleten dat ik de grond tegen mijn voeten voel. Maar toch ben ik blij om in de schoenen van Maxence te lopen. Dan heb ik het gevoel dat ik hem word. Dat is trouwens ook wel een beetje zo. Ik begin net zo te lopen en te praten als hij. Ik ben van top tot teen in Maxence gestoken en eerlijk gezegd vind ik dat veel leuker dan nieuwe kleren te hebben. En dat zeg ik niet omdat ik zielig ben. Ik neem een beetje van zijn leven, stop het in mijn leven en meng ze door elkaar. Maxence is de gids in mijn bestaan. Een gebruiksaanwijzing om te kunnen overleven.

'We moeten naar het politiebureau gaan, samen.'

'Bedoel je zonder mama?'

'Ze gaat hem niet aangeven, dat durft ze nooit. Als we niks doen, zijn we medeplichtig.'

'Maar...'

'Hij moet gestraft worden.'

'Maar dat wil ze niet, Maxence... Ze zei tegen me dat...'

'Dan ga ik er alleen heen. Kies maar voor wie je bent, Slimane.'

Ik zie hem van me weglopen over het schoolplein, met zijn veel te zware hart. 'Kies maar voor wie je bent, Slimane...' Waarom zeg je dat nou? Ik heb jouw gympen aan, jouw spijkerbroek, jouw trui en jouw jas! Ik weet allang voor wie ik ben! Helemaal voor jou...

Het is nog donker buiten, de zon slaapt lekker uit. Ik heb een grote knoop in mijn buik. Het is een heel zware ochtend, een ochtend die wel duizend kilo weegt. Vlak voordat we weggingen heb ik een briefje in de vorm van een hart onder mama's kussen gelegd. *Voor in de plaats van je echte hart, dat pijn doet. Ik hou van je. Slimane*, heb ik geschreven. Ze is vandaag niet naar haar werk gegaan. We hebben haar alleen thuis achtergelaten, met haar dikke lip en blauwe oog. Als dat zo doorgaat, wordt zij straks ook nog ontslagen. Ze werkt in een hotel bij de snelweg. Ze maakt schoon in kamers van negenentwintig euro per nacht, alles inbegrepen.

'Iedereen in de rij en stil naar je klas lopen, alsjeblieft!'

Van buitenaf bekeken ziet het leven er vaak heel gewoon uit. Maar eigenlijk kun je het nooit zeker weten als je niet stiekem een kijkje neemt in het echte leven van anderen. Hoeveel kinderen in mijn klas worden geslagen? Moeilijk te zeggen zolang het nog geen zomer is en je niet kunt zien wie er met een coltrui aan naar school komt terwijl het snikheet is. Ons schoolgebouw is superlelijk. Het lijkt op duizend op elkaar gestapelde schoenendozen. Wel staan er twee bomen, aan de rand van het schoolplein, maar die zien er niet best uit. De bomen worden geslagen door de wind. Soms wil ik me 's morgens ziek voelen, zodat ik niet naar school hoef. Maar als ik de Engerd hoor kuchen in de badkamer, sta ik als een speer op voordat hij eruit komt. Vaak eten Maxence en ik ons ontbijt liever in onze kamer, dan weten we tenminste zeker dat we hem niet tegenkomen. Al zou ik de ergste ziekte ter wereld hebben, het vooruitzicht om de hele dag alleen met de Engerd thuis te zijn, zou me denk ik meteen genezen!

4

De Engerd doet altijd mee met de lotto. Hij weet honderd procent zeker dat hij op een dag de hoofdprijs wint. Max zegt dat hij het echt niet eerlijk zou vinden als de Engerd zou winnen, maar dat het ook de enige kans is die we hebben om van hem verlost te worden. Hij zegt dat mannen, als ze rijk worden, de buit van de heilige drie-eenheid binnenhalen: een nieuw huis dat groter is, een nieuwe vrouw die jonger en mooier is, een nieuwe auto die dikker en beter is. Dat betekent dat de Engerd mama, Max en mij zou verlaten en dat hij ergens ver weg zou gaan wonen in een nieuw leven, als hij de jackpot wint. 's Avonds bid ik heel hard dat hij de juiste getallen kiest en ook dat er geen kinderen in zijn nieuwe leven zullen zijn. Alleen maar auto's, die voelen geen pijn van zijn klappen. Gisteravond zagen we op het journaal een olievlek op zee. Ze zeiden dat de schade enorm was en dat het opruimen ervan een fortuin ging kosten. Vlak daarna kwamen de uitslagen van de Lotto. De Engerd won natuurlijk weer niks en werd boos. Maar Maxence zei iets heel belangrijks. Hij zei dat het echt goed zou zijn als de lotto liefdadig werd. Dan zou een deel van het geld gebruikt kunnen worden om overal ter wereld te helpen bij olievlekken of als mensen het moeilijk hebben. Zo zou zelfs de Engerd ergens goed voor zijn. Hij zou de wereld kunnen verbeteren en misschien een beetje een goed mens worden, zonder het zelf te weten.

Als de Engerd thuis is, zorgen we altijd dat we met zijn tweeën zijn: Maxence en ik, mama en ik, of mama en Maxence. Dat doen we om ons te beschermen. We hebben er niets aan als de boel echt uit de hand loopt, maar het is een beetje zoals bij die mensen die hun huis barricaderen als er een orkaan komt. Dan geloven ze dat ze hun lot in eigen handen hebben. Deze keer konden we niet anders dan mama alleen thuis laten... Hopelijk blijft hij de hele dag in de kroeg! Mama heeft zich al tientallen keren zwaar moeten opmaken om te verbergen dat ze geslagen wordt. Ze is er nu echt goed in. Als ze zou willen, zou ze zich als een monster kunnen opmaken om de Engerd bang te maken, dat weet ik zeker. Maar Maxence zegt dat sommige mensen geboren slachtoffers zijn, dat ze er niks aan kunnen doen en dat het nu eenmaal zo is. Mama kent haar ouders niet. Het schijnt dat haar moeder een hoer was. Maar omdat de Engerd dat een keer zei toen hij dronken was, geloof ik er eigenlijk niks van. Bovendien zegt Maxence dat hoeren het land een grote dienst bewijzen en dat we er juist trots op moeten zijn dat onze oma een hoer was, als ze dat al was. Zelf dacht ik daar toch een beetje anders over, maar als ik nu een hoer zie, heb ik zin om haar te omhelzen en haar oma te noemen. Het staat in ieder geval vast dat we een fikse voorgeschiedenis hebben, zoals Maxence zegt. Want als het maar van één kant zou komen, viel het nog mee, maar bij ons komt het van alle kanten. De vader van de Engerd zien we niet meer, sinds hun vechtpartij van drie jaar geleden. Ik weet niet wat er precies gebeurd is. Ze zaten samen flink door te drinken in de huiskamer en opeens hoorden we allemaal herrie van omvallende meubels. We kwamen snel aangerend en toen zagen we ze knokken.

'Altijd dat gezeik van jou aan mijn kop, sinds ik klein ben al!'

'Ja, omdat ik meteen wist dat je altijd een mislukkeling zou zijn!'

Dat is de samenvatting van hun gesprek. Oma Josette had gelukkig ook gedronken. Met mama. Ik heb me altijd afgevraagd waar die twee het over zouden hebben. Over gescheurde lippen, blauwe ogen en stromend bloed? Volgens mij doen vrouwen die geslagen worden alsof er niets aan de hand is en praten ze urenlang door, alsof ze gewone vrouwen zijn en de duivel niet iedere avond bij ze in bed slaapt. Hoe dan ook, oma had niet echt in de gaten dat het de laatste keer was dat ze ons zag. Opa pakte haar hardhandig bij haar arm, maar ze was vrolijk van de drank en lachte naar ons, met zo'n glimlach van 'ik heb niks door'. Ze blies ons zelfs kusjes toe, een beetje zoals Marilyn Monroe. De deur ging dicht en meteen voelden we dat er storm op komst was. We zijn er als haasjes vandoor gegaan. Mama ging met ons mee, want ze wilde liever niet alleen in huis blijven. De deur hebben we heel zachtjes dichtgetrokken om de Engerd te laten denken dat we nooit bestaan hadden en toen hebben we ons verscholen bij de vuilnisbakken in de kelder. En dat terwijl we juist voor dat stuk vuil gevlucht waren…

5

Mama werkt heel hard. Ze gaat iedere ochtend om zes uur de deur uit en komt niet voor acht uur 's avonds terug. Soms kijk ik naar haar en vraag ik me af hoe ze het doet. Dan denk ik aan vrouwen die hard werken, maar thuiskomen bij een man die van ze houdt en tevreden kinderen die vrolijk hun huiswerk maken. Maar Maxence zegt dat dat alleen bestaat in *Het kleine huis op de prairie*, een oude serie die we op de kabeltelevisie hebben gezien. Ik had toen zin om de televisie in te duiken en bij de familie Ingalls te gaan wonen. De moeder is heel lief. Ze is de hele tijd met haar kinderen bezig en als ze glimlacht wordt de wereld lichter dan een ballon. De vader is nooit boos. Hij kijkt altijd blij en hakt hout. Als er een probleem is, gaat iedereen aan tafel zitten om te praten. En de straffen zijn nooit zo erg, bijvoorbeeld naar bed zonder eten of een beetje schoonmaken in huis, dat soort dingen. In ieder geval heb ik nog nooit gezien dat Charles Ingalls zijn kinderen met een riem sloeg omdat ze slechte cijfers haalden, ze opsloot in een pikdonkere kast, ze een pak rammel gaf of zijn vrouw martelde. Niks daarvan, nooit! Maar eigenlijk heb ik ook niet alle afleveringen gezien.

Mama zegt vaak dat het wel iets rustgevends heeft om de smeerboel van anderen op te ruimen. Dat ze het gevoel heeft dat ze het leven schoner maakt. Maxence zegt dat het jammer is dat ze haar eigen leven niet eens flink met allesreiniger boent. We dromen van de dag dat ze onze kamer binnen zal komen en zachtjes zal zeggen dat we onze tas moeten inpakken omdat we weggaan. Maxence en ik weten al wat we meenemen. Mijn zwaard laat ik natuurlijk op bed liggen voor het geval mijn vader harakiri wil doen. Maar ik denk dat hij zich er niks van aan zal trekken. Hij zal naar de keuken gaan en de koelkast opendoen om hara-cola te doen. Maar die dag komt toch nooit. Want mijn vader is wel slim, ondanks alles. Als hij geslagen heeft, is hij de volgende dag haast aardig. Dan komt hij thuis met een bloem die hij beneden bij de flat geplukt heeft, of met een kraslot. Hij laat mama spelen en als ze geluk heeft en een euro wint, is alles vergeven en vergeten. Als ze niks wint, vindt ze dat niet erg, want het gaat om het gebaar. Dan glimlacht ze met haar kapotte lip en beurs geslagen ogen en dat vinden wij pas echt ellendig, Maxence en ik. Mama die naar haar beul glimlacht alsof hij haar mee op reis gaat nemen naar Venetië. Misschien in een soort gondel. Als dat een keer gebeurt, laat hij haar zeker verdrinken. Maxence zegt dat het komt door Walt Disney, die van de tekenfilms. Omdat hij heel veel meisjes heeft laten dromen van de prins op het witte paard en ze nu allemaal een beetje in de war zijn door hun tutjesdromen. Ik weet zelf niet hoe dat zit, ik begrijp er weinig van. Vroeger dacht ik dat het leven makkelijk was, maar ik heb ondertussen wel begrepen dat het net zo ingewikkeld is als de dingen die meneer Plassé, onze wiskundeleraar, op het bord schrijft.

Meneer Plassé draagt in de zomer en in de winter coltruien. Vooral bruine. Op een gegeven moment vroeg ik me zelfs af of hij ook geslagen werd. Maar ik denk het niet. Ik denk dat hij coltruien draagt omdat hij ze mooi vindt. Daarom vind ik hem aardig. Daarom en omdat iedereen hem uitlacht als hij zijn armen omhoog doet en je twee grote zweetplekken kan zien. Sommigen noemen hem zelfs 'Axe'. Hij komt naar school met strandschoenen, die van doorschijnend plastic. In de winter heeft hij ze aan met sokken. Ik vind hem aardig omdat hij nooit boos wordt als je iets niet begrijpt. Hij fronst en gaat heel serieus kijken en vraagt rustig wat je niet begrijpt. Soms heb ik zin om tegen hem te zeggen: 'Het leven, meneer, ik begrijp het leven niet.' Maar ik weet niet zeker of hij me daar een goede verklaring voor kan geven, dus luister ik maar hoe hij nog een keer breuken en aftreksommen uitlegt. Als ik mijn vader in duizend stukjes breek en hem dan van mijn moeder aftrek, hoeveel krijg ik dan?

Sandrine is het enige meisje in de klas met wie ik op kan schieten. Iedereen op school lacht haar uit. Ze noemen haar 'dikzak' en ik zie wel dat ze dan verdriet heeft. Als we de trap op lopen, doet ze er langer over dan de rest. Ik wacht altijd op haar. Ook voor haar is zwemmen het ergste. Als ze een badpak aanheeft, puilt alles er overal uit. Ze probeert haar vetrollen wel in te houden, maar het zijn anarchistische vetrollen. Dat betekent dat ze gewoon hun eigen gang gaan. Ik vind haar heel mooi, maar de rest maakt allerlei gemene grappen, zoals 'Niet in het zwembad springen Sandrine, straks is er geen water meer' of 'Eigenlijk zou je in de zee moeten zwemmen Sandrine, met de walvissen'. Dat soort dingen. Als ze zo gemeen blijven doen, wordt Sandrine straks met uitsterven bedreigd, net zoals de walvissen die Maxence en ik een keer in een documentaire hebben gezien. Vroeger werden ze ingedeeld bij de walvisachtigen. Maar omdat er steeds minder van waren, hebben de indeelmeneren gezegd 'nu is het genoeg' en ze ingedeeld bij de zeezoogdieren. Walvissen zijn een beetje de oma's van de zee. Je zou ze stevig willen vastpakken als je verdrietig bent en ze zouden je met hun vin een flinke tik op je billen geven om je er weer bovenop te krijgen. Met Sandrine is het hetzelfde, ze neemt veel ruimte in en dat is geruststellend. Ik probeer haar altijd aan het lachen te krijgen. Het is echt heel belangrijk dat ze vrolijk is, want anders ziet ze er twee keer zo verdrietig uit als de rest. Ik hou van Sandrine ondanks alle kilo's die tussen ons in zitten.

In mijn klas zit ook een jongen die Geoffroy heet. We noemen hem 'Scrabble' omdat hij heel goed in spelling is. Alleen in spelling, maar dat is toch iets. In alle andere dingen is hij het slechtst van iedereen, maar hij weet wel hoe je een heleboel woorden schrijft die wij niet eens kennen. Eigenlijk heeft hij een goed geheugen, maar kan hij niet zo goed nadenken.

6

Het is tijd om naar het zwembad te gaan, maar ik heb echt te veel last van mijn arm om te kunnen zwemmen. En straks ziet iedereen mijn blauwe plekken. De enige oplossing is te doen alsof ik me niet lekker voel. Aan het eind van de les van meneer Plassé leg ik mijn handen op mijn wangen en begin ik met mijn ogen te draaien.

'Wat is er aan de hand, Slimane?'

'Ik weet niet, meneer... Ik voel me niet zo goed. Ik ben draaierig...'

'Bocris, ga met hem mee naar de ziekenboeg.'

Ik kijk hem aan met een blik alsof ik verdrink. 'Maar... Het zwembad dan?'

'Het zou er nog eens bij moeten komen dat ze je laten zwemmen als je er zo aan toe bent! Ik zal de meester inlichten, maak je geen zorgen.'

Kijk, zo makkelijk is het. Vrij van zwemmen. Hoef ik nog even niet te verdrinken. De ziekenboeg is aan de andere kant van de school. Heel handig als je echt een probleem hebt! We lopen langzaam, aangezien ik net doe alsof het slecht met me gaat. Bocris lijkt wel een levende dode. Volgens mij heb ik hem nog nooit echt zien lachen. Met al zijn tanden bloot, bedoel ik.

'Oké, je bent er. Nou eh, doei!'

'Doei, Boc. Dank je.'

De verpleegster is blond en ze heeft nooit een blauw oog. Haar lippen zijn helemaal glad, geen schram te bekennen, en ze draagt altijd een witte jas waardoor ze er heel serieus uitziet.

'Ben je daar weer, Slimane? Wat is er vandaag aan de hand?'

Mijn vader is gisteren de hele avond bezig geweest met ons in elkaar slaan en ik heb een enorme blauwe plek op mijn arm. Dus doe ik maar alsof ik me niet lekker voel zodat ik niet naar zwemmen hoef, want als ik mijn blauwe plek laat zien, begrijpt iedereen wat er bij mij thuis gebeurt en dan komt de politie om mijn vader mee te nemen naar de gevangenis en dat zal mijn moeder me nooit vergeven.

'Slimane?'

'O, eh… Ik was bijna flauwgevallen.'

'Zo erg? Nou, doe je trui maar uit, dan kan ik je onderzoeken.'

'Wat? Eh… Nee, ik heb het te koud. Ik wil alleen maar even liggen. Het gaat wel, mevrouw.'

Ze kijkt me aan alsof ze mijn geheimen kan lezen en ik krijg zin om mijn hart uit te storten. Maxence zegt dat bijzienden zo kijken, die blijven je strak aanstaren omdat ze niet goed zien. Ze zegt dat ik rustig mag gaan liggen, met mijn jas en alles aan. Opeens heb ik zin om te huilen. Wat is mama aan het doen? Hopelijk is de Engerd nog niet thuis! Af en toe komt de verpleegster kijken of alles goed gaat. Ik ruik haar parfum, dat door de helemaal witte ruimte zweeft. Ze legt haar hand op mijn voorhoofd om te kijken of ik geen koorts heb. Ik val in slaap en droom dat ik in het paradijs ben met allemaal engeltjes in witte jassen.

De verpleegster heeft me tot het eind van de les laten slapen. Als ik opsta, ben ik duizelig. Het gewicht van mijn leven valt weer op mijn kleine schouders. Maxence wacht op me in de gang. Hij hoefde vandaag niet te liegen, want hij had geen zwemmen. We kijken elkaar recht in de ogen zonder iets te zeggen en hij pakt mijn hand stevig vast. Ik wou dat hij me meenam naar het einde van de wereld. Alleen hij en ik. En mama, zonder blauw oog. Ver, heel ver weg van hier. We lopen langzaam om niet te snel thuis te zijn, maar tegelijkertijd zouden we willen rennen om zeker te weten dat het goed gaat met mama. Snelle stappen, langzame stappen.

'Waar zou jij willen wonen, Maxence?'

'In het Land zonder grote mensen.'

'Zouden daar helemaal geen volwassenen zijn?'

'Nee. Of beter nog, we zouden ze alleen binnenlaten als ze hun kinderziel hebben gehouden.'

'Maar hoe zouden we dat weten?'

'Dat is niet zo moeilijk, ze moeten nog dromen hebben. Dromen om mensen te helpen die het moeilijk hebben.'

'En is het ver weg, dat land?'

'Ik denk het wel, ja.'

'Mag ik met je mee als je het gevonden hebt?'

'Ja.'

'Beloofd?'

'Beloofd.'

Toen maakte ik me wat minder zorgen, omdat ik wist dat ik op een dag met Maxence naar het Land zonder grote mensen zou gaan.

7

Op zaterdag neemt mama ons soms mee boodschappen doen in de supermarkt van Bel-Est, aan de rand van de stad. Daar is echt een goed winkelcentrum. Vandaag mag ze de auto nemen. Ook daarvoor moet ze eerst toestemming vragen. We hebben een oude, rode auto die er niet uitziet, maar als we er met zijn drieën in zitten, voelen we ons goed. Er liggen natuurlijk allemaal sigarettenpeuken in van de Engerd, waardoor we herinnerd worden aan zijn bestaan, maar we doen gewoon net of we die niet zien. Gelukkig staat het parkeerterrein vol met auto's die net zo lelijk zijn als de onze, dus we voelen ons wel op ons gemak. Ik mag van mama altijd het muntje in het wagentje doen en er daarna zelfs achter lopen. Je ziet hier mensen in alle kleuren van het heelal, zelfs kleuren die niet bestaan. Je ziet ze gesluierd, gestrest, stil, dronken, rood, geel, zwart, wit, roze, of koffie-met-melkkleur... Maxence zegt vaak dat hij van al die mensen een foto zou willen nemen voor zijn expositie. Die gaat hij houden als hij groot is en zal hij 'De mensheid' noemen. Maxence wil fotograaf worden, zelfs al heeft hij nog nooit in zijn leven een foto gemaakt. Hij weet het gewoon, punt uit. Hij kijkt altijd heel goed naar iedereen en soms zegt hij opeens: 'Die vrouw is ongelukkig...' Of: 'Die man daar is verliefd.' Dan kijk ik naar diegene, maar ik zie het niet meteen, dus antwoord ik: 'O, echt, weet je het zeker?' Ik droom ervan om genoeg geld te sparen voor een wegwerpcamera die ik aan hem kan geven. Voorlopig heb ik nog maar twintig cent, maar het is een begin.

Het allerleukst in het winkelcentrum van Bel-Est vind ik de *travelators*. Dat zijn een soort platte roltrappen die naar boven en naar beneden gaan. Maxence zegt dat *travel* in het Engels 'reizen' betekent en dat travelators zo heten om arme mensen zoals wij te laten reizen. Terwijl mama de etalages van de winkels bekijkt, gaan wij naar boven en naar beneden met de travelator.

'Waar gaan we naartoe, Maxence?'

'Naar Griekenland! Klaar voor vertrek?'

We maken onze veiligheidsriemen vast en stijgen op naar de hemel of zelfs nog hoger.

'De bemanning van Bel-Est wenst u een prettige reis...'

'Kijk, de wolken! En de zon, daar!'

Ronald McDonald zwaait naar ons. Eenmaal in Griekenland vinden we het niet zulk mooi weer, dus besluiten we maar niet te lang te blijven en terug te gaan met de travelator.

'Waar gaan we nu heen?'

'Naar Afrika!'

'Hou je vast, we stijgen meteen weer op.'

We komen aan in Afrika. Er zijn allemaal vrouwen in felgekleurde jurken en mannen die in het blauw gekleed zijn. Volgens Maxence zijn dat Toearegs, mannen die in de woestijn leven. Ik vraag me af wat ze in Bel-Est doen. Wat zullen ze zich ver van huis voelen! De enige plek in Bel-Est waar het nu zo stil is als in de woestijn, is bij de ijssalon, naast de McDonald's. Niemand wil ijs eten. Maar ja, het is ook hartje winter. Als ik geld had, zou ik alle ijsjes kopen. Niet omdat ik ze zo lekker vind, maar om het meisje dat er werkt blij te maken.

Als ik achteromkijk, zie ik mama. Ze kijkt met zulke grote ogen naar de etalages dat ik bang ben dat ze uit haar hoofd ploppen. Ze stelt zich voor hoe het zou zijn als ze genoeg geld had voor dat mooie zwartje jurkje en een lieve man had die 's avonds thuiskwam en zou zeggen dat ze er prachtig uitzag. Wij gaan ondertussen door met onze wereldreis. Vooral in China ben ik heel graag. Daarom gaan we er twee keer heen. En Amerika. Amerika is mooi. Het schijnt dat er Big Macs op straat lopen, tussen de gewone mensen. En Andalusië, Argentinië... Maxence is de gids, want ik ken nog niet eens de helft van alle landen waar we naartoe gaan.

'In Argentinië zijn er twintig autochtone talen.'

'Maken die autotochten?'

'Nee! Autochtoon, dat betekent plaatselijk.'

'O!'

'Zal ik ze noemen?'

'Ja, hoor.'

'Aymara, Chiripà, Choroti, Chulupi, Kaiwà...'

'Kavia?'

'Nee, Kaiwà, Mapuche, Mocovi...'

'Koffie wat?'

'Nee, Mocovi! En Ona, Tapiete...'

'Oma Tapiete?'

'Nee, Ona en Tapiete. En ook nog Quechua en Guarani.'

'O ja, dat ken ik wel. Dat nemen sommige mensen 's morgens om zich heel fit te voelen.'

'Nee, dat is guarana.'

'O, nou dat zal wel, maar het lijkt er toch op!'

We gaan even zitten op de rand van de travelator. Ik voel me niet zo lekker.

'Pff, reizen is best wel vermoeiend! Ik ben duizelig.'

Maxence is nooit moe. Hij heeft altijd een felle blik. Ik zie wel dat hij de grenzen van zijn leven wil verleggen, dat hij daarom steeds doorgaat met reizen. Hij wil niet dertien zijn en op zaterdag in het winkelcentrum van Bel-Est zitten. Nee, wat hij wil, is de wereld zien, zelfs als de wereld hem niet ziet.

'Ik vind de Chinese Muur het mooist. Die is gebouwd om invasies tegen te houden en was een scheidslijn tussen de beschaafde wereld en de barbaren.'

'Als we er thuis zo een hadden, dan zou de Engerd ons zeker niks meer kunnen maken.'

'...'

'Alleen is ons huis niet groot genoeg.'

'Weet je, er hebben duizenden mensen gewerkt aan die muur, soms zo hard dat ze doodgingen.'

'Dus het is een soort grote begraafplaats?'

'En er zijn duizenden treden die je op en af moet lopen.'

'Zoals in de sportschool?'

'Precies.'

Mama komt ons halen. We moeten boodschappen gaan doen. Het ergst is zijn lijstje, dat hij met potlood op een velletje papier heeft geschreven: *bier (veel), wijn (kies maar wat, als ie maar goed is), worst, chocola.* Maxence wordt al woedend als hij eraan denkt.

'Hij kan toch zelf wel boodschappen doen!'

Die opmerking vindt mama niet leuk.

'Lieverd, toe nou!'

'Maar hij doet niks, de hele dag! Alleen maar drinken. Ik wou dat hij verdronk in zijn wijn. Maar nee hoor! Hij blijft drijven.'

Nu is mama verdrietig. Ze heeft bij de mooie etalages staan dromen van een ander leven, maar in het echt loopt ze in een te oude spijkerbroek en met versleten schoenen achter een winkelwagentje in Bel-Est.

Ik heb zin om de travelator weer te nemen, naar Japan. Daar zijn we nog niet geweest. Maxence zegt dat ze in Japan rauwe vis eten en dat ze die in een soort zwarte saus dopen. Dat zou ik wel willen proeven.

In de supermarkt zijn veel te veel gangpaden en raakt iedereen een beetje verdwaald. Behalve de mensen die ieder weekend komen om iets te doen te hebben, ook al kopen ze niks. Bij de ingang staan mooie nieuwe fietsen. Ik zou er heel graag eentje willen hebben. Ik heb wel eens beneden bij de flat gefietst. De wind in mijn gezicht en trappen en trappen om te vergeten. Ik vond het fijn, want als je hard genoeg trapt, kan het leven je niet meer inhalen.

Mama koopt nooit echte merken. Alleen maar het huismerk, want dat is goedkoper. En dingen uit de diepvries, zodat ze niet steeds boodschappen hoeft te doen. Het ergst zijn hamburgers in van die bakken met twintig stuks. Op de verpakking zien ze eruit alsof er geen vet in zit, maar in het echt is het meer vet dan hamburger. Dat vind ik vies, maar ik durf het niet te zeggen, want ik weet dat mama gaat antwoorden dat we vlees moeten eten omdat het gezond is. Ook al is het eigenlijk geen vlees en lijkt het er alleen maar op. Op televisie zeiden ze een keer dat je per dag minstens vijf stuks fruit en groente moet eten om gezond te zijn. Wij eten bijna nooit fruit of groente. Maxence zegt dat ze niet de 'armoede bestrijden', maar eigenlijk de 'armen bestrijden' en dat fruit en groente daarom zo duur zijn. Zelf vind ik appels het lekkerst. Om er zo lang mogelijk van te genieten, neem ik heel kleine hapjes. Hier een stukje, daar een stukje. Soms doe ik er folie omheen en verstop ik de appel in de koelkast of, als het buiten koud is, in het raamkozijn. Zodat ik gezond blijf.

Mama zet de biertjes van de Engerd in het wagentje. Ze neemt een heel krat, anders is hij misschien niet tevreden. Bij de flessen wijn is het moeilijker, want die zijn allemaal duur. Ze twijfelt en uiteindelijk kiest Maxence. Hij pakt wijn die niet in flessen maar in pakken zit, alsof het druivensap is. Terwijl hij de wijn in het wagentje legt, kijkt hij mama even aan en hoor ik ze allebei diep zuchten.

Daarna lopen we met grote stappen en donkere wolken boven ons hoofd door de winkel. Er vallen zelfs wat regendruppels naar beneden. Maar het lukt ons toch om te ontspannen en een heerlijke middag zonder de Engerd te hebben. Zijn bier en wijn liggen in het wagentje. Nu moet hij wel tevreden zijn, toch? We kopen nog chocola en worst en dan zijn we echt van hem af. De wolken verdwijnen en de lucht klaart behoorlijk op. We lopen rustig door de gangpaden en kijken naar dingen die we niet kunnen kopen. Echte merkkoekjes en alles wat we op televisie hebben gezien. We blijven zo lang mogelijk, want we hebben geen zin om naar huis te gaan. Bij de kassa betalen we, ook al kost het eigenlijk altijd te veel geld voor ons. En dan naar het parkeerterrein. Ik zet het wagentje terug en haal het muntje er weer uit. Eigenlijk wil ik nog een keer met de travelator, maar we zijn nu al een tijd weg en misschien wordt de Engerd boos.

Hoe dichter bij huis we komen, hoe minder we praten. Terwijl we de auto parkeren, is er complete radiostilte. Maar ja, in die auto van ons zit natuurlijk ook helemaal geen radio. We laden de tassen uit en nemen de lift. Na de tweede verdieping krijg ik een knoop in mijn buik. Ik buig vooraver en kan niet meer rechtop staan. Mama, Max en ik kijken elkaar aan. We hebben stripballonnetjes boven ons hoofd: 'Ik ben bang, ik wil niet naar huis.' 'Ik ook niet, maar maak je geen zorgen, ik ben bij je.' 'Het komt wel goed.' Dat soort ballonnetjes.

Mama zoekt langzaam naar de sleutel in haar tas en kijkt ons aan voordat ze hem in het slot steekt. Ze heeft de deur nog niet opengedaan of de Engerd staat voor onze neus, met ogen die vuur spuwen.

'Zo, dat werd tijd! Wat hebben jullie verdomme uitgevoerd?'

We zijn verlamd.

'Hé hallo! Ik zeg wat!'

'Het... Het w... w... was... hee... heel druk.'

Als mama bang is, begint ze te stotteren.

'Ja hoor, vast wel! Nou, blijf daar niet zo staan, doe wat, verdomme!'

We gaan snel naar binnen, de tassen achter ons aan slepend. De

Engerd knalt de deur dicht. Nu zijn we niet veilig meer. Vogelvrij, zoals de meneren op televisie wel eens zeggen. Het kan misgaan om niets: omdat we het verkeerde bier hebben meegenomen, omdat de worst er niet goed genoeg uitziet, of omdat hij gewoon zin heeft om zich uit te leven.

We halen de tassen leeg zonder iets te zeggen, zonder ook maar op te durven kijken. Hij ziet het bier, de wijn, de chocola en de worst. We houden onze adem in. Mama staat op het punt om flauw te vallen. Hij schenkt een glas wijn in, kijkt ernaar, laat de wijn ronddraaien in het glas en snuift eraan, zoals bij een proeverij. Hij neemt een slok. Drie harten slaan over. Hij kijkt nog een keer naar de wijn, laat hem ronddraaien, snuift eraan. Drie harten houden op met kloppen. Hij slaat het glas achterover en gaat naar de huiskamer. Drie harten komen voorzichtig weer op gang.

8

Op een dag begon Maxence, terwijl hij nog maar net zes was, meer dingen te weten dan de Engerd, en dat was het begin van het eind. Want hij deed meer dan alleen al die vragen stellen die je stelt als je klein bent: waarom regen het, waarom is het 's nachts donker, waar komt de wind vandaan... Nee, hij gaf ook de antwoorden. Toen werd het de Engerd duidelijk dat hij zelf oliedom was en niets anders kon dan alle biermerken opnoemen. Hij had er natuurlijk blij mee kunnen zijn om een levende encyclopedie als zoon te hebben en er gebruik van kunnen maken om gratis en voor niks van alles te leren, maar in plaats daarvan kreeg hij de pest aan de encyclopedie en begon hij erop te rammen.

Op televisie zag ik een keer een programma over een kok. Ik

dacht dat hij Reblochon heette, maar Max vertelde me dat dat de naam is van een kaas en dat de kok Robuchon heet. Op de borden van Robuchon liggen bloeiende tuinen en geurige weitjes in alle kleuren. Net zoals op de schilderijen van Monet die Max me een keer heeft laten zien. Alleen schildert Robuchon met eten. Hij maakt kunstwerken van mossels en schelpen en ontdekt allerlei smaken die niet in het wild bestaan. Maar Max, die kan met mensen koken. Ik heb bijvoorbeeld heel zacht vlees, als een lamsboutje, en Max maakt me nog zachter. Als hij tegen me praat, geeft hij me smaak met zijn woorden en strooit hij snufjes leven over me heen. Hij mengt en kneed en laat me rusten. En hij haalt vooral zorgvuldig het slechte vet weg dat om me heen zit, die overtollige resten van de Engerd die zelfs de lekkerste stukken vlees verpesten. In het televisieprogramma lieten ze een uitvinding van Robuchon zien: kaviaargelei met bloemkoolcrème. Maxence zei dat kaviaar de eitjes zijn van steuren. Dat zijn vissen die in koude zeeën zwemmen en het schijnt dat ze uit Iran komen. Toch eten we ze zonder ze om hun 'verblijfsvergunning' te vragen. Door al die eitjes komen er een heleboel kaviaarbaby'tjes in onze buik. Omdat we vol zitten met water kunnen de steureitjes in ons zwemmen en voelen ze zich helemaal thuis. Daarom is kaviaar zo lekker. Tenminste, dat denk ik, want eigenlijk heb ik nog nooit kaviaar gegeten. Eten moet zingen in onze buik. Daarom doet Maxence alsof hij Robuchon is, zelfs als we gewoon macaroni met ham eten. En dat is niet zo makkelijk, want je moet wel heel veel fantasie hebben om iets moois te maken van die dikke, vierkante plakken ham die helemaal roze zien van de kleurstoffen. Max snijdt ze in blokjes, maakt er rolletjes van, of driehoekjes, of hartjes. En daarna legt hij de macaroni eromheen. Dan worden het een soort bloemen met een hart van varken. Maxence heeft wel eens gezegd dat sommige varkentjes onder hun moeder mogen blijven drinken om groot worden. De Engerd zou zeker wel voor altijd onder een wijnkaraf willen blijven liggen.

Maxence legt mij alles uit over het leven. Want het leven is hartstikke ingewikkeld. Maar als Maxence praat, begrijp ik alles. Zijn woorden zijn penselen met allerlei kleuren die alles opvrolijken. En als de wereld om ons heen echt zo zwart als teer wordt, doen Max en ik het spel van dromen en nachtmerries. Dat heeft hij bedacht.

'Hoeveel dromen heb je in je hart, Slimane?'

'Tweeduizend.'

'En hoeveel nachtmerries?'

'Vijf.'

'Hoeveel sterren in je hemel?'

'Tien miljoen.'

'En hoeveel bliksems?'

'Drie miljoen.'

'Hoe ziet je hemel eruit?'

'Blauw, met pluizenwolkjes.'

'Wie is je liefste broer?'

'Maxence de Magiër.'

'Hoe gaat je leven eruitzien?'

'Als een heel groot vuurwerk…'

Als we te verdrietig zijn, doen we vaak de deur van onze kamer dicht en klapt Maxence een paraplu open. Daar gaan we onder zitten, zodat de tranen niet meer op ons vallen.

'Max, denk jij dat de zeeën zijn ontstaan door de tranen van alle mensen die ooit gehuild hebben?'

'Dat zijn wel een heleboel verdrietige mensen dan.'

'En als het regent, is de hemel dan verdrietig?'

'Nee, niet de hemel, maar de wolken. Die zuigen al het verdriet van de wereld op en als het ze te veel wordt, dan huilen ze.'

'Dus als er moessonregens zijn, is het echt heel erg!'

'Ja. Dat gebeurt als de wolken echt heel, heel veel verdriet hebben. Ze doen hun best om zich in te houden, maar opeens lukt het ze niet meer en dan stroomt alles er in één keer uit.'

Drie jaar geleden heeft Max voor mijn verjaardag engelenvleu-

gels van papier gemaakt. Hij had er dik bruin plakband aan vastgemaakt, zodat ik ze om kan doen. We hebben ze blauw geverfd, want
ik vond het leuk om de hemel op mijn rug te dragen, en we hebben
er een paar zonnen op getekend, want eentje is veel te weinig voor
de hele wereld. En we hebben er allemaal vallende sterren op gezet
om wensen te kunnen doen, en lieveheersbeestjes omdat die geluk
brengen, en bloemen omdat die lekker ruiken, en gekleurde vlinders omdat die mooi zijn. Nu is er zelfs nog plaats over voor andere
dingen, als we willen. Maxence zegt dat ik de vleugels iedere keer
als de Engerd begint te schreeuwen om moet doen, zodat ze me tegen al zijn haat kunnen beschermen. Maar Max heeft geen engelenvleugels en ik ben bang dat hij dan niet genoeg bescherming heeft.
Dus doen we samen met mijn vleugels. We steken er ieder een arm
in en worden een twee-in-éénengel. Maxence zegt dat we de zon
vergeten als we te lang in het donker blijven en dat je daarom als je
nog klein bent moet leren om zelf de zon te maken. Hij noemt dat de
'substituutzon'. Meestal als de Engerd weg is uit onze kamer, doet
Max het raam open en wrijft hij met zijn handen over me heen 'om
de slechte energieën weg te halen'. Volgens hem moet je dat regelmatig doen, omdat ze anders aan ons vast blijven zitten en ons uiteindelijk verstikken.

9

Op woensdagmiddag zijn we vrij van school. Als de Engerd thuis
is, gaan we er meestal snel vandoor zodat we niet alleen met hem
zijn. Maar vandaag is hij zelf weggegaan. Dat hadden we helemaal
niet verwacht. Hij liep als een leeuw in een kooi door het huis en
zocht ruzie om niks.

'Hé, Slimane, wie gaat verdomme die handdoek van jou in de badkamer ophangen?'

Ik doe snel wat hij zegt en maak me kleiner dan een muisje. Ik heb gemerkt dat hij me bijna niet ziet als ik dat doe. Alsof ik dan onzichtbaar ben. Maar Maxence kan dat niet. Hij maakt zijn borst groot en zelfs uit zijn haren straalt de haat die hij voor de Engerd voelt.

'Hé, Max, waar denk je wel dat je bent? In het hotel van je moeder? Je ruimt nu je troep op, of ik ram je op je smoel!'

Maxence kan er helemaal niet tegen als iemand zo tegen hem praat, want hij is supergoed in taal. Hij houdt van mooie zinnen, zoals in oude boeken. Als hij zich verveelt, pakt hij het woordenboek en gaat hij nieuwe woorden zoeken. *Empirisch, metabolisme, privilege*, dat soort woorden.

'Hé, hoor je me?'

Maxence kijkt de Engerd aan alsof hij hem met zijn blik zou kunnen verpulveren, zoals in *Star Wars*. Maar de Engerd blijft onverstoorbaar door het huis lopen in zijn joggingpak, niemand kan hem iets maken. En Maxence gaat de keuken schoonboenen, terwijl hij helemaal niet degene is die hem vies heeft gemaakt. Hij klemt zijn kaken op elkaar, maar kan toch niet tegenhouden dat er iets van hem afstraalt dat de Engerd voelt. Dan krijgt hij een klap. Zomaar. Om niets.

'Stommeling. Kijk me niet zo aan. En waag het niet iets te zeggen. Mond dicht, anders krijg je ervanlangs.'

De Engerd komt de keuken inspecteren en vindt niets goed genoeg. Maxence loopt rood aan. Het lijkt alsof hij uit elkaar gaat knallen. Terwijl hij de spons uitknijpt, worden zijn vingers helemaal wit.

Uiteindelijk gaat de Engerd de deur uit. We bespieden hem van achter het gordijn om zeker te weten dat hij niet terugkomt. Hij verdwijnt langzaam in de verte en slingert een beetje, alsof zijn schip water maakt. Alleen zinkt hij jammer genoeg nooit. Zodra we hem niet meer kunnen zien, beginnen mijn longen weer normaal te ademen.

Maxence haalt het pak wijn van de Engerd tevoorschijn. Hij zet hem op tafel en schenkt ons allebei een glas in.

'Hier, drink maar op.'

'Waarom?'

'We gaan een experiment doen.'

'Waarom?'

'Om te kijken of je van wijn agressief wordt. Als dat zo is, kopen we geen wijn meer voor hem.'

Ik kijk naar mijn glas en heb nog minder zin om het op te drinken.

'Bedoel je dat ik misschien zin krijg om jou te slaan als ik dit drink?'

'Zou kunnen. Maar ik drink er ook van, dus ik zal me verdedigen.'

'…'

'Nou… Proost!'

Hij tilt heel sierlijk zijn glas op en drinkt het met moeite leeg. Ik doe hem na, alles precies hetzelfde. Ik krijg de wijn bijna niet op, maar Maxence schenkt meteen nog een keer in. Mijn hoofd begint te draaien als een tol.

'Maxence, ik heb geen zin om te slaan.'

'Ik ook niet.'

'Dus het komt niet door de wijn dat de Engerd zo gemeen is?'

'Daar lijkt het op, ja.'

'Maxence? Ik geloof dat ik moet overgeven.'

'Ik ook.'

We rennen naar de badkamer en spugen om de beurt. Als je dat samen in dezelfde pot doet, ben je voor eeuwig verbonden. We voelen ons doodziek. Alles om ons heen draait, echt vreselijk. Maar we zijn nog banger om gesnapt te worden en kunnen het nog net opbrengen om de glazen schoon te maken. We verbergen het lege pak wijn in onze kamer, op een plek waar de Engerd zeker niet komt, en gaan gauw in bed liggen. Gelukkig is mama als eerste thuis en kan ze voor ons zorgen. Ze zegt dat we een voedselvergiftiging hebben en dat we rustig moeten blijven liggen. Ze belt niet de dokter, hoewel we wel verzekerd zijn. We blijven in bed en zien zo wit als een wasbak, maar zin om te slaan hebben we niet. Het komt dus niet door de wijn dat de Engerd zo is. En het komt ook niet door de sigaretten. Op de pakjes staat namelijk ROKEN IS DODELIJK en niet VAN ROKEN WORD JE AGRESSIEF EN KRIJGT JE VROUW EEN BLAUW OOG. Soms staat er wel ROKEN BRENGT U EN ANDEREN RONDOM U ERNSTIGE SCHADE TOE. Zou dat het dan misschien zijn?

De Engerd komt thuis en kan het niet uitstaan dat we in bed liggen. Hij begint moeilijk te doen.

'Wat is er met die twee slappelingen? De hele dag niks uitgevoerd en nu al in hun nest?'

'Ze zijn niet lekker.'

'Niet lekker? Ja hoor!'

En zo gaat het uren door, want dan begint hij over het huis dat niet goed is opgeruimd, de badkamer die nooit schoon genoeg is, terwijl hij degene is die hem altijd smerig maakt, en het eten dat nooit klaar is als hij honger heeft.

'Allemaal door dat klotehotel van jou! Thuis lijk je wel een spook!'

'Maar... ik werk de hele dag!'

'Ja nou, da's toch geen reden. Je bent schoonmaakster en ons huis is goor. Klopt niet helemaal, hè? Dus pak je emmer maar effe en doe maar wat je in dat hotel ook doet.'

'Maar Jean-Claude... ik ben moe.'

'Kan me geen reet schelen! Ik ga niet in de zooi leven omdat mevrouwtje ongesteld is!'

Ik druk mijn oren dicht om al die ellende niet meer te horen. De Engerd is net een olievlek als hij praat, zoals die op televisie. Mooie, witte vogels die helemaal onder de smeer zitten. Ze gaan dood omdat er zoveel viezigheid op ze is gekomen dat ze niet meer kunnen vliegen. Ik zit ook onder de smeer en soms kan ik niet eens meer ademen. Als ik loop, lijkt het wel of er teer onder mijn voeten zit. Ik blijf plakken. Het leven zit me te krap. Hoe moet dat verder met mij? Er zit een steen in me. Een steen die veel te zwaar is om op te tillen. Het is oorlog in mijn hart, een intifada, het dreunt en dreunt… Mijn hart is loodzwaar. Soms als ik mijn hand erop leg, voel ik het zelfs niet meer kloppen. We zouden ons hart moeten luchten zoals we een kamer luchten. Oude ruzies waarmee het volgestopt zit en verdriet dat te veel ruimte inneemt, moeten weggooien. We zouden ons hart een fris kleurtje moeten geven als het door de jaren heen te dof is geworden. En opruiming moeten houden, zodat er weer plaats is voor alle andere harten die we onderweg nog tegen gaan komen.

'Gestoord word ik ervan! Stom wijf! Als je denkt dat ik mijn hele leven hier met jou en je twee koters in dit rattenhol blijf zitten, heb je het goed mis!'

Ik zou in slaap willen vallen in een wolk, zodat ik de Engerd nooit meer zou hoeven horen. Mijn oren op slot doen, de sleutel twee keer ronddraaien en hem dan ver weg gooien.

Het geluid van omvallende meubels, dof gebonk en geschreeuw… Ik druk mijn oren dicht en kruip tegen Maxence aan, maar hoor het toch. Ik huil zachtjes, een zoute smaak komt mijn mond binnen. Opeens wordt het angstaanjagend stil in huis. We durven niet te bewegen. Door de wijn voelen we ons nog steeds niet goed, maar Maxence staat toch op en doet de deur een stukje open. Hij glipt langzaam naar buiten en houdt zijn rug tegen de muur gedrukt. Ik heb het gevoel dat mijn hart ermee op gaat houden, maar sta ook op en ga achter hem aan. Samen zijn we sterker. We sluipen door de gang, schuifelend met onze blote voeten over het versleten tapijt. In de huiskamer zit de Engerd uitgezakt voor de televisie, met een biertje in zijn hand alsof het een trofee is. Mama zit verslagen op haar stoel. Ze heeft een wang die dikker is dan de andere en bloed naast haar oog.

Het leven is niks voor kinderen.

10

Na schooltijd gaan we naar Nouredine. Hij heeft een PlayStation en is er heel goed in. Wij weten niet hoe het moet, maar Maxence leert graag, dus hij heeft netjes naar de uitleg geluisterd en daarna was hij de hele tijd beter dan Nouredine. Ik ben voor de televisie gaan zitten, want bij Nouredine hebben ze kabel. Hij heeft zelfs een televisie in zijn kamer. Ik heb naar *Mary Poppins* gekeken, een oude Amerikaanse film. Mary Poppins komt als oppas werken bij ongelukkige kinderen om geluk voor ze te maken. Als ze met haar vingers knipt, is de kamer vanzelf opgeruimd. Ze heeft een paraplu en als ze die openklapt, kan ze tot boven de wolken vliegen. Als Mary Poppins langs landschappen komt die met krijt op de stoep getekend zijn, dan springt ze er met haar voeten tegen elkaar aangedrukt in en komt ze terecht in een heel andere wereld. Ze lijkt op een enorme zon die over straat loopt. Ik zou zelf ook wel een zon willen zijn, maar voel me eerder een minuscuul sterretje dat bijna uitdooft en verdwaald is in de hemel. De Engerd is een onweersbui met bliksems die overal inslaan en heel veel schade aanrichten. Maxence is een regenboog met mooie kleuren die zelfs regenachtige dagen opvrolijkt en mama is een zon waarvan de batterijen op zijn.

Nouredine kan het niet uitstaan dat hij op de PlayStation verslagen is door Maxence en zit te mokken. Maxence komt me halen en we gaan buiten een rondje lopen. Lege veldjes, grote flatgebouwen en kapotte basketbalnetjes, dat is onze wereld.

'Hoe ziet de zee eruit, Max?'

'Zoals wanneer je de gootsteen vol water laat lopen, maar dan veel groter en met wind.'

'En de horizon, waar houdt die op?'

'Die houdt op als je stopt met dromen.'

'Denk je dat we op een dag de zee zullen zien?'

'Doe je ogen maar dicht.'

'…'

'Voel je dat, die wind in je gezicht?'

'Ja.'

'En het stuifwater?'

'Wat is dat, stuifwater?'

'Dat is een soort lichte regen die door de golven gemaakt wordt als ze stukslaan.'

'Dus een zoute regen?'

'Ja.'

'Ah, ja, ik voel het, het stuifwater.'

'Adem in. Ruik je de geur van algen?'

'Zoals blubber met lucht erbij?'

'Zoiets.'

'Het ruikt raar.'

De wind veegt mijn gezicht schoon en neemt het stof mee dat over mijn gedachten ligt.

'Hoor je de golven?'

'Het lijkt wel of ze zingen.'

Ik pak Maxence' hand vast en we wiegen zachtjes heen en weer. Hij legt uit dat dat komt door de golven van de zee. Ooit zal er een boot komen om ons op te halen en mee te nemen, naar een plek ver weg van hier. We zullen onze flat en de Engerd heel klein zien worden, tot we de open zee bereiken en het leven diep in kunnen ademen. Mama zal bij ons zijn en lachen van blijdschap. Ooit…

'Doe je ogen maar open, Slimane, en kijk naar de zee.'

Ik durf ze niet open te doen, ik ben bang dat de magie van het moment verdwijnt. Maxence knijpt bemoedigend in mijn hand en ik doe langzaam eerst één oog en dan het andere open.

'Wat mooi!'

Voor ons ligt een enorme zee die danst boven de vuilnisbakken, een blauw met groene zee die golft en het zonlicht weerkaatst. Een zee die al onze woestijnen bedekt.

Het is doodstil in huis. Buiten barst opeens een regenbui los en wordt de wereld bedekt met een grijze laag. Ik voel het verdriet aan mijn hart plakken. Ik heb het benauwd...

'Trek je zwembroek aan, Slimane.'

'Wat?'

'We gaan naar het strand.'

Ik kijk hem aan alsof hij gek is geworden. Hij komt in actie en twee tellen later heeft hij zijn zwembroek aan. Uit de badkamer haalt hij twee handdoeken die hij op de grond legt en hij draait het bureaulampje zo om dat het licht op ons schijnt. Dan gaat hij languit op de handdoek liggen en doet hij zijn ogen dicht.

'Je hoeft je niet eens in te smeren met zonnebrand!'

Ik trek als een speer mijn zwembroek aan en ga naast hem liggen. Ik denk weer aan het stuifwater van zonet en aan de wind die in mijn gezicht blies. De zon verblindt me als ik mijn ogen opendoe. Maxence laat het leven dansen. Hij zorgt altijd dat het leven hoger gaat vliegen, zelfs als het niet meer kan en op het asfalt neer wil storten. Maxence is net als Mary Poppins. Als hij met zijn vingers knipt, barst het verdriet in lachen uit.

11

Vandaag hebben we het huis voor ons alleen. Geen Engerd te bekennen. Hij zit zijn ellende weg te drinken in zijn stamkroeg. Mama is in het hotel. Alles is stil. Max pakt mijn hand vast en neemt me mee naar de keuken.

'Kom, we gaan een chocoladetaart maken.'

'Wijzelf?'

'Ja. Voor mama.'

'Weet jij hoe dat moet dan?'

'Nee, maar dat gaan we leren.'

'Waarom pakken we geen geld uit mama's potje om er eentje te kopen?'

'Ten eerste is dat te duur en bovendien is een taart kopen toch iets anders dan er zelf een maken.'

'…'

Hij heeft een papiertje in zijn hand waarop een recept staat voor chocoladetaart.

'Hoe kom je daaraan?'

'Heb ik van Fatima gehad. Ze heeft me zelfs bloem en chocola meegegeven! Nou, doe je mee of niet?'

'Natuurlijk doe ik mee!'

Ik pak het lijstje van hem af en begin te lezen.

Chocoladetaart van Fatima:
200g bloem
1 zakje vanillesuiker
200g suiker
200g boter
200g chocolade
4 eieren

'Dat hebben we niet eens, vanillesuiker!'

'Nou en! We doen er gewoon wat rum van de Engerd in!'

Maxence zoekt de fles van de Engerd terwijl ik bid dat hij niet precies op dat moment thuiskomt. Max zet de oven aan en smeert boter in een soort bakvorm. We smelten de chocola in een pannetje en kloppen de eidooiers met de suiker. Er komen belletjes in.

'Kijk, Slimane, het lijkt wel zeeschuim!'

'Wat is zeeschuim?'

'Een soort kwijl, maar dan van de zee.'

'Getver!'

We laten langzaam de boter smelten en doen die bij het kwijl. Max zegt precies wat ik moet doen.

'Doe de bloem er maar bij, heel rustig.'

Ik probeer het, maar laat te veel bloem vallen en dan komen er klonten in het mengsel. Het lijken wel grote rotsen. Max pakt een vork en plet ze alsof hij puree maakt. Daarna pakt hij de bloem en doet die er voorzichtig 'lepel voor lepel' bij, terwijl hij blijft roeren. We stoppen de chocola erin. Eerst blijft alle chocola bij elkaar, als een dikke, donkere wolk. Maar dan wordt de wolk steeds groter en wordt het mengsel overwonnen door de chocola. Ik steek mijn vingers erin en lik ze af. Max doet dat ook en onze gezichten komen onder de chocola en de bloem te zitten. We moeten er wel om lachen.

Daarna komt het moeilijkste: we moeten het wit van de eieren nog kloppen tot een stevig schuim 'met puntjes'. Alleen hebben we niet eens een speciaal apparaat om dat te doen. We kloppen zo hard als we kunnen, maar er komen geen puntjes. Het wordt eerder een soort derrie. Max zegt dat het zo ook wel goed is. We doen de derrie bij het chocoladebeslag en mengen alles door elkaar. Omdat Fatima op het briefje heeft gezet dat we 'zorgvuldig' moeten mengen, laat ik het Max doen, want ik ben niet zorgvuldig genoeg. Ik wil wel zorgvuldig worden, want ik wil nooit op de Engerd gaan lijken. Hem heb ik nog nooit iets zorgvuldig zien doen. Dat woord kent hij niet eens. Vaak begin ik iets zo zorgvuldig mogelijk te doen, maar dan krijg ik zin om snel klaar te zijn en ben ik helemaal niet zorgvuldig meer. Als Maxence de chocoladetaart in wording mengt, lijkt het wel alsof dat voor hem de belangrijkste taak van de wereld is. Hij buigt een beetje voorover, fronst zijn wenkbrauwen en roert heel voorzichtig. Hij laat mij het beslag in de bakvorm doen en zet die in de oven. We kijken hoe de taart bakt. Af en toe spits ik mijn oren en werp ik een blik op de deur om er zeker van te zijn dat de Engerd nog niet thuiskomt.

De geur van chocola verspreidt zich door het huis. Mjam! Ik eet de taart al met mijn neus op. Een halfuur later haalt Maxence hem uit de oven met een speciale handschoen om je niet te branden. Dan steekt hij een mes midden in de taart, zoals ik wel eens in het hart van de Engerd zou willen doen. Als het mes er schoon uit komt, is de taart goed. Het hart van de Engerd is veel te hard gebakken. Het hart van de Engerd is gemaakt van slachtafval. Van stukken vlees die je eigenlijk in de vuilnisbak moet gooien of aan zwerfhonden moet geven. Het hart van de Engerd is gekruid door een beginnende kok die te snel klaar wilde zijn met werken en te veel peper en sambal heeft gebruikt. Daardoor is hij de hele tijd boos.

We zetten de taart op tafel met een briefje voor mama erbij. Daar schrijven we allebei op dat we van haar houden. Daarna gaan we ons wassen in de badkamer, om de bloem, eieren en chocola die aan ons kleven van ons af te halen.

De voordeur gaat open. Ons hart gaat sneller kloppen, want straks ziet mama ons cadeau op tafel. We haasten ons naar de gang, maar het is de Engerd! In zijn slonzige joggingpak en slingerend als een zuiplap. We denken razendsnel na: de taart moet verborgen worden! Maar hij loopt recht op de keuken af. Hij ziet de taart en het briefje voor mama. Hij leest het en verscheurt het. En dan grijpt hij met zijn vette hand midden in de taart, eet er de helft van op en gooit de rest in de vuilnisbak.

'En ik dan? Krijg ik niks? Niet te vreten die taart van jullie, stelletje eikels!'

Hij slaat met zijn vuist op tafel. De hele flat trilt ervan. Hij loopt de keuken uit en duwt ons opzij. Mijn schouder knalt tegen de muur. Ik huil zonder geluid te maken. De deur slaat dicht.

Max ziet nog veel witter dan de bloem van net. Hij beweegt helemaal niet meer, alsof hij een soort standbeeld is geworden. Ik haal de taart uit de vuilnisbak. Ik probeer hem nog een beetje mooi in de bakvorm te krijgen en zet hem terug op tafel, naast het verscheurde briefje.

Toen mama thuiskwam, vond ze een briefje in duizend stukjes, aan elkaar geplakt met plakband, en een halve, ingestorte taart. Ze nam er een stukje van, zelfs nadat we hadden gezegd dat hij een uitstapje naar de vuilnisbak had gemaakt. Ze bedankte ons met tranen in haar ogen en een mond vol kapotte taart.

Ik ga naar bed met een heleboel gedachten die door mijn hoofd spoken. Het lijkt wel een spookhuis in mijn hersens.

'Max, waarom zijn er eigenlijk vaders?'

'Om je ongelukkig te maken.'

'Doen alle vaders dat?'

'Misschien niet, nee… Hangt ervan af…'

'Waarvan? Van de fabriek waar ze gemaakt worden?'

'Ja, inderdaad. Ik hoop dat de fabriek van de Engerd failliet is gegaan.'

'Ik ook. Dan zijn er tenminste niet te veel Engerds gemaakt.'

Maxence valt in slaap. Zijn regelmatige ademhaling wikkelt zich als een zachte sjaal om me heen. Ik zou net zo snel als hij in slaap willen vallen, maar het lukt niet. Ik kan niet tegenhouden dat er gedachten opkomen in mijn hoofd… Het is bijna Vaderdag. Wat zouden we de Engerd nou kunnen geven? Bokshandschoenen?

Weet de Engerd wat mijn lievelingskleur is? Om welke films ik moet lachen of huilen, welke taart ik het lekkerst vind? Weet de Engerd wie ik ben? Alleen met een heel groot houweel zou je een gat in zijn stenen hart kunnen maken om er een beetje liefde uit te zien komen. Zoals bij die bomen in Canada, waar ze een sneetje in maken en waar siroop uit komt. Als het zo zou zijn dat je haar niet meer zou groeien en je hart niet meer zou kloppen omdat er niet genoeg van je gehouden wordt, dan zou ik zo kaal als een knikker zijn en een doofstom hart hebben. Als je lichaam zou uitdrogen en weg zou vliegen als een dood blaadje omdat er niet genoeg van je gehouden wordt, dan zouden ze stukjes van mij vinden in Australië en China en op de Noordpool. Zou iemand ze oprapen om ze aan elkaar te plakken en een nieuwe Slimane te maken?

12

Soms gaan Maxence en ik zitten op het blauwe vloerkleed in onze slaapkamer. Dan doen we onze ogen dicht, houden we elkaars hand heel stevig vast en stellen we ons voor dat we op een vliegend tapijt dat ons meeneemt naar een plek ver weg van hier zitten. We vliegen over landen die we zelf verzinnen. Maxence zegt dat je denkvermogen sterker is dan alles, en dat je, zelfs als je in een gevangenis zit, vrij kunt zijn.

'Geloof je echt dat dat waar is?'

'Natuurlijk! Alleen je lichaam zit in de gevangenis.'

'Jawel, maar toch…'

'Slimane, als je je echt concentreert, kun je vliegen naar waar je maar heen wilt in de wereld.'

'Zoals met de travelator?'

'Nee, nog beter. Veel verder.'

Op televisie heeft hij een keer een programma gekeken over mensen die yoga deden en hij vond het heel interessant om ze zo te zien zitten, urenlang met hun ogen dicht. Sindsdien wil hij per se dat wij hetzelfde doen. We gaan op een rare manier zitten, in de 'lotushouding' heet dat. En dan proberen we nergens aan te denken. Ik vind dat heel moeilijk want gelijk als ik mijn ogen sluit, ga ik helemaal koppie-onder in een golf van gedachten. Ik kan nog zo mijn best doen, het lukt niet. Ik zie de Engerd en zijn kratten bier, mama met haar geblondeerde haar onder het bloed, de coltruien van meneer Plassé en al die andere dingen.

Ik doe mijn ogen open. Maxence zicht rechtop als een kaars, hij gaat er helemaal in op. Ik vind hem mooier dan de zon op zomerdagen en ik blijf naar hem zitten kijken, terwijl ik me afvraag over welke landen hij vliegt en vooral hoe ik het voor elkaar kan krijgen om bij hem te komen.

'Je moet je concentreren, Slimane.'

'Dat probeer ik, echt waar! Maar de gedachten komen toch.'

'Je moet ze tegenhouden.'

'Maar hoe dan?'

'Door je nog meer te concentreren. Zodra een gedachte opkomt, torpedeer je die.'

'Zoals in een computerspelletje?'

'Precies.'

Ik ga in kleermakerszit zitten en doe alles wat hij zegt. De eerste pogingen zijn belabberd. Ik concentreer me zo hard dat er allemaal rimpels in mijn gezicht komen, maar het heeft geen zin. Het lijkt wel of gedachten het leuk vinden om je te pesten door steeds maar op te duiken. Het lukt me niet, ik wil het opgeven, maar Maxence pakt mijn hand en knijpt erin om me aan te moedigen. Plotseling is het windstil. Het lijkt wel of mijn hersens van het ene op het andere moment doof zijn geworden. Ik ben helemaal stil vanbinnen, voel allerlei nieuwe dingen. Een lichtheid die ik nog nooit ervaren heb, alsof ik een pluisje ben geworden. Het lijkt wel of ik vlieg. Ik vlieg met Maxence. We zijn allebei in de ruimte en zien de aarde van heel ver weg.

Een deur slaat dicht. O nee, de Engerd komt eraan! De landing is hard. We staan snel op, te snel. Ons hoofd draait als een bowlingbal. Niks geen vliegend tapijt, verre planeten en ontsnapping meer... Welkom in de hel.

De deur gaat open en zijn gemene gezicht komt tevoorschijn. Hij zegt niks, blijft ons zwijgend aan staan kijken. Op die momenten weten we niet wat we moeten doen. We willen hem gedag zeggen, maar daar zou hij boos om kunnen worden. Maar als we niks zeggen, zou hij daar ook boos om kunnen worden. Dus blijven we zitten zoals we zitten, met een knoop in onze buik en biddend dat hij ons geen pijn gaat doen. Door de yoga heb ik voor het eerst het gevoel dat ik hem van ver weg zie, alsof hij alleen maar een heel klein, onbeduidend stipje in het universum is. Alsof hij niemand is. Maar wel een gevaarlijke niemand. De ouders van Nouredine hebben een pitbull en we gaan nooit naar hun huis als die er is, want Maxence zegt dat pitbulls onvoorspelbaar zijn. De Engerd is net zo. Onvoorspelbaar en gevaarlijk.

Ik heb zo'n pijn in mijn buik dat ik bijna dubbelgevouwen zit. De Engerd inspecteert de kamer om ergens kritiek op te kunnen hebben, maar we hebben gisteren nog opgeruimd. Hij kijkt ons strak aan, trekt zijn schouders op en gaat weg terwijl hij de deur met een knal achter zich dichttrekt. Toch blijven we nog stilzitten, door de angst. Het duurt even voordat die weggezakt is. Vooral omdat de Engerd er nog is, ergens in huis, klaar om toe te slaan.

Het leven is te 'gecompliceerd', zoals Maxence zegt. Onze dag is verpest en Maxence wordt overvallen door allemaal sombere gedachten. Ik zou boeketten van woorden voor hem willen maken om hem weer te laten glimlachen en zijn verstikkende herinneringen te laten verdwijnen. We knijpen in elkaars hand. In die aanraking zit alles wat we weten en niet hoeven uit te spreken. Onze slapeloze nachten, ons hart dat niet meer normaal klopt, de klevende angst die onze kinderlach bedekt. In die aanraking zit een leven dat veel te zwaar voor ons is. Een leven met dromen waar zulke diepe wonden in zitten dat er liters jodium op moeten.

13

Jemig, het is alweer tijd om uit bed te komen en naar school te gaan! Ik wou dat het altijd nacht bleef... Dan zou ik de rest van mijn leven in bed blijven liggen. Het is koud in de kamer, ondanks de blokverwarming. Maxence zegt dat ze die expres laag zetten omdat dat goedkoper is. Ik heb met mijn joggingpak en sokken aan geslapen, zo koud had ik het. En ijskoude wind blaast door de kieren van het raam. Daar is niets aan te doen, behalve misschien de wind opwarmen in een pannetje. Maxence is allang wakker, maar hij blijft in bed liggen nadenken. Hij houdt er niet zo van om 's morgens te praten, terwijl ik juist meteen begin te praten als ik mijn ogen geopend heb. Meestal gaat het nergens over. Dat komt door de angst die ik voel zodra ik wakker word. Die drukt op me als een superzwaar gewicht en soms denk ik dan dat het me nooit gaat lukken om eronder vandaan te komen. Dus begin ik te praten zodat Maxence weet dat ik vastzit. Hij zegt helemaal niks, al weet ik dat hij best wel naar me luistert. Hij begrijpt dat ik het nodig heb. Deze ochtend doe ik echt mijn best en hou ik mijn mond. Of eigenlijk praat ik wel, maar zonder geluid te maken. Ik ga naar de badkamer, loop wat rond in huis, probeer mezelf een beetje op te warmen. En dan schrik ik me een hoedje. De Engerd zit in de keuken te ontbijten met zijn nette pak aan.

'Hé! Zeg vooral geen goedemorgen!'

'Hè?... Eh... Goedemorgen!'

'Nou, wat is er nou? Heb je een spook gezien of zo?'

Ik schud mijn hoofd en ga snel naar onze kamer. Maxence ligt nog na te denken, maar ja, jammer dan, ik moet met hem praten.

'De Engerd zit met zijn pak aan in de keuken!'

'Wat?'

'Hij is aan het ontbijten met zijn pak aan.'

Hij komt als een speer zijn bed uit, dít moet hij van dichtbij bekijken, en loopt zo gewoon mogelijk naar de keuken. Op de drempel blijft hij staan. Je weet maar nooit, ook in een net pak is de Engerd nog geen heilig boontje. Maxence' mond valt open.

'Hé! Zeg jij ook maar geen goedemorgen hoor! Jezus, waar zijn jullie opgevoed! Hop, wegwezen nou!'

Maxence smeert hem meteen, maar ik zie wel dat hij er ook ondersteboven van is. In de gang fluisteren we zo zacht mogelijk tegen elkaar.

'Max, wat denk je dat hij gaat doen?'

'Geen idee. Misschien een bank overvallen.'

'Hè? Ben je gek geworden?'

De Engerd komt de keuken uit, we kijken verschrikt op.

'Goed, ik ga. En schiet op, jullie moeten naar school!'

We volgen hem met onze blik tot hij de deur achter zich dichttrekt.

'Waar gaat hij naartoe?'

'Het arbeidsbureau, denk ik.'

'In zijn pak?'

'Waarom niet?'

'Tja. Inderdaad, dat is het vast.'

Misschien heeft de Engerd zich netjes aangekleed voor de mensen van het arbeidsbureau. Zodat ze trots op hem zijn en hem blijven betalen voor zijn baan als werkloze.

Op school moet ik de hele dag aan de Engerd denken. Waarom zou hij toch zijn nette pak aan hebben gehad, 's morgens vroeg, zoals echte mensen? Misschien ging hij naar de begrafenis van een van zijn vrienden. Alleen heeft hij helemaal geen vrienden, behalve die zuiplappen uit het café op het marktplein. Ja, maar omdat alcohol zo gevaarlijk is voor je gezondheid, is er misschien wel eentje dood! Tenzij de Engerd besloten heeft om weg te gaan en ergens ver weg een nieuw leven te beginnen. Dat zou toch kunnen? Nee, dat kan niet. Dan zou hij zijn spullen hebben meegenomen. Wat voert hij dan toch in zijn schild?

'Slimane, waar zit je met je hoofd!'

'Hè?'

'Niet "hè", maar "wat zegt u"!'

'Hè… Wat zegt u?'

Ik weet niet waar ik zit met mijn hoofd. Misschien op de maan, want op aarde is alles veel te moeilijk. Iedere avond kijk ik naar de maan en als hij zich achter de wolken verschuilt, roep ik hem zodat hij weer tevoorschijn komt.

'Slimane, waar zijn we gebleven met *School voor vrouwen*?'

'...'

Bocris fluistert me het antwoord toe en ik probeer zo goed mogelijk voor te lezen, ook al weet ik dat ik er niks van bak. Maxence, die
kan pas echt goed lezen. Hij stopt niet steeds na een paar woorden,
zoals ik. Nee, als hij voorleest, is het echt alsof je in het verhaal zit.
Ik schraap mijn keel en lees langzaam een stukje voor uit *School voor
vrouwen*.

> *De vrouw is voor haar echtvriend een bord soep met selde-
> rie.*
> *Komt nu een andere man in de nabijheid van zijn soep en*
> *Probeert de snaak op slinkse wijze van zijn bord te snoepen*
> *Dan wordt die man des duivels...*

Zo'n verhaal over soep en duivels doet me meteen denken aan de
Engerd. Aan het begin van het jaar moesten we van onze mentor,
mevrouw Mertens, een formulier invullen. Bij beroep van de moeder heb ik *oppervlaktespecialist* ingevuld en bij beroep van de vader
had ik eerst *loser* geschreven. Maar toen veranderde ik van gedachte
en heb ik *levensspecialist* ingevuld. Een oppervlaktespecialist is iemand die plekken schoonmaakt. Een levensspecialist is iemand die
het leven uit de weg ruimt en overal waar hij komt niets dan ellende
achterlaat. Ik vind het wel goed bij de Engerd passen om levensspecialist te zijn. Zodra hij ergens een brandende kaars ziet, blaast hij die
uit. Hij kan het niet uitstaan als anderen het naar hun zin hebben.
Maxence zegt dat dat komt doordat hij dan ziet hoe 'pathologisch
nietsbetekenend' hij zelf is. Dat hij zich aangevallen voelt als anderen lol hebben omdat hij heel goed weet hoe stomvervelend hijzelf
is. En dat we allemaal in een legerkamp zouden wonen en geen rech-
ten zouden hebben als hij president van de wereld was.

Als we thuiskomen uit school, is mama er al en staat er een mooi
bosje bloemen in een nieuwe vaas.

'Foute boel,' fluistert Maxence me toe.

In de huiskamer zit de Engerd als een koning in zijn nette pak en met een biertje in de hand.

'Jongens, jullie vader heeft een baan gevonden!'

Mama's wangen zijn helemaal roze. Ik weet niet precies of dat door de blijdschap of door de alcohol komt.

'Horen jullie me? Een baan!'

We geloven onze oren niet. Mama heeft het niet meer.

'Jullie vader is veiligheidsbeambte in een warenhuis!'

We weten niet wat we moeten zeggen en daar wordt de Engerd boos om.

'Laat vooral niet zien dat je blij bent hoor, stelletje sukkels!'

'Wat goed,' stamelt Maxence terwijl hij mama aankijkt.

Ik kijk naar de Engerd, mijn hart stokt.

'Ja... wat goed...'

'Oké, nou, blijf daar niet zo staan! Ga je huiswerk maken! Ik ben veel te makkelijk met jullie geweest, die tijden zijn voorbij. Aan de slag!'

We kunnen niet geloven dat iemand hem helemaal vrijwillig heeft aangenomen. We zijn er ondersteboven van.

'Misschien gaat hij nu minder drinken. En zal hij mama niet meer slaan.'

'Verbeeld je maar niks, Slimane. Hij is een slecht mens, zo is het nou eenmaal.'

'Maar misschien kwam dat doordat hij geen werk had!'

'Misschien wel. Misschien ook niet.'

Ik begin te dromen van een heel nieuwe vader. Een vader in een net pak, die iedere ochtend naar zijn werk gaat en lief tegen ons praat. Een vader die nieuwe batterijen gekregen heeft, een vader die langer meegaat dan de Engerd. Gewoon een echte vader.

'De Engerd veiligheidsbeambte, gekker moet het niet worden!'

'Max, begrijp jij dat iemand de Engerd heeft aangenomen en hem zelfs geld gaat geven om veilig te zijn? Dat is toch heel raar?'

Ik heb mijn hoofd er helemaal niet bij terwijl ik mijn huiswerk maak. Mama roept ons voor het eten. Ze heeft speciaal een ovenschotel gemaakt. Het is het enige gerecht waarvan ze weet hoe ze het moet maken. Ik heb haar al maanden niet zo blij gezien en ik moet er bijna van huilen. De Engerd drinkt drie glazen wijn, staat op en zet de fles terug in de kast. Dan gaat hij weer zitten en kijkt recht voor zich uit terwijl hij praat.

'Ik zal ze eens wat laten zien, die eikels. Ze dachten dat het voorbij was met me, maar nee hoor! Jean-Claude, terug op de markt! Dat zullen ze weten ook, kan ik je vertellen!'

Mama kan haar ogen niet van hem af houden, alsof hij iets heel geweldigs aan het vertellen is dat haar hele leven gaat veranderen.

'Ik zal ze ervanlangs geven, die hufters!'

'Natuurlijk schat.'

'Je wil niet weten wat een zootje het daar is. Maar die bende ga ik eens even flink aanpakken!'

En zo gaat het nog uren door. Mama giechelt bij alles wat hij zegt. Wij hebben er al snel genoeg van, maar we mogen niet van tafel want dat is onbeleefd. Na een tijdje ziet Maxence helemaal paars. Ik wil naar hem seinen dat hij zijn yogading zou moeten doen, maar hij kijkt ergens anders naar. Het lijkt wel of hij al weg is gegaan, ver weg van hier. Soms doet hij me aan een vogel denken, maar ik durf mijn hand niet naar hem uit te steken. Ik ben veel te bang dat hij dan wegvliegt en nooit meer terugkomt.

14

Nu de Engerd werk heeft, wordt het leven weer bijna gewoon. Hij vindt zichzelf heel wat. Iedere ochtend zit hij als een koning in zijn nette pak in de keuken en loopt hij door het huis te paraderen. Hij probeert zelfs interesse in ons te tonen.

'En hoe is het op school? Met jullie vrienden? En met de meisjes, scoren jullie een beetje? Als twee Ronaldo's, hoop ik?'

Zo gaat dat door, totdat we hem genoeg antwoorden hebben gegeven om hem tevreden te stellen. Dan gaat hij naar de huiskamer en weten we dat we hem beter niet kunnen storen. Maar we komen niet makkelijk van onze oude reflexen af. We wachten tot hij uit de kamer gaat voordat wij erin gaan, zeggen nooit iets als hij in de buurt is, zoeken dekking in onze kamer zodra we de sleutel in het slot horen draaien. Mama heeft in het begin ook moeite om de ongelofelijke verandering tot zich door te laten dringen, ze schrikt nog steeds als de Engerd te hard praat. Ze draagt nu wel vaker rokjes. En ze maakt zich ook op. Ik vind haar mooi, met haar blonde haar en haar hoge hakken. Vaak kijkt de Engerd naar haar alsof ze een grote slagroomtaart in de etalage van de banketbakker is. Soms zelfs staat hij op en legt hij een hand op haar billen. Max en ik haten het als hij dat doet.

Ik heb mijn engelenvleugels weggelegd in de kast en begin ervan te dromen dat ik ze nooit meer nodig zal hebben.

Ik word midden in de nacht wakker door gekreun. Doodsbang luister ik er goed naar. Het begint weer! Mijn hart bonst mijn borst uit en stort neer op de grond. Ik maak Maxence wakker. Hij gaat rechtop in bed zitten en wrijft in zijn ogen. We staan voorzichtig op, schuifelen met onze voeten over de vloer. Mama zucht en stoot gilletjes uit. We komen dichterbij. Ze bewegen op hun bed. Stomverbaasd blijven we stilstaan en kijken we naar hoe ze vrijen in het donker. Dan gaan we terug naar onze kamer, te geschokt om nog iets te zeggen.

15

De Engerd is natuurlijk niet in een week tijd Gandhi geworden. Op zaterdag werkt hij niet en wil hij per se dat we gaan voetballen.

'Dat is toch wat vaders met hun zonen doen?'

Misschien wel, maar Maxence en ik haten voetbal. We doen net of we het geweldig vinden en daar staan we dan, op het lege veldje tegenover de flat. De Engerd vindt zichzelf heel wat. Hij trapt tegen de bal en slooft zich uit alsof het de finale van het wereldkampioenschap is. Maxence en ik rennen achter de bal aan en hopen dat het zo snel mogelijk afgelopen is.

'Hé, Slimane, ben je een zoon van je vader of een mietje?'

'Eh... Ik ben een mietje.'

Maxence is moe en daar wordt de Engerd boos om.

'Hé, Maxence! Ga je nog iets doen of moet ik je een trap geven?'

Maxence houdt er helemaal niet van als er zo tegen hem gepraat wordt, dus gaat hij midden op het veld stilstaan en kijkt hij de Engerd recht in de ogen. Ik vind het doodeng. Ik wil naar Maxence toe rennen, maar kan niet meer bewegen. De Engerd loopt op hem af en geeft hem zo'n harde dreun dat hij omvalt. Dan draait hij zich om en schiet met al zijn kracht tegen de bal. Het joggingpak van Maxence zit onder de modder en uit zijn neus komt bloed. Ik ga naar hem toe om hem te helpen, maar hij staat zelf op en rent weg zonder me aan te kijken. Ik zie hem gaan, sneller dan de wind, een spoor achterlatend van de moordende haat die hem helemaal opvreet. Ik ril van de kou, maar wacht toch op hem. Als het moet, wacht ik urenlang, zelfs als ik dan in een ijspegel zou veranderen. Als het moet, wacht ik mijn hele leven op hem. Na een hele tijd zie ik hem aan komen lopen. Hij is helemaal rood en heeft een woeste blik. We kijken elkaar lang aan, met onze ogen die dezelfde dingen hebben gezien, en wandelen langzaam naar huis, terug naar ons giftige leven.

Thuis lijkt er niets aan de hand. De Engerd zit televisie te kijken en mama is aan het strijken. Ze kijkt geschrokken naar Maxence, want het bloed loopt nog uit zijn neus en drupt op zijn shirt. Even lijkt ze te twijfelen. Maar ze wil echt niet geloven dat de Engerd weer terug bij af is, want hij heeft haar niets meer gedaan sinds hij werk heeft. Eigenlijk wil ze geloven dat we zelf iets slechts hebben gedaan. Maxence kan het niet opbrengen om te glimlachen. Hij gaat snel naar de badkamer. Ik ren achter hem aan en doe de deur achter ons op slot. In het felle licht is hij witter dan de badkuip.

'Ga maar zitten, ik help je.'

'...'

'Hé Max, hoor je me?'

Deze keer lijkt hij echt van zijn stokje te gaan. Zijn handen zijn ijskoud, hij is in shock. Ik laat het bad vollopen met warm water en help hem zijn kleren uit te doen. Daarna help ik hem voorzichtig in het bad te stappen. Zijn lichaam is zwaar, alsof niemand het meer bestuurt. Eenmaal in bad doet hij zijn ogen dicht. Ik veeg de bloedvlekken van zijn gezicht en hals. Hij ligt doodstil, hij is ergens anders. Af en toe knijpt hij in mijn hand en zo blijven we zitten, in gedachten verzonken, tot mama ons roept voor het eten. Heel even zijn we zo van de kaart dat we niet kunnen bewegen, we kunnen ons er niet toe zetten om met de Engerd te gaan zitten eten alsof er niets gebeurd is. Maar zodra we hem horen schreeuwen, springt Maxence uit bad en kleedt hij zich snel aan. We wisselen zuchtend nog een laatste blik en slepen ons naar de huiskamer. De Engerd is niet meer te houden. Hij praat aan één stuk door en mama kijkt naar hem alsof hij God is. Uiteindelijk was het beter toen hij niet werkte, want toen bekommerde hij zich nergens om en zagen we hem dus minder. Nu speelt hij de ideale vader, maar als je het mij vraagt is er een grote fout gemaakt in de casting. Ik doe net alsof ik geïnteresseerd ben in wat hij vertelt. Maxence is totaal apathisch, gelukkig lijkt de Engerd daar niets van te merken. Hij praat heel hard, lacht heel hard, slaat op de tafel om zijn zinnen kracht bij te zetten, en ons ziet hij niet.

Zodra we kunnen, smeren we hem naar onze kamer en doen we de deur dicht om een beetje rust te hebben. Ik haal mijn engelenvleugels uit de kast en geef ze aan Maxence zodat hij ze om kan doen, maar hij duikt direct zonder nog een woord te zeggen zijn bed in. Dus sla ik de krant maar open die ik van de Engerd gepikt heb.

'Hongersnood in Niger: meer dan 150.000 mensen met de dood bedreigd... 45 doden bij een aanslag in Irak... Vliegtuig neergestort: 330 doden... Zo ongelukkig zijn we nog niet, Max!'

Ik kijk naar hem, maar hij ziet me niet. Hij is al in slaap gevallen, om al zijn schrammen te vergeten. Ik blijf op bed zitten en luister naar de geluiden van de avond die opbloeien in huis. Mama doet de afwas, de Engerd kijkt een stompzinnig programma op televisie. De buren rechts schreeuwen, die van boven lachen. Je kunt hier alles horen, het hele leven van anderen volgen. Er is geen enkele privacy. Ik weet zeker dat iedereen doorheeft dat de Engerd ons slaat. Maar niemand doet iets. Iedereen heeft al een leven met allemaal problemen, dus niemand heeft zin om de rechter van de stad te spelen. Pas als er een echt drama gebeurt, vinden ze dat allemaal heel erg en voelen ze zich schuldig. Ik ga naar het raam en doe het gordijn een stukje open om naar de maan te kijken. Die is vanavond zo klein dat het lijkt alsof hij zal uitdoven. Zijn er ergens anders, ver weg, nog meer mensen als wij? Zijn er veel jongetjes die in een flat wonen met een wanhopige moeder en een gemene Engerd? Hoeveel mensen weten dat ik besta en houden echt van mij? Maxence, verder niemand. En mama misschien. Maar zij houdt op een rare manier van ons. Ze houdt niet genoeg van ons om ons mee te nemen naar een ander leven. Ze blijft vastplakken aan de Engerd, ze kan niet van hem loskomen. Hij knipt met zijn vingers en zij doet alles wat hij wil, zelfs haar ogen sluiten voor het bloed dat uit de neus van Maxence komt. Bij mij in de klas zitten kinderen die echte ouders hebben. Ouders die ze met een glimlach van school komen halen. Nou, oké, ze zijn niet in de meerderheid, maar ze bestaan wel. De meesten hebben ouders die tot laat werken, maar dat maakt hun leven thuis nog niet tot een horrorfilm. Nee, bij hen is er liefde, ook al moeten hun ouders afzien en hebben ze weinig geld. Zelfs bij Nouredine thuis, die ouders heeft die krom lopen en een pitbull die doodeng is, klinkt er gelach dat tegen de muren opbloeit. Terwijl er bij ons thuis alleen maar ellende is, die zich zo langzaam als lijm verspreidt.

De maan is achter een wolk verdwenen. Het lijkt wel of hij zich verschuilt. Misschien wordt de maan door een wolk geslagen en doet hij hetzelfde als mama op avonden dat de Engerd tiert en raast: ze wacht tot de storm gaat liggen. Misschien is er ergens een hele wereld waar we het bestaan niet van kennen. Misschien zijn we hier door iemand neergezet. De ouders van Nouredine zijn heel gelovig en zeggen altijd allerlei dingen over wat je moet doen om je netjes te gedragen. Maar als God echt de wereld geschapen heeft, waarom heeft hij Maxence en mij dan in dit gezin gezet? Misschien waren er geen gewone vaders meer in voorraad en moest hij het doen met wat hij had? Ja, dat zal het zijn, er waren geen aardige vaders meer, dus moest hij improviseren. Maar we hadden ook wel zonder vader gekund. Er zijn heel veel kinderen die opgroeien zonder vader. Alleen in mijn klas al: Ibrahim, Julie, Bocris en nog een heleboel anderen. Maxence is heel serieus, hij had best als vader kunnen optreden. Dus, waarom? Waarom hebben wij de Engerd gekregen? Soms heb ik zoveel vragen in mijn hoofd dat het voelt alsof mijn hersens gaan ontploffen. Misschien ben ik te klein om het te begrijpen. Misschien is het met hersens net als met een computer. Als je niet het goede programma hebt, begrijp je er niets van. Maxence zegt dat de Engerd een harde schijf heeft die zwaar beschadigd is en onmogelijk gerepareerd kan worden, dat de hele computer vervangen moet worden. Wij zouden de fabrikant van de Engerd wel een bezoekje willen brengen, gewoon om hem in te ruilen vanwege een 'fabrieksfout'. Maar de garantie op de Engerd is allang verlopen. Ik heb wel eens gehoord dat God mensen tot zich roept, soms. Misschien gaat hij de Engerd tot zich roepen? Nee, nee, dat zou me verbazen. Hij is natuurlijk veel te blij dat hij van hem af is, hij heeft totaal geen reden om hem terug te nemen. Volgens mij moest hij de Engerd gewoon ergens kwijt. Kop of munt heeft hij gedaan en de keuze is op ons gevallen. Ja, dat zal het zijn. Soms denk je dat er ingewikkelde en onbekende verklaringen zijn voor dingen, terwijl ons lot meestal bepaald wordt door kop of munt, of misschien zelfs in een of andere goktent, zoals die ene waar de Engerd de hele tijd zat voordat hij werk vond. Soms is het alleen maar een kwestie van geluk. En wij hebben pech gehad.

Ik kruip mijn bed in. Het gordijn laat ik een stukje open, voor het geval de maan uit zijn schuilplaats tevoorschijn komt. Ik hou wel van de avond, als het leven tot stilstand komt en er steeds minder geluiden zijn. Soms stel ik me voor dat ik ergens anders woon, ver weg van hier. Dan bedenk ik dat Maxence en ik morgen wakker zullen worden in een nieuw gezin, met een lieve papa en een stralende mama, die niet dag in dag uit als schoonmaakster werkt in een hotel langs de snelweg. Of ik bedenk dat het leven als ik opsta bedekt zal zijn onder duizenden veertjes die mijn hart kietelen en dat ik moet lachen. Maar ik weet nu al zeker dat ik morgen als ik naar de keuken ga alleen maar de Engerd zal zien, die stoer zit te doen in zijn nette pak.

16

De Engerd heeft nu het idee dat we een echt gezin zijn. Hij wil leven in een soort ansichtkaart. Hij is trots, want hij heeft een salaris waarmee hij een flinke boterham verdient. Hij wil dat we met z'n allen boodschappen gaan doen in Bel-Est. Mama, Maxence en ik kijken hem raar aan.

'Wat is er nou? Dat doen anderen toch ook, of niet soms? Boodschappen doen met het hele gezin!'

'Nou nee, niet allemaal,' antwoord ik zonder hem aan te kijken.

'Nou, daar trekken we ons niets van aan. Kom op, we gaan!'

Niemand komt in beweging.

'Wat? Wat nou? Ik ben verdomme wel jullie vader!'

We proppen ons met z'n allen in de rode auto, die eruitziet alsof hij honderd jaar oud is, op weg naar Bel-Est. Maxence zegt geen woord. Ik weet zeker dat hij in een ander land is en van mooie dingen droomt. Ik wou dat hij me met zich meenam. Maar vandaag lukt het me niet om los te komen. Nul verbeelding. Ik zit in een barrel van een auto met de Engerd en al doe ik nog zo mijn best, ik kan niet één roze wolk vinden. Ik druk mijn voorhoofd tegen het raam en zie alleen maar zwart-wit buiten. De hemel hangt zo laag dat het lijkt alsof ik hem aan zou kunnen raken als ik mijn arm zou uitstrekken. Dan zou ik een wolk vastpakken en wachten tot de wind ons met zich meevoerde.

In het winkelcentrum lijkt er een wereld open te gaan voor de Engerd. Hij kijkt glimlachend om zich heen en loopt meteen op de McDonald's af om een echte maaltijd voor ons te kopen, met hamburgers, friet en cola. Maxence neemt liever een salade, want volgens hem is McDonald's 'vetzakkenland'. Maar de Engerd kan het niets schelen of hij vet wordt. Hij bestelt een dubbele cheeseburger met een grote friet en een extra grote cola. We gaan samen aan een tafeltje zitten, als een echt, gewoon gezin. Ik eet heel langzaam, om me dit moment de rest van mijn leven te herinneren. Maxence, mama, de Engerd en ik, allemaal samen bij de McDonald's. Na het eten lopen we langs de travelator. Max en ik hebben een heleboel herinneringen aan al onze reizen. We kijken elkaar glimlachend aan, want we hebben allebei ontzettende zin om te vliegen en nog meer te vliegen. Maar de Engerd en mama, die het wagentje duwt, stappen stevig door, dus we moeten ons haasten om ze bij te houden. De Engerd slalomt door de gangpaden, kijkt zijn ogen uit en vult het wagentje alsof hij de lotto gewonnen heeft. Mama probeert hem nog een beetje te kalmeren. Wij zijn echt stomverbaasd. Hij vraagt zelfs welk toetje we willen en pakt alles waar we om vragen. Ik heb het gevoel dat de Kerstman straks tevoorschijn komt met zijn enorme baard en handenvol cadeautjes, of dat Mary Poppins naar me toe komt, met haar vingers knipt en er allemaal ongelofelijke dingen gaan gebeuren. De Engerd koopt alleen echte merken, zoals die op televisie, en mama maakt zich zorgen.

'Jean-Claude, dat is veel te duur!'

'Nou en! Van het leven moet je genieten alsof het een biefstuk is. Niet te droog gebakken dus, lekker bloederig!'

Hij barst in lachen uit, duidelijk heel tevreden over zijn grap. Bij ons komen allemaal slechte herinneringen naar boven, dus wij kunnen er niet om lachen. Ik zou nooit vlees eten waar nog bloed uit komt.

'Wat? Wat staan jullie me nou aan te kijken? Ik koop wat ik wil, verdomme! Het is mijn geld! Godver, gek word ik van jullie!'

Mama is bang dat de situatie uit de hand loopt. Ze zucht diep en legt twee pakken cornflakes in het karretje. Hele dure. De Engerd bevalt het wel dat het nu gaat zoals hij wil en hij legt zijn hand op haar billen. Ze wordt rood en probeert opzij te stappen terwijl ze om zich heen kijkt of iemand het heeft gezien. Dat vindt hij heel grappig en hij barst in lachen uit terwijl hij zijn hand weer op haar billen legt. Als hij haar zo aankijkt, lijkt het wel alsof hij haar op kan vreten, zonder haar zelfs een beetje op smaak te brengen met kruiden. Alsof hij zo een grote hap uit haar kan nemen, zoals uit een appel, en dan met klokhuis en al. Maxence kan het niet uitstaan hoe de Engerd zich gedraagt, zelfs als hij zo normaal mogelijk doet, zoals nu. Maxence zegt dat er een steekje bij hem loszit. Dat er een gat in zijn hersens zit en dat het daardoor tocht in zijn hoofd. De Engerd staat er helemaal alleen voor in het leven. Zijn ouders ziet hij niet meer en zijn zus is overleden toen wij nog klein waren. Vrienden heeft hij niet eens, behalve die zuiplappen uit de buurt, met wie hij de wereld verbetert, maar niet heus. Maxence zegt dat hij ons veel beter zou moeten behandelen. Omdat wij de enigen op de wereld zijn die van hem zouden kunnen houden en dat hij zou moeten ophouden met alles de hele tijd te verpesten. Hij zegt ook dat mensen altijd allerlei fouten maken en daarna het liefst alleen nog maar klagen.

We komen bij het gangpad met de drank en mama wordt zenuwachtig. De Engerd krijgt juist een glinstering in zijn ogen. Hij bekijkt alle soorten drank, denkt na, pakt een fles, twijfelt, zet de fles terug en pakt een andere. Mama zegt voorzichtig dat het tijd wordt om te gaan betalen, maar hij gebaart dat ze haar mond moet houden en dan wordt ze zo stil als duizenden muisjes. Uiteindelijk legt hij een paar flessen wijn in het karretje, echte flessen, geen kartonnen pakken. Daarna loopt hij rustig naar de kassa. Volgens mij heb ik hem nog nooit zo gelukkig gezien. Hij helpt mama zelfs als ze de spullen op de lopende band zet. De caissière noemt het bedrag van honderdtwintig euro en hij geeft geen kik. Hij haalt het geld uit zijn zak en geeft haar een briefje van honderd en een briefje van twintig. Wij blijven stokstijf staan, nog nooit hebben we voor zoveel geld in één keer boodschappen gedaan. Daarna leggen we alles weer in het karretje en gaan we terug naar de auto. Ik bedenk dat het zo ongeveer moet zijn als je rijk bent. Als je alles kunt kopen wat je wilt in Bel-Est en zonder nadenken geld kunt uitgeven. Als je niet altijd alles hoeft te laten liggen. Ik zet het wagentje terug en haal het muntje eruit. Ik geef het aan de Engerd. Hij haalt zijn hand door mijn haar.

'Hou die maar, jongen! Dan heb je wat spaargeld.'

Ik weet niet wat me overkomt. Dit is de eerste keer dat hij lief tegen me doet. Ik wist niet eens dat hij met zijn hand iets anders kon dan me pijn doen. Zelfs Maxence kijkt stomverbaasd. Niet te geloven, de Engerd heeft het licht gezien, een andere verklaring kan er niet zijn! Mama kijkt ons aan met haar kosmische glimlach, die ze altijd alleen bij heel bijzondere gelegenheden gebruikt. Ze bekijkt ons alsof ze ons op kan eten. Ik heb het gevoel dat ik in een dik pak liefde zit, nog dikker dan in televisieseries. Was het leven maar altijd zo: een papa die aardig is en een mama die glimlacht. Ik ga in de rode auto zitten. Die lijkt nu opeens op een overvol geladen koets. Ik bedenk dat we genoeg te eten hebben voor zeker tien jaar en ben plotseling een stuk minder bang. Op de terugweg voel ik me zo licht als een zeepbelletje en vind ik alles mooi. Bij ieder rood stoplicht glimlachen mama en de Engerd naar elkaar. Zelfs Maxence ziet er gelukkig uit.

We dragen allemaal een tas als we het huis binnenlopen, net als bij echte gezinnen. Ik help mama de spullen uitpakken en opruimen. De koelkast zit barstensvol. Ik sta ernaar te staren tot mama me bij een arm pakt en me opzij trekt. Alles is rustig. Geen schreeuw te horen, geen slaande deuren, geen gekreun. Ik luister aandachtig naar de stilte.

Maxence neemt me mee naar onze kamer. We gaan op de grond zitten en kijken naar de hemel.

'Hoeveel dromen, Slimane?'

'Tweehonderdveertig miljard.'

'Hoeveel nachtmerries?'

'Nul.'

'Hoeveel sterren in je hemel?'

'Tweehonderdduizend miljard.'

'Hoeveel bliksems?'

'Geen een.'

'Hoe ziet je hemel eruit?'

'Blauw, met zonnen van rietsuiker.'

'Wie is je liefste broer?'

'Maxence de Magiër.'

'Hoe gaat je leven eruitzien?'

'Als een harde schaterlach met chocolademousse erop.'

17

In de herfstvakantie zijn Maxence en ik overdag alleen thuis. Dus slapen we een gat in de dag. Als ik eerder wakker word dan hij, ga ik naar de keuken en breng ik hem ontbijt op bed. En andere keren maakt Maxence alles klaar. We gebruiken de mooie kommetjes die de Engerd gekocht heeft en zetten ons ontbijt op het vloerkleed. Dan eten we, liggend op onze buik of rug, met ons hoofd op een kussen, en praten we over van alles en nog wat. Met Maxence wordt ieder gesprek interessant. Alles wat hij zegt is slim. Soms heb ik te veel gedachten in mijn hoofd en dan ga ik naar hem toe om te zeggen wat er allemaal in me borrelt. Hij denkt na en zegt niet zoveel, niet meer dan een paar woorden, maar dat is genoeg om mijn hersens weer op orde te krijgen. Als het echt koud is, gaan we bij het raam in onze kamer staan en blazen we onze adem ertegen zodat we alles kunnen tekenen wat in ons opkomt. Engeltjes, vogels, een maan, een krokodil, wolken…

Sommige kinderen uit onze klas gaan wel eens op skivakantie. Dat heb ik nog nooit gedaan, maar ik zou het best willen. Maxence en ik gaan naar de diepvrieswinkel met onze dikke jas aan en slalommen tussen de vrieskasten. Dat is onze zwarte piste.

'Weet je, verbeelding is als een vliegtuig in je hoofd, Slimane.'

'En denk je dat het kan crashen?'

'Alleen als je je geen mooie dingen meer kunt voorstellen.'

Ik weet niet hoe Maxence het voor elkaar krijgt om het leven steeds anders te maken. Zijn ogen zijn toverstokjes die altijd alles mooier maken.

18

Geen twijfel mogelijk, de Engerd is echt rustig geworden. Hij heeft niemand meer iets gedaan sinds die keer dat hij Maxence een dreun gaf bij het voetballen. Nu zijn we minder bang als we thuiskomen uit school. In onze buik hebben we niet meer die knoop die ons bijna verlamt. Het voelt alsof er een grote kraai uit onze buik is weggevlogen. We beginnen normaal te worden. Natuurlijk schrikken we nog als we een meubel horen omvallen of als iemand schreeuwt, maar ons leven is niet meer bedekt met lood. Mama lijkt wel vleugels te hebben gekregen, net zoals een engel. Ze glimlacht als ze 's morgens weggaat, ze glimlacht als ze 's avonds thuiskomt. Er zit geen bloed meer in haar blonde haar, ze heeft geen blauw oog meer, geen schrammen op haar voorhoofd, geen scheur in haar lip en geen beurse plekken op haar lichaam. Ze doet me denken aan een mysterieuze bloem die de Engerd nodig heeft om te kunnen bloeien. Als hij haar aankijkt en naar haar glimlacht, is het alsof hij haar water geeft. Dan gaat ze meteen rechtop zitten en straalt ze zo fel dat je bijna een zonnebril op moet zetten. Ze trekt weer mooie jurken aan, niet met te veel decolleté natuurlijk, en haar zwarte schoenen met hoge hakken. Op zondag vragen mama en de Engerd ons om naar buiten te gaan omdat ze alleen willen zijn. Dan trekken we onze te kleine jassen aan en gaan we lopen. We lopen tot we de kou niet meer in ons gezicht voelen snijden. En als we het echt te koud hebben, doen we heel voorzichtig de voordeur open en glippen we als twee schaduwen naar binnen. Mama en de Engerd vrijen in hun kamer. Dat doen ze urenlang en dan vergeten ze ons volledig. Hij kreunt en zij stoot gilletjes uit.

'Max, denk je echt dat ze ervan geniet?'

'Zo klinkt het wel…'

Ik kan toch nog niet echt geloven dat de Engerd in staat is om iemand zo te verwennen.

'Waar komt genot vandaan?'

'Ik geloof dat het iets instinctmatigs is.'

'Iets insti-wats?'

'Mensen hebben behoeften, dan gaan ze het met elkaar doen en krijgen ze het warm vanbinnen.'

'Meer niet?'

'Ik geloof het niet, nee.'

'En als ze van elkaar houden?'

'Als ze van elkaar houden, hebben ze zin om elkaar aan te raken en vrijen ze met elkaar.'

'Maar waarom dan?'

'Omdat ze zin hebben om in vuur en vlam te staan, om zich vol leven te voelen.'

'Denk je dat de Engerd zin heeft om zich vol leven te voelen?'

'Dat zal wel, ja.'

'Maar waarom dan?'

'Waarom stel je altijd zoveel vragen, Slimane?'

'Om dingen te begrijpen. Soms zou ik alles willen weten.'

'Maar soms heb je er niets aan om te begrijpen.'

'Hoezo?'

'Omdat je dingen begrijpt, maar ze niet kunt veranderen.'

'Maar er zijn wel dingen die je kunt veranderen, toch?'

'Misschien wel, ja. Als je groot bent. Maar wij, wij kunnen nergens iets aan doen.'

'Maar je zei juist dat we met onze verbeelding weg konden vluchten!'

'Jawel, maar ook als we weggevlucht zijn, blijft het leven hetzelfde. We maken het alleen even wat draaglijker.'

'Dat is tenminste iets, toch?'

'Ja, dat is tenminste iets...'

Ik denk nog eens na over die dingen, terwijl Maxence leest. Ik vind het fijn als hij me voorleest. Ik doe mijn ogen dicht en dan krijgen zijn woorden allemaal verschillende vormen. Als ik zelf lees, is het niet hetzelfde. Dan lijken de woorden veel zwaarder en moet ik harder duwen om ze te laten duikelen.

'Max, waar komt liefde vandaan?'

'Normaal gesproken krijg je die bij je geboorte mee.'

'Bedoel je als een zaadje dat in je geplant wordt?'

'Zoiets.'

'En waar gaat liefde heen?'

'Naar de sterren in de hemel, om ze licht te geven.'

'Als iemand de sterren zou opeten, zou hij dan liefde in zijn hart krijgen?'

'Misschien wel.'

'Dan zouden we ze aan de Engerd moeten voeren.'

'Voordat dat bij hem lukt, zouden we de hele hemel leeg moeten halen en hem alle sterren uit de Melkweg te eten moeten geven.'

'Helaas blijft er dan niets meer over voor anderen.'

Ik probeer Maxence niet meer lastig te vallen met mijn vragen en stel me voor dat ik met een heel groot rietje de sterren opdrink. Daarna zou ik vol zitten en aan iedereen liefde kunnen geven. Zelfs aan de Engerd.

19

De dagen vliegen voorbij: naar school, dromen en uit het raam staren, onverwachte vraaggesprekjes, huiswerk, de Engerd in pak in de keuken, 's avonds met z'n allen eten, de stilte in huis. Het leven is veel beter dan vroeger en ik bid dat het altijd zo blijft. Kalm en rustig, als zandkorrels die tussen je vingers door glijden. Van mama's glimlach als ze 's avonds uit haar werk komt, word ik het meest blij, en van Maxence. Af en toe ziet hij er echt gelukkig uit. Gelukkiger dan hij ooit geweest is. Natuurlijk blijven we uit gewoonte niet te lang in de buurt van de Engerd hangen, maar we beginnen toch steeds meer op ons gemak te raken. We zijn steeds minder bang voor hem. Op zijn gezicht zie ik allemaal uitdrukkingen die ik nooit eerder gezien heb. Het lijkt wel of iemand hem bestrooid heeft met zaadjes van glimlachen, verbazing, blijdschap en zelfs liefheid en dat die zaadjes plotseling allemaal zijn uitgekomen. 's Avonds luister ik aandachtig om de stilte tot me door te laten dringen, het is een stilte die ik nog nooit eerder gekend heb. Ik val in slaap, wiegend op het geluid van de televisie op de achtergrond, terwijl ik in mijn hoofd de ongeschonden dagen doorneem. De Engerd heeft door zijn baan een nieuw hart gekregen. Een hart met liefheid erin. Alsof al het onkruid dat er vroeger in zat is weggehaald. Maxence zegt dat we getuigen zijn van een soort wonder en dat we goed in ons op moeten nemen wat er allemaal gebeurt, omdat dit echt heel zeldzaam is en we op een dag moeten getuigen dat ze echt bestaan, wonderen.

Met verbazing zie ik hoe de weken voorbijgaan. Het leven is nog fijner dan alles wat ik me vroeger had kunnen voorstellen en ik glimlach nu overal om. Een glimlach voor de maan, voor mensen op straat, voor waterplassen, voor de speelplaats. Glimlachen die groter zijn dan ooit. Glimlachen om bedankt te zeggen. Vroeger, als ik 's avonds in bed lag, moest Maxence mijn hand goed vasthouden in het donker omdat anders alle gemene dingen van de wereld me in een keer zouden opslokken. Omdat ik anders zou verdrinken in de woorden van de Engerd. Nu vind ik het niet eng meer om te slapen. Ik ga liggen en adem rustig, voor het eerst van mijn leven. Als ik toch de angst voel opkomen dat alles weer zoals vroeger wordt, beleef ik iedere seconde bewust, zodat het leven niet te snel voorbijgaat. Ik hou het leven in mijn handpalm en vertroetel het. Ik praat er zachtjes tegen zodat het lief blijft en ongestoord verder kan gaan. Ik moet zo min mogelijk geluid maken om te zorgen dat het leven altijd zo blijft. Dus hou ik me gedeisd, zodat alle gemene dingen vooral niet wakker worden.

Deel twee

1

Maxence en ik lopen uit school naar huis, springend over de plassen. We hebben een lange dag van voorlezen, vermenigvuldigen, voetballen en wegdromen achter de rug. Nu maken we, dankzij ons nieuwe leven, allemaal plannen voor de toekomst. De Engerd heeft beloofd mama vanavond mee uit eten te nemen. Ze is al een eeuwigheid niet in een restaurant geweest, met echte mensen die je bedienen. Voor haar is dat het toppunt op de taart. Ze stopt vandaag eerder met werken, waarschijnlijk is ze al bezig zich op te doffen. Ik vind het leuk, want Maxence en ik gaan samen een echte maaltijd maken. Het kan me eigenlijk niet schelen wat we gaan eten. Het belangrijkst is dat we het huis alleen voor ons tweeën hebben. Ik voel me zo licht als een vogeltje terwijl ik loop. Zelfs Maxence lijkt te dansen op het asfalt. We hebben zin om thuis te komen en mama te zien glimlachen in haar mooie jurk, de hele avond alleen te zijn, door het huis te rennen en te denken dat alles mogelijk is. Zelfs de lift doet het weer!

We doen de deur open en rennen lachend naar onze kamer. Maar dan. Onmogelijk om nog een stap te zetten: de spiegel in de hal ligt in scherven, de meubels in de huiskamer zijn omgegooid, uit de kamer van de Engerd klinkt gesnik. Maxence en ik blijven stokstijf staan en zien onze kinderdromen langzaam in duigen vallen. Mama geeft een gil. Dat haalt ons uit onze verdoving en we gaan snel naar haar toe. In de kamer ligt het bed overhoop, zijn de kussens opengerukt en de gordijnen naar beneden getrokken. Maar het ergste is mama, die tegen de muur ligt, met overal bloed op haar mooie jurk. Maxence en ik rennen naar haar toe, maar de Engerd gaat voor ons staan.

'Oprotten jullie, stomme kleine sukkels! Oprotten!'

Hij is vuurrood, het lijkt wel of hij gaat ontploffen. Mama kreunt. Max en ik weten gewoon dat we haar niet alleen kunnen laten met hem, dus snellen we toch op haar af om haar te beschermen. Een regen van klappen daalt op ons neer. Een stortregen, net zo hard als de moesson van vorig jaar in India, die alles op zijn weg met zich meesleurde.

Als de storm is weggetrokken, blijft er niets anders achter dan drie verslagen gedaanten op de grond, met een lichaam en een ziel die tot moes geslagen zijn. Mama huilt, ze is gebroken, in duizend stukjes.

'Hij… hij is ontslagen.'

O nee! Dat niet! Ik val in een gat en pak de hand van Maxence vast om niet onderuit te gaan. Honderden kraaien pikken in mijn buik. We hadden eruit kunnen komen. Waarom is die kans ons afgenomen? Het was te mooi om waar te zijn, het kon niet zo blijven. De Engerd is weer geschift, zoals de mayonaise van mama als die mislukt. Hoe moet het nu verder met ons? Ik draai me om en kijk Max aan. Hij is lijkbleek, uit zijn neus stroomt bloed. Ik sleep me naar hem toe en begin tegen hem te praten om de ongerustheid die aan me vreet te kalmeren.

'Max… Max, gaat het?'

Hij antwoordt niet, maar trekt zijn mond even in een kleine glimlach om me te laten weten dat hij me hoort. Ik sta voorzichtig op. Alles doet pijn. Ik sleep mezelf naar de keuken. Ik draai de kraan open om wat water in mijn gezicht te gooien en blijf stil staan kijken naar het bloed dat de gootsteen in stroomt. Dan neem ik een natgemaakte theedoek mee naar de kamer om het gezicht van Maxence schoon te maken. Ik veeg het bloed weg en kan mijn ogen niet afhouden van zijn neus, die zo dik als een bierbuik wordt. Ik ga terug naar de keuken, pak nog een theedoek en maak ook mama's gezicht schoon. Maar ineens zie ik mezelf van heel ver weg staan, in de kamer, met mama en Maxence die bij mijn voeten liggen, en dan wordt het me te veel. Ik laat me op de grond vallen, neem mijn hoofd in mijn handen. Mijn hart is een spons die volgezogen is met verdriet. Ik begin te huilen en kan niet meer ophouden. Te veel ellende, daar lossen dromen in op, dat weet ik wel. Straks zal ik helemaal geen dromen meer hebben, straks zijn ze allemaal weggespoeld.

Hoe moet het verder met mij?

Zodra we terug zijn in onze kamer, haal ik de engelenvleugels tevoorschijn en doe ik ze zo snel als ik kan om. Een arm voor mij en een arm voor Maxence. Zo blijven we dicht tegen elkaar aan zitten, klapperend met onze tanden. Twee op aarde gestrande engelen zijn in gevaar. Twee verlaten engelen roepen om hulp, maar niemand geeft antwoord.

2

Het is thuis nu nog erger dan het was, want zijn ontslag is de Engerd in het verkeerde keelgat geschoten. Dus neemt hij om het minste of geringste wraak op ons. En vooral op mama. Alsof hij bang is geen echte man meer te zijn. Ze is weer een schaduw geworden die zo stilletjes mogelijk de dagen door sluipt. Ze verplaatst zich zonder geluid te maken, alsof ze niet meer bestaat. Soms schrik ik op als ze mijn kamer binnenkomt omdat ik haar niet heb horen aankomen. Haar voeten glijden geruisloos over de vloer. 's Morgens verberg ik briefjes onder haar kussen, maar die halen niks meer uit. De Engerd heeft weer bezit genomen van het huis en van onze levens. Hij heeft overal kritiek op, precies zoals vroeger, en wordt boos om niks. We houden ons hart vast als hij thuis is. We staan op knappen. Wat gaat hij doen? Wat gaat hij zeggen? Hoe zal hij reageren? Wanneer wordt hij echt boos en worden wij weer als boksballen gebruikt? Gaat hij naar de kroeg? Hoe laat zal hij thuiskomen? Hoe zal zijn stemming zijn? Zal hij met ons eten? Zal hij weer alles kapotslaan? Moeten we antwoord geven als hij tegen ons praat? En wat moeten we zeggen?

Op sommige avonden is het rustig en stil in huis. Dan kijkt hij televisie en lijkt al zijn haat te zijn ingedommeld. Wij maken nog minder geluid dan anders, zodat de haat niet wakker wordt en zo lang mogelijk blijft slapen. Maar soms wordt hij opeens boos. Om iets wat hij op televisie ziet of om een gedachte die in hem opkomt. Dan begint hij keihard te brullen, alsof de hele wereld doof is.

3

Mama werkt vanavond, we zijn alleen met de Engerd. Plotseling wordt hij boos om iets en begint hij te schreeuwen. We schrikken, weten niet wat we moeten doen. Hij roept ons, dus moeten we wel naar de huiskamer gaan. Zijn mond is in een gemene grijns getrokken. Dat betekent dat het feest wordt, met vuurwerk en al, zeg maar. Maxence en ik blijven stilstaan en durven hem niet aan te kijken.

'Max, wegwezen jij. Vanavond gaat je broer voor me zorgen. Jouw stomme kop hoef ik niet te zien.'

Maxence protesteert niet, net als ik voelt hij aan dat deze avond er allesbehalve goed uitziet voor ons. Hij kijkt me strak aan, met alle moed die hij nog kan verzamelen, en met liefde, enorm veel liefde, veel meer nog dan al onze ellende bij elkaar. Hij loopt langzaam weg, maar ik weet heel goed dat hij in de buurt is. Ik weet dat hij in de gang zal blijven, om de reactie van de Engerd in de gaten te houden en in te grijpen als het te veel uit de hand loopt.

'Breng me wat te eten.'

Ik wil hem vragen wat hij wil eten, maar de woorden blijven vastzitten in mijn keel.

'Hé, hallo! Ben je doof of zo?'

Ik doe mijn uiterste best om nog wat woorden te vinden die heel zijn gebleven, ergens diep vanbinnen.

'Wa... wat wil je?'

'Om te beginnen nog een biertje. En maak maar iets warm in de magnetron. Kom op, opschieten!'

Ik ga snel naar de keuken, mijn lichaam is loodzwaar, en ik doe de koelkast open. Er staan allemaal kant-en-klaarmaaltijden in, ik weet niet welke ik moet nemen. Max komt tevoorschijn en geeft me er een met spaghetti bolognese. Ik tril als een blad terwijl ik hem in de magnetron zet. Ik probeer me te herinneren hoe dat ding werkt. Max drukt op een knopje. Oké, dat is geregeld. Het eten van de Engerd staat op te warmen. In de tussentijd breng ik hem zijn biertje, dat hij uit mijn handen grist zonder iets te zeggen. Liever niets zeggen dan iets gemeens zeggen, denk ik maar. Het belletje van de magnetron klinkt, het eten is klaar. Max legt zijn handen op mijn schouders en kijkt me recht in de ogen. Daar krijg ik weer kracht van. Ik doe de spaghetti op een bord, breng het naar de Engerd, en bid alle goden, zelfs degenen die niet bestaan, dat hij het lekker zal vinden. Ik zet het bord voor hem neer. Ik krijg een grom als bedankje.

Ik loop voorzichtig weg, op mijn tenen.

'Waar gaat dat heen? Kom hier zitten, ik kan wel wat gezelschap gebruiken.'

Ik stik bijna. Het zal me nooit lukken me om te draaien en naast hem te gaan zitten. Er moet iets gebeuren, de flat moet instorten, of in brand vliegen. De aarde moet ophouden te draaien... Maar er gebeurt niks. Doodsbenauwd ga ik op de bank zitten. De Engerd eet langzaam, alsof hij in gedachten verzonken is. Hij staart naar zijn bord spaghetti en begint te lachen.

'Lijkt wel geplette hersens met bloed, vind je niet?'

Ik eet nooit van mijn leven meer spaghetti.

'Het leven is een kutzooi. Een schijtzooi.'

Hij slaat op tafel en begint te schreeuwen.

'Een stinkende schijtzooi!'

Ik kan het niet helpen dat ik terugdeins van schrik. Hij kijkt me met een vreemde blik aan.

'Ben je bang voor me?'

Ik schuif zo ver mogelijk van hem vandaan en probeer rustig te blijven.

'N... Nee...'

'Jawel! Je bent bang voor me! Wat lieg je nou?'

Ik doe mijn mond open om te antwoorden, maar krijg geen woord uit mijn keel.

'Dat is toch verdomme niet te geloven! Mijn eigen kinderen zijn bang voor me! Maxence! Hé, Maxence!'

Maxence komt heel rustig de huiskamer binnen, alsof de Engerd hem gestoord heeft midden in een yogaoefening met allemaal wijze mannen van andere planeten. Hij kijkt de Engerd met vragende blik recht in de ogen.

'Max! Ben jij bang voor me? Want die kleine daar, die schijt in z'n broek.'

De Engerd staart Maxence aan, zijn ogen lijken wel massavernietigingswapens.

'Nee. Ik ben niet bang voor je.'

De woorden blijven in de lucht hangen en er valt ineens een ijzige stilte. Het vriest dat het kraakt in de huiskamer.

'En waarom ben jij niet bang voor me? Hij daar is bang voor me! Ik ben verdomme wel je vader! Vind je me soms niet goed genoeg? Alleen maar een klootzak?'

Het gesprek krijgt een gevaarlijke wending. Ik sta op om weg te lopen, maar de Engerd geeft me een flinke klap. Dan beginnen er een hele hoop woorden uit de mond van Maxence te stromen en de Engerd in zijn hart te steken.

'Hou op! We haten je! We dromen maar van één ding en dat is dat jij weggaat! Rot op! Je stelt niks voor! Een mislukkeling, een loser! Ga weg! Zie je niet dat je ons kapotmaakt! Ga werk zoeken en geef het niet meteen op! En stop met drinken! Zo'n vader als jij, die slaat en drinkt, willen we niet! Je verziekt ons leven!'

De Engerd lijkt opeens op een standbeeld. Maxence pakt mijn hand om me mee naar buiten te sleuren, maar de Engerd is ons te snel af en grijpt me bij mijn arm. Hij knijpt heel hard. Ik schreeuw het uit. Hij geeft me een mep. Hij slaat zo hard dat ik het gevoel heb dat mijn hoofd als een draaimolen rondgaat op mijn nek. Ik zie druppeltjes bloed door de lucht vliegen en op zijn overhemd spatten. Maxence springt op hem om me te beschermen, maar hij is nog te klein. De Engerd geeft hem met zijn vuist een dreun waardoor zijn lip scheurt. Maxence trekt zich er niks van aan en doet een nieuwe poging. Hij slaat er als een gek op los, met alle kracht die een razend kind heeft. Hij slaat op de Engerd en op al het geweld dat er in de wereld is. Ik werp me ook in de strijd, want het is nu of nooit. Dit is het moment. Maxence geeft de Engerd een harde schop in zijn kruis. Maar al snel zijn de rollen omgedraaid en begint de Engerd op ons in te slaan. Hij ziet er bijna gelukkig uit terwijl hij dat doet. We vallen op de grond. Hij blijft met zijn voeten op ons stampen. Nog een schop tegen mijn ribben. Ik schreeuw het uit.

'Stelletje eikels! Ik zal jullie leren respect te hebben voor jullie vader, stomme sukkels!'

Hij pakt zijn sigaretten van tafel en loopt voldaan en een beetje slingerend de deur uit. Zodra hij weg is, valt de stilte genadeloos over ons heen. Twee bloedende kinderen liggen op de grond in een huiskamer en de aarde draait door. Wie komt ons bevrijden? Ik probeer te bewegen, maar het lukt niet. De pijn is te fel. Ik strek mijn arm naar Maxence en pak zijn hand. Ik voel zijn warmte en opeens barst ik in tranen uit. Ik huil zo hard dat er een nieuwe zee ontstaat. Hopelijk zwemmen er veel haaien in en verzuipt de Engerd erin.

Toen mama thuiskwam, doodmoe van haar werk, vond ze ons terwijl we bezig waren het tapijt te verdrinken met ons bloed en onze tranen. Ze vond ons liggend op de grond, gevloerd, moederziel alleen. Ze kwam bij ons zitten, zei niets, en begon te huilen. In haar verdriet zaten haar jeugd, de dromen uit haar vroegere leven, haar ontmoeting met de Engerd, de teleurstellingen die haar dagen verscheuren, en haar twee gebroken kinderen.

4

De dagen daarna is de Engerd steeds maar even thuis. Als een ijzige tocht trekt hij door het huis en gaat hij weer weg. Hij weet dat hij het te bont heeft gemaakt en dus houdt hij afstand. Hij brengt zijn dagen net als vroeger in de kroeg door om al zijn teleurstellingen weg te drinken. Vaak vraag ik me af wat er in zijn hoofd omgaat, of zijn hersens hetzelfde werken als de onze. Max zegt van niet. Hij zegt dat we allemaal anders zijn en dat het grootste verschil tussen ons niet intelligentie is, maar het geweten.

'Maar wat is dat, het geweten?'

'Dat is als je beseft wat er gebeurt.'

'En de Engerd, beseft hij dat niet dan?'

'Nee. Het kan hem weinig schelen wat wij voelen. Hij denkt alleen aan zichzelf.'

'Komt het daardoor dat hij ons slaat?'

'Onder andere, ja.'

Ik kijk hem aan en frons mijn voorhoofd zo diep mogelijk, zoals ik altijd doe als ik iets niet helemaal begrijp, maar wel heel hard mijn best doe. Soms is het alsof er treinen in mijn hoofd rijden en er allemaal seinstoringen zijn. Dan moet ik een heleboel omwegen nemen en doe ik er een eeuwigheid over. Maxence weet wel dat ik het niet kan uitstaan als ik iets niet begrijp, dus vertelt hij verder met al het geduld dat hij nog heeft.

'Herinner je je bijvoorbeeld nog dat mama van de zomer per ongeluk over een duif was gereden?'

'Ja.'

'Je moest huilen, weet je nog?'

'Ja.'

'En waarom moest je huilen?'

'Ik moest huilen omdat hij dood was.'

'Terwijl het maar een duif was! Je kende hem toch niet?'

'Nee, natuurlijk niet!'

Het wordt steeds waziger in mijn hoofd, want we begonnen met de Engerd en nu hebben we het over die duif die vorige zomer doodging.

'Weet je wat dat betekent, Slimane?'

'Nou, nee dus...'

'Dat betekent dat je een groot hart hebt. Dat betekent dat je liefde kunt voelen, zelfs voor een duif.'

'O ja?'

'Dat betekent dat je een geweten hebt.'

'Denk je?'

'Ik weet het zeker.'

Ik voel me opeens heel wat met mijn geweten. Maxence gaat verder met zijn uitleg.

'De Engerd daarentegen, die kan niet eens liefde voelen voor zijn vrouw en kinderen.'

Ik gooi een hengeltje uit in mijn keel, om mijn stem op te vissen.

'Houdt de Engerd niet eens een heel klein beetje van ons?'

'Nee. Hij gebruikt ons alleen maar om zich te ontladen.'

'Maar gaat hij dan nooit van ons houden?'

'Nee. Nooit.'

Het is alsof er op mijn hart gekrast wordt. Een beetje maar, het doet niet zo'n pijn. Het is maar een schrammetje.

'En mama, houdt die van ons?'

'Ja, maar zij is helemaal van de kaart.'

'Denk je dat ze de weg kwijt is?'

'Inderdaad. Ze heeft de verkeerde afslag genomen. Ze had al veel eerder rechtsomkeert moeten maken.'

'Waarom heeft ze dat niet gedaan?'

'Zo gaat dat bij volwassenen. Ze maken fouten en daarna kunnen ze het niet meer opbrengen om helemaal opnieuw te beginnen.'

'En bij kinderen is dat niet zo?'

'Nee, want kinderen hebben nog geen tralies om hun leven gezet.'

'Denk je dat wij als we groot zijn ook tralies om ons leven zullen zetten?'

'Ik weet niet, misschien wel.'

'Nou, dan wil ik nooit groot worden.'

'Ik ook niet.'

Ik pak zijn hand vast, geef hem een knuffel en zweer hardop dat we nooit groot zullen worden en dat er nooit tralies om ons leven zullen komen.

Sinds de laatste keer dat de Engerd ons geslagen heeft, heeft Maxence wallen onder zijn ogen. Het zijn een soort kraters, ravijnen vol verdriet. Hij zegt nog maar heel weinig. Als hij de Engerd tegenkomt, ziet hij hem niet eens en de Engerd kijkt ook niet naar hem. Het is alsof er geen weg terug meer is. Maxence lijkt erg in zichzelf gekeerd. Ik denk dat hij brandt vanbinnen, want zijn ogen koken. Vaak probeer ik hem uit zijn schulp te halen door tegen hem te praten, maar het lukt me niet. Ik zou een blaadje sla voor hem willen neerleggen, zoals ik een keer voor het huisje van een slak heb gedaan, zodat hij zijn hoofd naar buiten steekt, maar ik voel dat hij ver weg is en dat maakt me verdrietig. Als ik tegen hem praat, antwoordt hij niet meer zoals vroeger.

'Max, ben je aan het reizen in je hoofd?'

'...'

'Max, waarom ben je niet meer zoals vroeger?'

Zijn ogen slaan tegen me te pletter en ik stik bijna. De ogen van Maxence zijn helderblauw, ik kan er de hele wereld in zien.

'Omdat niks meer zoals vroeger is.'

'Jawel. Ik ben zoals vroeger.'

'Jij wel, ja.'

'Is dat niet genoeg dan?'

'Nee... Voor je het weet, ben jij ook niet meer zoals vroeger.'

'Hoezo dan? Ik ben toch je broer, voor altijd. Ik zal er altijd voor je zijn!'

'Ja, maar je zal niet meer dezelfde zijn.'

'...'

'Je zal niet meer dezelfde zijn door de Engerd.'

'Maar je zegt zelf altijd dat hij niet mag winnen!'

'Hij mag ook niet winnen. Maar soms wint hij toch.'

'Dan wint hij maar één spelletje, meer niet.'

Ik kijk hem aan, maar ik geloof niet dat hij me nog hoort. Als ik de kamer binnenkom, staat hij vaak bij het raam voor zich uit te staren, omgeven door eenzaamheid. Dan heb ik zin om zijn naam te roepen, maar meestal durf ik dat niet. Dus blijf ik naar hem staan kijken, zonder geluid te maken. Soms lukt het me wel om iets tegen hem zeggen.

'Max, waar denk je aan?'

'Het leven.'

'En waar nog meer aan?'

'De Engerd en alles wat niet goed gaat.'

'Denk je dat op een dag de hele wereld anders zal zijn? Denk je dat er op een dag nooit meer Engerds zullen zijn?'

'En jij, denk jij dat?'

'Ja... Nou ja, eigenlijk weet ik het niet, maar ik denk dat...'

Zijn blik vliegt weer van me weg en landt ergens ver weg, heel ver weg. Ik stel me voor hoe stil het zou zijn in een wereld zonder Engerd.

Maxence komt nu alleen nog maar met slechte cijfers thuis. Voor het eerst van zijn leven, want eigenlijk is hij altijd de allerbeste. Vorig jaar moesten mama en de Engerd bij de juf komen, want ze wilde vertellen dat hij hoogbegaafd was en dat hij naar een speciale school moest, die geld zou kosten. De Engerd lachte hard en zei dat hij er niet over piekerde om zich alles te ontzeggen voor Maxence. Dat zijn eigen ouders hem ook nooit op zo'n school hadden gedaan en dat hij prima terecht was gekomen. Maxence is altijd de beste leerling van de school geweest. Maar dat is nu voorbij, sinds de laatste woedeaanval van de Engerd. Vroeger begon hij meteen aan zijn huiswerk als we thuiskwamen, maar nu gaat hij op zijn bed of bij het raam zitten en voor zich uit staren. Hij ziet vast een hele hoop dingen, want soms houdt hij het uren vol, totdat mama ons roept voor het eten. Als de Engerd er is, eten we op onze kamer, als hij er niet is, eten we met zijn drieën. Mama kijkt Maxence droevig aan, omdat ze niet weet wat ze moet doen om hem weer zo te laten zijn als vroeger. Toch heeft ze nog liever dat hij niks zegt dan dat hij pijnlijke dingen zegt. Want als ze te lang doorvraagt, zegt hij dat ze de Engerd gewoon de deur uit moet zetten en dat het allemaal haar schuld is. Dus houdt ze liever haar mond en luistert ze naar het getik van onze vorken op de borden. Maxence eet nog maar heel weinig. Vaak staat hij opeens op en gaat hij zonder iets te zeggen terug naar de kamer. Mama en ik kijken elkaar dan aan en hebben ook niet echt trek meer. Op die momenten zou ik een heleboel dingen willen zeggen, zodat de stilte wel moet wegvluchten, maar het lukt me niet. Het is alsof een enorme, echt reusachtige angst me in zijn greep heeft en me verzwelgt. Mijn hart trekt samen alsof iemand het aan het uitwringen is en ik krijg het benauwd.

Als ik mama met de afwas geholpen heb, ga ik naar onze kamer. Maxence zit op zijn bed voor zich uit te staren.

'Max, waarom doe je niet meer je best op school?'

'Omdat het nergens op slaat.'

'Maar je zei altijd…'

'Ik heb me vergist.'

'Ga je nooit meer je best doen?'

'Nee.'

'Zoals de Engerd dus.'

Hij kijkt me aan, voor het eerst sinds we begonnen te praten.

'Nee, niet zoals de Engerd.'

'Hoe dan wel?'

'Slimane, waarom stel je altijd zoveel vragen?'

'Omdat ik het gevoel heb dat ik niet meer kan ademen als ik iets niet begrijp. Leg nou eens uit waarom je niet meer je best wil doen.'

'Omdat je op school niks leert over hoe het leven is.'

'…'

'Je leert alleen dingen waar je niks aan hebt. Leren ze ons op school bijvoorbeeld wat we moeten doen als de Engerd ons slaat?'

'Nee, dat leren ze ons niet, nee.'

'Dat bedoel ik. Alleen een school die ons zou leren vechten tegen de ellende zou een school zijn waar je iets aan hebt. Tegen álle ellende.'

Ik vind dat hij wel gelijk heeft en neem me voor om ook nooit meer mijn best te doen, totdat we een gebruiksaanwijzing voor het leven krijgen, vertaald in twaalf miljoen talen.

Thuis doen we alles net als vroeger, alleen lijkt het of de tijd heeft stilgestaan. Gisteren heeft de Engerd onze kamer doorzocht en het dagboek van Maxence verbrand. Hij schreef daarin over ons leven, zoals het nu is, maar vooral zoals het in onze dromen is: een huis met gezellige lampjes, echte, normale, verliefde ouders, een heleboel vrienden en nooit meer slecht nieuws op televisie. Hij plakte er krantenartikels en bloemen in en schreef ook gedichten. Dat dagboek was echt heel belangrijk voor hem. Al zijn woorden gingen voor onze ogen in rook op en we konden er niets tegen doen. Max zweeg. Hij keek bewegingloos toe hoe zijn geheime wereld tot de laatste bladzijde vernietigd werd en ging daarna terug naar onze kamer. De Engerd zal hiervoor gestraft worden. De woorden van Maxence zullen vlinders worden en gelezen worden door engelen, dat weet ik zeker. Misschien voeren zij dan onze dromen uit...

'Hoeveel dromen, Max?'

'Geen een.'

'Hoeveel nachtmerries?'

'Miljarden.'

'Hoeveel sterren in je hemel?'

'Alleen maar vallende sterren. Ontelbaar veel.'

'Hoeveel bliksems?'

'Duizenden.'

'Hoe ziet je hemel eruit?'

'Donker.'

'Wie is je lievelingsbroer?'

'Slimane de Onschuldige.'

'Hoe gaat je leven eruitzien?'

'Leeg.'

5

Mama is heel bleek, ze ziet eruit alsof ze zou kunnen bezwijken bij iedere stap die ze neemt. Omdat de Engerd geen geld meer verdient, werkt ze meer dan ooit. Hij gebruikt haar geld weer om te drinken en in kroegen te hangen. Dus maakt ze overuren. Vaak gaat ze al om zes uur 's morgens de deur uit.

Ik word wakker van zacht gesnik. Mama zit te huilen in de keuken, haar gezicht verborgen in haar handen, naast haar kopje koffie. Buiten is het donker. Nog donkerder dan haar koffie. En koud ook. Als ik superkrachten had, zou ik het leven omtoveren. Ik zou een grote zon buiten maken en een glimlach op mama's gezicht, zodat ze nooit meer verdrietig is. Maar ik ben heel klein. In mijn keel komt echt een enorme traan omhoog, tot hij uit mijn ogen barst. Ik stap op mama af en omhels haar zo stevig mogelijk, zodat ze weet dat er iemand is die van haar houdt, iemand die weet dat ze de kou in moet en de hele dag kamers gaat schoonmaken voor mensen die ze niet eens kent. Iemand die weet dat de Engerd weer doet zoals vroeger en dat ze niet meer in haar mooie zwarte jurk uit eten zal gaan. Ze leunt tegen me aan, huilend, mijn huid wordt er nat van. Ik ril. Kon ze al haar tranen maar over me heen laten stromen, dan zou ik al haar verdriet absorberen en zou ze nooit meer verdrietig zijn.

'Slimane! Hoe moet het nou met ons?'

We gaan dit niet overleven. Zoveel verdriet kunnen we nooit verdragen. Het leven verplettert ons als een tientonner die met vierhonderd kilometer per uur over ons heen rijdt.

'Maak je geen zorgen, mama. Het komt goed. We komen er wel uit.'

We hoeven alleen de uitgang maar te vinden. En het knopje om het licht aan te doen. En dan moeten we nog een hele tijd doorlopen om de juiste deur en de sleutelbos die erbij hoort te vinden. Misschien hebben we dan nog een kans. En dat moeten we allemaal doen terwijl de Engerd achter ons aan rent. Veel succes! Als Brad Pitt of George Clooney nou bij ons was. Zij zouden de Engerd zeker een lesje leren. Zij zouden de wereld redden.

Mama raapt haar moed bijeen. Ze gaat rechtop zitten en haalt haar handen over haar gezicht. Ze heeft wallen onder haar ogen. Het lijken wel buideltjes, zoals die van kangoeroes die ik een keer in een documentaire heb gezien, waar ze al haar verdriet in stopt. Haar huid lijkt van haar botten los te komen en op de grond te gaan vallen. Er zitten allemaal kreukels in. Ik pak een zakdoek, doe er wat water op en haal hem over haar gezicht.

'Maak je geen zorgen mama. De goede mensen winnen altijd. Altijd.'

Tenminste, zo is het in films.

Ze omhelst me en gaat het leven buiten tegemoet. Ik ga terug naar mijn kamer. Maxence is diep in slaap. Ik kijk naar hem, zonder geluid te maken. Alleen als hij slaapt, ziet hij er gelukkig uit. Hij zou altijd moeten slapen. Dan zou hij nooit meer onweer op zijn gezicht hebben. Alleen nog maar blauwe luchten en overal zonneschijn.

Ik ga voorzichtig in bed liggen, maar kan niet meer slapen. Mijn leven is te zwaar voor me. Wat zou ik kunnen doen om alles goed te maken? Om alle tranen te drogen? Ik voel me zo klein! Had ik maar superkrachten, dan zou alles beter gaan! Vlak voordat ze wegging, heb ik mama een briefje gegeven: *Ik heb al mijn kusjes in mooi pakpapier gedaan. Als je het openmaakt, vliegen ze je hart in.* Ik hoor de voordeur zacht dichtgaan. De lift is weer stuk. Mama moet negen verdiepingen naar beneden lopen. En daarna gaat ze naar de bushalte, met de bijtende kou in haar gezicht. Over iets meer dan een halfuur komt ze aan in het hotel en begint ze met schoonmaken. Ze weet het niet, maar vanuit mijn bed loop ik met haar mee, wacht ik samen met haar op de bus. Alles doe ik met haar mee. Ik ben haar vuurvliegje.

's Morgens als Maxence wakker wordt, ben ik al uit bed. Ik doe mijn best om vrolijk over te komen en kijk hem met een grote glimlach aan zodat zijn dag goed begint. Eerst ziet hij er wel tevreden uit, maar dan komt zijn leven opeens weer genadeloos op hem af en betrekt zijn gezicht. Ik praat en praat, ik kan niet meer ophouden. Ik weet best dat hij niet van te veel drukte 's morgens houdt, maar ik wil dat hij naar me luistert en zich niet meteen opsluit in de stilte. Ik vertel hem dromen die ik ter plekke verzin, dromen die ik helemaal niet gehad heb. Hij moet erom lachen.

'... En toen was ik als een ballon opgeblazen en kwam ik vlak bij de zon en toen keek hij me in mijn ogen en zei: "Ik ga een tijdje weg, ik moet echt even op vakantie." Ik wist niet hoe ik hem tegen moest

houden, dus toen heb ik zijn stralen vastgepakt. Ik begon te ver-
branden, en hij ging weg, en daarna was het winter...'

De Engerd ligt nog te slapen. We zijn zo stil mogelijk zodat hij
vooral niet wakker wordt. We maken ons klaar en gaan naar school.
Zwoegend dalen we de negen trappen af. Maar dat is niks vergele-
ken bij straks, als we weer naar boven moeten. Buiten is het nog
donker en hangt de lucht laag. Max en ik slepen ons voort over het
asfalt. In mijn spaarpot zit nu een euro en twintig cent. Binnenkort
heb ik genoeg om een wegwerpcamera voor hem te kopen. Dan kan
hij heel veel foto's maken en zal de wereld mooier zijn.

6

Max en ik maken ons klaar om op de PlayStation te gaan spelen bij
Nouredine, want het is zondag en hij heeft ons bij hem thuis op de
thee uitgenodigd, met zijn ouders en de pitbull. De laatste keer heeft
Maxence gewonnen en Nouredine wil revanche nemen. We staan
op het punt om de deur uit te gaan, maar de Engerd houdt ons tegen.

'Hé, sukkels. Waar denken jullie zomaar heen te gaan?'

Maxence ademt diep in en kijkt de Engerd aan alsof hij niet bestaat.

'We gaan naar buiten.'

'Niks naar buiten. De wasmachine is naar de knoppen. Jullie gaan
naar beneden om mijn kleren te wassen. En snel een beetje!'

Max blijft stilstaan, alsof hij een boom is die lang, lang geleden
geplant is. De Engerd propt zijn kleren in een tas en gooit hem de
gang in. Als ik kon, zou ik die tas in brand hebben gestoken.

'Hé, hallo! Opschieten jullie! En als er straks ook maar iets ge-
krompen is, maak ik jullie af.'

Weg PlayStation, weg thee. Max zegt geen woord. Ik zoek wanhopig zijn blik, maar hij is al te ver weggevlogen. We pakken de loodzware tas en gaan de negen trappen af. De wasruimte lijkt op een ondergrondse bunker met een fris geurtje. Max leest goed de labels in de kleren. De vieze was van de Engerd aanraken vind ik het walgelijkste dat er is. Trouwens, zelfs met gewassen kleren zal hij toch nooit schoon zijn. We verdelen de kleren over twee machines. En we gaan zitten kijken naar het schuimende water achter het raampje. Ik wou dat al zijn kleren verdronken en dat niemand ze ooit nog zou komen opvissen. De machine draait steeds sneller en ik stel me voor dat het hoofd van de Engerd erin zit. Dat zou tenminste verklaren waarom hij zo doorgedraaid is.

7

Ik word rustig wakker en ga voorzichtig op het bed van Maxence zitten. Ik moet hem zien, naar hem kijken, voelen dat we samen de dag door gaan komen. Hij en ik tegen alle anderen. Hij en ik tegen de Engerd. Hij glimlacht naar me, maar zijn glimlach heeft iets mysterieus, iets wat ik nooit eerder heb gezien.

'Maxence, gaat het?'

'Ik heb buikpijn.'

'Wil je dat ik de dokter bel?'

'Nee, het gaat wel.'

'Wacht, ik ga de kruik halen.'

'Nee, laat maar.'

Maar ik ben al in de badkamer om de kruik te vullen met warm water. Ik leg hem glimlachend op zijn buik, zoals mama altijd doet als ze voor ons zorgt, en ik voel met mijn hand aan zijn voorhoofd.

Ik hou zoveel van hem, zoveel! Hij is het allerkostbaarste dat ik heb. Hij is mijn leven, want hij wijst me de weg. Hij doet zijn ogen dicht en ziet er zo triest uit dat ik hem een knuffel geef.

'Lach eens, Max!'

Hij opent zijn ogen en kijkt me strak aan, alsof hij me iets heel speciaals wil zeggen.

'Wat is er?'

Hij twijfelt. Zijn blik is zo vurig dat ik het bijna niet kan verdragen.

'Niks…'

Ik praat tegen hem over van alles en nog wat, zoals ik meestal doe. Ik zie wel dat hij het een beetje vervelend vindt, maar ik kan er niets aan doen. Als het te stil wordt tussen ons, krijg ik het gevoel dat ik ga verdrinken en verdwijnen.

'Ik heb te veel buikpijn, Slimane. Ik kan niet naar school vandaag. Wil jij het tegen de rector zeggen?'

'Weet je zeker dat ik niet de dokter moet bellen?'

'Nee, het is niet zo erg, het gaat wel over.'

'Ik blijf bij je.'

'Nee, jij moet naar school.'

'Maar waarom? Volgens jou leren we er toch niks.'

'Toch moet je gaan. Anders krijgen we gedoe.'

Mijn hart voelt zwaar terwijl ik me klaarmaak, want dit is de eerste keer dat ik zonder hem naar school ga. Hij heeft nog nooit een dag gemist.

Ik zeg hem gedag. Hij heeft een uitdrukking op zijn gezicht die ik niet ken. Ik zou de hele dag bij hem willen blijven, maar hij gebaart dat ik weg moet gaan, dus hijs ik mijn veel te zware schooltas op mijn rug. Ik pak zijn hand vast. Hij knijpt er harder in dan anders en kijkt me recht in de ogen.

'Dag, Slimane. Zorg goed voor jezelf.'

'Tot straks.'

Onze blikken blijven aan elkaar plakken, alsof er secondelijm tussen zit. Ze praten in ogentaal, met hun pupillen, geknipper en irissen. Ik loop langzaam weg, hij zwaait naar me.

Geen Engerd te bekennen. Des te beter, dan kan Max tenminste echt uitrusten. Ik ga de trap af. Buiten is het donker en koud. Het waait. Ik zou willen dat de wind mijn verdriet en mijn veel te zware herinneringen wegblies.

Op het schoolplein klinkt her en der gelach en geroep. Ik ga naar de rector om hem uit te leggen dat Maxence ziek is en loop zwijgend mijn klas in. Onmogelijk om me te concentreren. Ik wil op de horizon schrijven, niet in een schrift. Konden ze ons maar leren hoe je de hemel kunt aanraken, onweer op afstand kunt houden, geen angst meer hoeft te voelen. Mijn gedachten vliegen het raam uit, naar Maxence. Wat is hij aan het doen? Waar denkt hij aan? Ik zou zo graag willen dat mama en hij gelukkig waren! Mijn onmacht maakt me bijna aan het huilen. Als ik groot was en geld had, zou ik ze ophalen en naar een mooi huis brengen, heel ver weg van de Engerd. Misschien zelfs naar een ander land. Ja, dat zou ik doen. Ze zouden een schuilplaats tegen het leven van me krijgen. En mama zou niet meer hoeven te werken.

In de pauze lijkt iedereen blij. Ik ga achter een boom staan, om alleen te zijn. Ik heb ongelofelijke zin om naar huis te gaan en Maxence te zien, maar ik hou me in want ik weet dat hij woedend zou worden. Soms gaat de tijd snel, maar soms is het ook net of de tijd vastzit in de file. Ik toeter wel, maar er is geen beweging in te krijgen. Ik stuur duizenden stille gedachten naar Maxence en hoop dat hij ze ontvangt. Max zegt dat telepathie bestaat, dat iemand aan wie je heel hard denkt dat kan voelen. Dat gedachten een soort kabel zijn en dat het een beetje werkt zoals een telefoon, als je goed met elkaar verbonden bent. Ik hoop dat hij nu aangesloten is, want ik ben de hele tijd tegen hem aan het praten in mijn hoofd.

Max, hoor je me…?

8

De dag is afgelopen. Ik ren met mijn veel te zware schooltas naar huis, om weer bij Maxence te zijn. Ik kan niet wachten om op zijn bed te gaan zitten en hem te vertellen hoe mijn dag was. Snel, hij wacht op me! Ik spring over de plassen heen, slalom tussen de mensen door, hol de stoepranden op en af, steek over terwijl het groen is voor de auto's. Ik ren zo hard als ik kan. Mijn hart gaat veel sneller dan ik. Het is al in onze kamer, bij Maxence.

De lift doet het nog steeds niet, maar dat kan me niks schelen, want het lijkt wel of ik vleugels heb gekregen. Ik klim met twee treden tegelijk de trap op. Op de vijfde verdieping stop ik even om op adem te komen. Zodra ik weer een beetje op krachten ben, ga ik de laatste vier verdiepingen naar boven. Ik stop voorzichtig de sleutel in het slot en hoop dat de Engerd de hort op is. Pfiew, het huis is leeg! Hij heeft vast de hele dag in de kroeg gezeten. Dat zal geen pretje worden als hij thuiskomt, maar nu hoeven we ons even geen zorgen te maken. Zoals Maxence zegt, alles op zijn tijd. We doen aan crisisbeheersing, we leven van seconde tot seconde.

Alles is stil. Ik haast me naar onze kamer. Ik doe de deur open en dan, dan wordt mijn hart zo bruut doorboord dat ik tegen de muur moet leunen om niet te vallen. In de kamer jaagt een ijzige wind. In de kamer is een enorme krater geslagen, een peilloos diepe afgrond. In de kamer hangt het lichaam van Maxence.

Uit zijn broekzak steekt een briefje. Trillend vouw ik het open. En ik lees. Ik lees het zonder te stoppen. Ik verslind zijn woorden omdat ik wil lezen dat dit allemaal niet waar is, dat hij de riem die hij om zijn nek heeft los gaat maken en in lachen zal uitbarsten.

Slimane, ik kan niet meer tegen het geschreeuw van de Engerd, dat tegen de muren van onze kamer weerkaatst en altijd door mijn hart jaagt, zelfs als ik slaap. Mijn hart zit vol barsten waar ijzige lucht doorheen trekt. Ik kan er niet meer tegen om jouw gezicht vol bloed te zien, ik kan er niet meer tegen om 's avonds als ik naar bed ga pijn te hebben op de plekken waar de Engerd me geslagen heeft. Ik kan niet meer tegen de tranen van mama. Vaak word ik 's nachts wakker van hun geschreeuw en leg ik mijn handen op mijn oren om ze niet meer te horen. Ik zou willen dat de wereld een knop had om het geluid uit te zetten, voor altijd. Ik kan niet meer tegen de doodsangst die ik op jouw gezicht zie als je tegen me aankruipt. Ik voel je hart bonzen alsof het mijn eigen hart is en weet dat je pijn hebt. Ik kan niet meer tegen de geluiden, de meubels die omgegooid worden, mama's lichaam dat op de grond valt, deuren die dichtknallen. Ik ga onze kamer uit en weet al wat ik in de huiskamer aan zal treffen: een slagveld, rondslingerende wijnflessen en mama die op de vloer ligt met een gescheurde lip en helemaal zwarte ogen, alsof ze zich te zwaar heeft opgemaakt. Met zo'n potlood dat ze 's zondags op de markt koopt. Waarom schreeuwt de Engerd zo? Waarom slaat de Engerd haar de hele tijd? Waarom glimlacht ze als ze haar ogen opendoet en zegt ze dat het niet erg is, terwijl ze onder het bloed zit? Waarom weigert ze al jaren om ervandoor te gaan met ons? De wereld van de grote mensen kan me gestolen worden. Die zielloze wereld vol uitgedroogde harten.

Ik vertrek naar het Land zonder grote mensen. Ik zou je wel mee willen nemen, Slimane, maar je bent nog te klein om zelf te beslissen, dus is het beter dat ik alleen ga. Daar zal ik waken over alle kinderen in de wereld en zorgen dat ze zich nooit meer alleen voelen. Ik weet zeker dat op een dag de zon in onze levens zal gaan schijnen en een eind zal maken aan de duisternis die ze bedekt. Ik weet dat op een dag kinderen nooit meer bang zullen zijn en niet meer huilend in slaap zullen vallen, eenzaam en alleen in hun bed. Ik kan

*hier niet meer blijven. Ik heb zoveel pijn dat ik soms niet
meer kan ademen. Wees niet verdrietig, Slimane. Ik zal altijd bij je zijn. Maar waar ik nu heen ga, zal ik meer voor
jullie allemaal kunnen betekenen. Ik hou van je. Maxence.*

Ik kan niet meer bewegen. Ik zie de uitdrukking weer voor me die
hij vanmorgen op zijn gezicht had toen ik wegging en opeens begrijp ik het. Toen hij me een hand gaf...
'Tot ziens, Slimane. Zorg goed voor jezelf.'
'Tot straks.'
Hij wist dat we elkaar nooit meer zouden zien...
De wereld begint in te storten. Continenten vallen een voor een
op mijn hoofd. Ik word bedolven. Binnen in mij gaat langzaam iets
stuk, geruisloos. Iets verstikt en verlamt me.
Help...
Ik blijf naast Maxence zitten, nergens meer toe in staat. Geen tranen, geen geschreeuw. Een diepe stilte. Het is donker. Ik ben alleen
op de wereld. Nooit meer de slappe lach die de angst wegjaagt, nooit
meer warmte 's nachts terwijl de hele wereld ruziemaakt, nooit meer
lieve woordjes om de pijn te verzachten. Nooit meer troost na een
pak slaag.
Maar je zei dat de Engerd nooit zou winnen. Dus waarom dan?
Waarom ben je weggevlogen naar de hemel? Je zei dat we het leven
in de kleuren van de regenboog zouden verven als we later groot
zijn, dat we met ons gelach licht zouden brengen in de nachten, dat
we samen zouden zijn in het Land zonder grote mensen. Je zei dat de
slechteriken nooit zouden winnen, dat alle kinderen samen het geweld zouden verslaan, dat we moesten doorzetten om aan de Engerd
te ontsnappen en een leven in allerlei kleuren op te bouwen, dat net
zo mooi zou zijn als de foto van een tuin die je me had laten zien.
Maxence, je zei zoveel, zoveel dingen die me iedere dag hielpen om te
blijven ademen en alle ellende in de wereld te verdragen. Dus waarom dan? Waarom heb ik je niet kunnen tegenhouden en niet kunnen

voorkomen dat je wegzakte? Waarom had je niet genoeg liefde voor mij om hier te blijven? Waarom heb je me niet genoeg vertrouwd om met me te praten en me met je mee te nemen? Ik denk aan de laatste keer dat we het spel van dromen en nachtmerries deden...

'Hoeveel dromen, Max?'

'Geen een.'

'Hoeveel nachtmerries?'

'Duizenden miljoenen.'

'Hoe ziet je hemel eruit?'

'Donker.'

'Hoe gaat je leven eruitzien?'

'Leeg.'

Het duurt lang voordat ik in beweging kan komen. Ik pak mijn engelenvleugels uit de kast en doe ze op mijn rug. De engelen zijn droevig vandaag. Hun vleugels zijn veel te zwaar.

Om zes uur komt mama thuis. Op donderdag is ze eerder klaar met werken. Ik schrik op van het geluid van de sleutel in het slot en hoor haar traag door het huis lopen. Pas na een hele tijd doet ze de deur open. Ze kijkt eerst naar mij, met mijn engelenvleugels om. Dan ziet ze het lichaam van Maxence hangen. Ze krijgt een rare uitdrukking op haar gezicht, hapt naar adem en blijft stokstijf staan. En ineens gilt ze het uit, zo hard dat alle hemelen van alle werelden van de aarde barsten. Een gil die de as van de planeet doet verschuiven en galmt in de hele kosmos. Een gil die mijn bloed de andere kant op doet stromen. Ze stort zich op Maxence en krijgt hem los. Ze vallen samen op de grond, met hetzelfde doffe geluid dat onze lichamen maken als de Engerd ons slaat. Dan begint ze Maxence wanhopig door elkaar te schudden.

'Word wakker! Word wakker! Maxence... Neeeeeeeeeeeee!'

Ik laat haar haar gang gaan, zonder ook maar te bewegen of iets te zeggen. Maxence wordt nooit meer wakker. Hij is nu in het Land zonder grote mensen. In een land zonder Engerd, zonder winterdagen. In een land waar de kinderen het voor het zeggen hebben en waar niemand beeft van angst. In een land waar de dagen zoet als snoep zijn.

Het gegil van mama gaat over in gesnik. Haar tranen stromen zo hard dat je zou denken dat we erin gaan verdrinken. Zelf heb ik hopeloos droge ogen en een hart dat in brand staat. Een enorme vuurzee verzwelgt me en verbrandt mijn laatste hoop. Ik zit op de stoel van Maxence, met mijn belachelijke engelenvleugels. Ik kijk naar zijn levenloze, slappe lichaam dat op het tapijt ligt. Mama houdt het stevig vast om niet weg te zakken, maar langzaamaan begint ze te verdwijnen in een zee van verdriet.

Onze harten zijn gebroken. Wie zal ons helpen om ze te repareren? Mijn hart zal nooit meer zo kloppen als vroeger. Mijn hart zal niet meer kloppen zonder Maxence. Hij was degene die het repareerde als het ontspoorde. Hij was degene die ertegen praatte als de Engerd ons bedolf onder zijn geweld. Nu zal er niets meer kloppen in mijn borst. In mijn hart zal het leeg zijn.

Een hele tijd later draait er een sleutel in het slot. De Engerd kucht, pakt een biertje uit de koelkast, zet de televisie aan. Een dag als alle andere. Hij wordt boos want hij kan nergens de pinda's vinden die hij bij zijn biertje wil eten.

'Hé, Danielle! Waar heb je de pinda's verdomme nou weer gelaten!'

Mama hoort zijn gefoeter van ver af, wiegend op de golven van haar verdriet. De Engerd heeft er genoeg van om tegen de muren te schreeuwen en staat op. Zijn voetstappen klinken in de gang. Hij komt de kamer binnen en dan ziet hij alles. Het lichaam van Maxence op het tapijt, mama die verscheurd wordt door verdriet, en mij, als verlamd op de stoel. Hij blijft als aan de grond genageld staan. Deze keer heeft hij geen enkele controle, de situatie gaat volledig zijn begrip te boven. Zijn lip trilt alsof hij verdriet heeft, en dan ineens gaat hij jammerend op Maxence af.

'Max... Max!'

Hij haalt zijn hand door zijn haar. En hij huilt. Echte tranen van een beul die vergeet dat alles zijn schuld is. Tranen van een beul die zijn favoriete slachtoffer kwijt is. Oprechte tranen, zonder herinnering. Hij zakt door zijn benen terwijl hij de levenloze hand van Maxence in de zijne houdt. Zijn hand die zo vaak op ons neergedaald is. Die meedogenloze hand die bloed deed vloeien. En vandaag een slappe hand, een hand in wanhoop. Mama en de Engerd zijn verbonden in verdriet. Ze zitten bij het lichaam van Maxence. Het is een soort vreemde hereniging. Maxence zou zeker iets grappigs bedacht hebben om deze scène te beschrijven. Maar mij lukt het niet. Ik ben aan het veranderen in een ijspegel. Mijn hart heeft een longontsteking. Ik heb een gebroken ziel.

9

De dagen daarna gaan zo langzaam als in de ergste nachtmerrie: buren die langskomen, plichtplegingen, mama en de Engerd die helemaal de weg kwijt zijn. Ik regel alles. Ik ontvang het bezoek, telefoneer, zeg tegen mama en de Engerd wat ze moeten doen. Niemand ziet me. Niemand zegt iets tegen mij. Het kan niemand iets schelen. Ik doe alsof ik helemaal geen gevoel meer heb, alsof alles me koud laat. Als ik er echt niet meer tegen kan, trek ik me terug in onze kamer. Ik klap onze paraplu open zoals Maxence dat deed en verberg me eronder.

'Kijk Maxence, zo vallen de tranen niet op ons.'

'Max, denk jij dat de zeeën zijn ontstaan door de tranen van alle mensen die ooit gehuild hebben?'

'Dat zijn wel een heleboel verdrietige mensen dan.'

Onder deze paraplu kon ons niets gebeuren. Weet je nog? Onder deze paraplu hielden we al het onweer op afstand.

De Engerd heeft alleen nog zwarte kleren aan en zit op de bank te huilen. Ik snap niet waarom hij verdrietig is. Hij hield helemaal niet van Maxence, hij zou juist blij moeten zijn! Nu zal hij hem nooit meer zien. Mama zit in haar kamer, roerloos voor de spiegel. Ze kijkt naar zichzelf, maar het is alsof ze zichzelf niet ziet. Ik ga naar haar toe en pak haar hand vast. Ze schrikt op, alsof ze plotsklaps weer tot zichzelf komt en me niet echt herkent.

'Mama, gaat het?'

'Nee, het gaat niet.'

Tranen druppelen langzaam over haar wangen en het rood dat ze erop heeft gesmeerd druppelt ook. Zo komen er strepen op haar gezicht, het lijken wel brandwonden. Ze gaat op het bed zitten en blijft snikken. Het leven heeft haar de grond in geboord. Ik blijf daar staan, zonder iets te kunnen doen, met alle woorden die ik zou willen zeggen maar die in mijn keel stokken.

Op de begrafenis zijn alle buren en alle vriendjes van Maxence er. Al diegenen die niks weten van ons leven, die alleen Super Maxence kennen, de wijsneus die altijd zoveel dingen wist. Iedereen huilt, behalve ik. Ik heb droge ogen. In mijn keel zit iets vast, een blokkade die zo hard is als een kristallen bol.

Het doet pijn, zo'n pijn...

Ik draag de kleren van Maxence. Kleren die hij vorig jaar nog aanhad. Zo lijkt het een beetje of hij bij zijn eigen begrafenis is. Ik kijk naar de doodkist, maar ik geloof er niets van dat hij daar in ligt. Hij moet een manier gevonden hebben om ver weg van hier te vliegen. Ziet hij ons? De Engerd is ingestort. Hij leunt tegen mama en houdt haar hand vast. Zij lijkt op een spook. Ze kijkt recht voor zich uit, alsof ze in een andere wereld is, eentje die nog slopender is dan de onze. Zelfs de ouders van de Engerd zijn gekomen. Zij huilen ook. Ik heb zin om tegen ze te schreeuwen dat ze allemaal beter hun best hadden moeten doen om met elkaar overweg te kunnen toen Maxence nog leefde, dat het geen zin heeft om te huilen, dat het nu te laat is. De pastor praat de hele tijd door, maar ik hoor niks. Ik vraag me wel af waarom er eigenlijk een pastor is, want de Engerd gelooft helemaal nergens in. Misschien denkt hij van zijn zonden verlost te kunnen worden, maar er is niks dat hem kan verlossen. Hij zal moeten leven met wat hij ons heeft aangedaan. Met alle ellende die hij Maxence heeft aangedaan vooral. Waarom zijn het altijd de lieve mensen die weggaan? Waarom is het niet de Engerd die door zijn eigen duistere ziel meegesleurd is? Waarom leeft hij nog terwijl Maxence dood is?

Ze stoppen de doodkist in de grond. Het doet me niks, want ik weet dat Max er niet in zit. Dat kan gewoon niet, anders zou hij stikken. Mama pakt wat aarde en gooit die op de kist. Ze laat een snik ontsnappen. Iedereen krijgt er rillingen van. Het ergst is de Engerd, die ook aarde gooit, huilend. Ik heb zin om uit te schreeuwen dat hij degene is die hem gedood heeft, dat hij ons iedere dag stukje bij beetje kapotmaakt met al zijn haat. Maar ik blijf staan kijken naar hoe hij huilt, zonder een woord uit mijn keel te krijgen.

Daarna komen de condoleances. Iedereen verdringt zich om mama en de Engerd. Ik lijk niet te bestaan. Niemand zegt iets tegen me, niemand komt naar me toe. Ik laat ze lekker in hun sop gaarkoken, die uitslovers. Ik ga er stilletjes vandoor en praat met Maxence. Het begint te regenen dat het giet, maar ik zoek geen plek om te schuilen. Ik laat het koude water me doorweken. Ik vind het logisch dat de hemel verdrietig is.

Een kinderziel die de aarde verlaat, wordt een ster die heel fel schittert in de hemel, zodat alle kinderen hem kunnen zien en volgen. Ik kijk op naar de hemel, maar het is te vroeg, er zijn nog geen sterren. Vanavond zal de hemel wel in rouw zijn. En daarna duurt het nog even vanwege de plichtplegingen, maar ik weet zeker dat er over een paar dagen een nieuwe ster aan de hemel is, met de naam Maxence.

Het leven thuis is samen met Maxence definitief onder de grond verdwenen. Het is dood, hopeloos. Het is een leven dat op sterven ligt en langzamer gaat dan ooit. Mama heeft een week vrij gekregen van haar werk, om bij te komen. Ze blijft in bed, doet niks. Ze kijkt naar het plafond, meer niet. De Engerd probeert met haar te praten, maar ze geeft geen antwoord, dus gaat hij weg. Ik kom sinds een paar dagen niet meer op school.

Gisteren stonden Sandrine, Bocris, Nouredine en Scrabble voor de deur. De Engerd deed open, stomdronken. Ik wilde naar ze toe gaan, maar hij stond als een soort scherm tussen ons in. Een obstakel waar niet langs te komen was. Ik zag wel dat ze bang waren. De Engerd zei dat ze hier niets te zoeken hadden en noemde ze sukkels. Ik zag nog net hun verschrikte gezichten voordat hij de deur voor hun neus dichtsloeg. Vooral de blik van Sandrine vond ik erg om te zien. Normaal gesproken ben ik degene die het voor háár opneemt, maar nu begreep ze dat ik degene was die het meest in gevaar was en dat ze niks kon doen. Even glimlachte ze triest naar me, zoals op school, wanneer de anderen haar pesten. Een glimlach waarmee ze wilde zeggen: 'Het is niet erg, het komt goed', terwijl we donders goed weten dat het heel erg is en dat het helemaal niet goed komt.

's Nachts kan ik niet meer slapen. Ik lig stil en voel mijn hart heen en weer slingeren. Als ik eindelijk in slaap val, heb ik het gevoel in een diep gat te tuimelen. Ik schrik met een gil wakker en ga rechtop in bed zitten, biddend dat ik de Engerd niet wakker heb gemaakt. Soms kijk ik naar het bed van Maxence. Een paar seconden lang ben ik er vast van overtuigd dat hij tegen me gaat praten, iets gaat zeggen, maakt niet uit wat, dat me het gevoel geeft dat ik nog leef. Als ik echt geen adem meer krijg, sta ik op om naar de maan te kijken en in stilte tegen hem te praten. Ik kijk naar de hemel en probeer te raden in welke ster Maxence woont. Die grote die zo fel schittert, of dat kleintje dat bijna uitgedoofd is? Soms ben ik bang dat de nieuwe wereld waar Maxence naartoe is gegaan erger is dan deze. Dan stel ik me voor dat hij van de ene naar de andere plek gaat, dat hij haasje-over speelt met andere werelden. Ik stel me voor dat hij verdwaald is in de melkweg en dat er niemand is die hem de weg kan wijzen. En dan wordt het verdriet te groot om ondergedoken te blijven en stroomt het uit me. Ik val huilend op mijn bed en verberg mijn gezicht in het kussen zodat niemand me hoort. Ik huil tot ik te uitgeput ben om nog na te denken. Ik huil omdat mijn liefste broer zo verdrietig was dat hij weggegaan is zonder me te waarschuwen. Ik huil omdat hij me niet heeft meegenomen terwijl hij dat beloofd en gezworen had. Ik huil omdat ik bang ben dat ik hem nooit meer zal zien. Ik huil omdat ik niet zonder hem kan leven.

Overdag voel ik me soms zo eenzaam dat ik naast mama op bed ga liggen. Ik pak haar hand vast, maar die voelt slap en reageert niet meer.

'Mama!'

'…'

'Mama, zeg eens wat!'

'Hij is dood! Hij is dood!'

En dan huilt ze urenlang, aan één stuk door. Ik kan niets bedenken om te zeggen, dus ga ik terug naar mijn kamer en glip onder de paraplu. Of ik ga op het blauwe vloerkleed zitten en bid dat het me meeneemt, naar een plek heel ver weg van hier. Maar zonder Maxence lukt het niet meer. Zonder Maxence lukt niks meer. Zonder Maxence is de wereld nog stommer dan vroeger.

10

Ik schrik wakker van de eerste ruzie van mama en de Engerd sinds Maxence dood is. Ik zoek in het donker naar hem, fluister zijn naam, maar herinner me dan weer dat hij nooit meer antwoord zal geven.

Ik ben helemaal alleen in de kamer, er is niemand die mijn angst kan sussen. Mijn hart trekt samen.

Dit kan ik nooit volhouden zonder hem.

Mama en de Engerd verwijten elkaar de dood van Maxence.

'Als jij hem die laatste keer niet zo hard geslagen had, was dit nooit gebeurd!'

'Jij hebt hem slecht opgevoed. Als je nou gewoon je moederrol had gespeeld in plaats van je leven in dat klotehotel door te brengen!'

'Ik moet nou eenmaal werken!'

'Alsof dat ons iets oplevert!'

'Ga dan zelf werk zoeken!'

'Zo praat je niet tegen me, trut! Ik zal je eens wat laten zien!'

Geluiden van klappen, gegil, meubels die omgegooid worden, een lichaam dat neervalt, gehuil... Het oude liedje. Ik weet dat ik wéér een stukje van mijn kindertijd in deze kamer kwijtraak en er in mijn hoofd een nachtmerrie bij krijg. Ik leg mijn handen op mijn oren om niets meer te horen en denk heel hard aan Maxence. Er zijn geen dromen meer in mijn hart, alleen nog nachtmerries. Mijn hemel is helemaal niet blauw meer. Hij is donker, bewolkt, zonder sterren.

De volgende ochtend is het huis verlaten. In de kamer van de Engerd ligt een stoel om, zijn de gordijnen naar beneden gerukt en is het bed een zootje. De tijd dringt, maar dat kan me niks schelen. Ik ga vandaag niet naar school. En alle andere dagen trouwens ook niet meer. Ik wil in de hemel leven met Maxence en alle andere kinderen die te veel verdriet hebben om het leven vol te houden. Ik wil onder een regenboog leven, op de maan, in een ster, op een andere planeet. Ik wil ergens anders leven, ver weg van hier, en ik wil dat de mensen die me kennen vooral niet meer aan me denken.

Ik stop *De kleine prins* in mijn schooltas. Maxence was dol op dat boek. Verder stop ik er wat papier en een potlood in, en andere dingen die van Maxence zijn. Ik neem mijn engelenvleugels mee en het geld uit mijn spaarpot. Ik kijk in het potje waar mama haar geld in stopt en haal er twintig euro uit. Jammer dan, ze zal het wel begrijpen. Ik kijk nog een laatste keer naar het bed van Maxence, ons blauwe vloerkleed, onze paraplu, onze maanlamp die de Engerd stuk heeft gemaakt en die we niet hebben kunnen repareren. Ons hele wereldje. Ik loop nog een rondje door het huis en ga de deur uit.

Dag...

11

Ik neem de metro en zie de haltes voorbijkomen. Midden in Parijs stap ik uit. De lucht is donkerder dan ooit. Een echte novemberlucht. Ik loop in mijn eentje en probeer zo rustig mogelijk te ademen. Ik koop een wegwerpcamera voor Maxence, bekijk hoe die werkt en maak foto's van Parijs: de bruggen, de hemel die te laag hangt, gehaaste mensen, bankjes, parken en alles wat hij gezien zou willen hebben. Er zitten zwervers op straat, ze staren voor zich uit. Sommigen zijn jong, anderen oud, zo oud dat ze mijn opa zouden kunnen zijn. Mensen lopen langs de zwervers zonder te stoppen. Soms geven ze wat kleingeld. Ik begrijp dit leven niet. Als Max er nog was, zou hij het me hebben uitgelegd, dat weet ik zeker. Als er zoveel geld in de wereld is, waarom is er dan niet genoeg voor iedereen? Maxence zei dat je je bij dingen neerlegt als je ouder wordt. Hij zei dat de wereld niet goed in elkaar zit omdat je als kind heel goed weet wat normaal is of niet, maar te klein bent om iets te doen. En dat het daarna misgaat omdat je als je groot bent het systeem accepteert en het niet meer wilt veranderen.

Ik ga op een bankje zitten dat eenzaam midden in een park staat.

De bloemen zien er niet best uit omdat het winter is, maar ik vind ze toch mooi. Er is niemand anders, ik ben alleen met alle gedachten die door mijn hoofd spoken. Vooral gedachten over Maxence. Ik voel me heel ver weg van mijn leven, van mama, van de Engerd, van alles. Het is alsof ik hier nooit echt geleefd heb. Of anders heel, heel lang geleden. In mijn tas zitten de pillen van mama. De pillen die ze neemt als ze niet kan slapen. Soms zegt ze dat ze zelfs 's nachts geen rust heeft en ze ze wel moet nemen omdat ze vroeg op moet. Ik heb ook bleekwater meegenomen, uit het kastje onder de gootsteen. Ik draai de dop van de fles, adem diep in en drink ervan. Het voelt alsof ik watjes doorslik. Ik geef over, zit dubbelgevouwen op het bankje. De vieze smaak blijft... Ik leeg het pillendoosje in mijn hand en slik de pillen een voor een door.

Maxence...

Ik ga liggen op het bankje. Bevroren bloempjes dansen voor mijn ogen. Ik doe ze dicht. Zo is het goed. Ik word een veertje, een vogel, een bloemblaadje. Ik vlieg weg, naar Maxence. Ik weet dat hij op me wacht in het Land zonder grote mensen. In het Land zonder grote mensen worden alle kinderdromen werkelijkheid. In het Land zonder grote mensen regent het nooit. In het Land zonder grote mensen lijken de wolken op suikerspinnen en smaakt de zon naar citroen.

Plotseling word ik vastgepakt en door elkaar geschud.

'Wat is er met jou aan de hand, jochie?'

Ik doe mijn ogen open. Een vrouw staat over me heen gebogen.

Niks. Er is niks met me aan de hand.

'Hé! Geef eens antwoord!'

Ik kan geen antwoord geven. Ik ben aan het wegvliegen. Ik ben een ballon aan het worden, vol met lucht die ik diep kan inademen. Licht, zo licht...

'Shit! Gaat het wel goed?'

Gaat het goed? Maar niks gaat hier goed. Weet u dat nog niet?

Ze tilt me op. Ik wil haar tegenhouden, maar kan het niet opbrengen. Ze neemt me mee. In de verte hoor ik haar stem.

'Het komt wel goed, jochie. Maak je geen zorgen.'

Ik weet dat het nu goed komt. Maxence wacht op me in een zonnestraal. Hij heeft een stukje van de hemel vrijgehouden, alleen voor ons. Waar we op een wolk kunnen gaan zitten en alle kinderen in alle landen van de wereld kunnen helpen.

Verkeersgeluiden dringen tot me door.

'Taxi!'

Een auto komt tot stilstand.

'Naar het ziekenhuis, snel!'

Het ziekenhuis? Nee, niet naar het ziekenhuis!

Ik probeer iets te zeggen, maar kan niets uitbrengen. De vrouw gaat door met praten, maar haar woorden gaan verloren in de herrie van het getoeter. Ze leggen me op de achterbank.

Door het raam zie ik de hemel voorbijschieten. Hij is heel donker. Het leven lost op, stroomt alle kanten op en is ijskoud. In mijn hand voel ik het hengsel van mijn schooltas. Ik hou hem bij me, want dan kan ik *De kleine prins* aan Maxence geven. Die was hij vergeten mee te nemen toen hij wegging. Ik zweef. Flarden van herinneringen komen in me op. Vooral van de middagen met Maxence op de travelator. Onze reizen naar allerlei landen in de wereld. Eén ding is zeker, daar waar we straks samen zullen zijn, krijgen we er nog heel wat te zien. Maxence zei dat in ons lichaam een ziel zit en dat we pijn voelen als de ziel het allerliefst weg zou vliegen, maar opgesloten moet blijven zitten. Dan begint hij te schoppen tot hij wordt vrijgelaten. Daarom is Maxence weggegaan. Omdat zijn ziel te hard schopte. Toen heeft hij het raam opengezet zodat hij weg kon vliegen, tot voorbij de hemel. En mijn ziel is alleen achtergebleven. Daarom is hij ook gaan schoppen. En heb ik het raam opengezet om hem te bevrijden. Nu kunnen onze zielen bij elkaar komen en samen één worden.

Maxence...

De vrouw helpt me uit de taxi.

'Gaat het, jochie?'

De taxi rijdt weg. Ik zie grote gebouwen. De aardige mevrouw houdt me stevig vast. Het lukt me niet om goed te lopen, dus zet ik maar gewoon een voet voor de andere. We gaan bij een van de gebouwen naar binnen. Er is niemand. Ik ril. De muren worden lang en dan weer kort, als een accordeon zonder muziek. Ik loop door. Opeens zie ik monsters over de muur rennen en ik schrik me kapot. Maar al snel moet ik erom lachen. Na een tijdje kan ik niet verder lopen. Ik val om. Het is koud op de grond. De mevrouw tikt op mijn wangen.

'Hé! Hé, kijk me aan!'

Onmogelijk om mijn ogen open te doen.

'Wakker blijven! Hé, is daar iemand?... Ik kom zo terug.'

Plotseling vlieg ik weg, heel ver weg. Mijn lichaam van mijn vroegere leven ligt op de grond, als een oude, vergeten jas. Ik denk aan Maxence. Het is zover, eindelijk komen we weer bij elkaar. Ik voel me intens gelukkig. Zo gelukkig dat ik glimlach.

Zie je, Max? Ik ben gekomen!

Hij heeft sterren in de hemel uitgestrooid, zodat ik hem makkelijker kan vinden. Daar waar ik naartoe ga, is het warm en schijnt het licht. Daar waar ik naartoe ga, zijn Maxence en alle andere kinderen die op me wachten.

Ik word vastgegrepen. Ik ben al ver weg, maar er is nog een draadje dat me verbindt met mijn lichaam van mijn vroegere leven. Ze pakken het vast en trekken eraan.

Laat me los, ik ben al weg! Ik wil niet met jullie mee, laat me met rust!

Ze leggen mijn lichaam van mijn vroegere leven op een brancard en nemen het snel mee. Ik hoor hun ongeruste stemmen, maar begrijp niet wat ze zeggen. Ik doe mijn uiterste best om de andere kant op te gaan, maar het lukt me niet. Ze sleuren me mee. Ze brengen mijn lichaam van mijn vroegere leven het ziekenhuis binnen. De muren zien er anders uit, alles is wit. Ik roep Max, zodat hij mijn hand kan vastpakken en er hard aan kan trekken om me bij zich te houden.

Max! Help, ze nemen me mee!

De brancard wordt stilgezet in een kamer. Ik zie alles in slow motion. Een mevrouw in een witte jas praat tegen me alsof ik haar kan horen. Ik zie haar lippen wel bewegen, maar begrijp niets van wat ze zegt. Ze glimlacht naar me. Misschien is Maxence er wel, naast haar! Misschien probeert ze me dat te vertellen! Er gebeurt iets met mijn lichaam van mijn vroegere leven, ze duwen iets in mijn keel. Het doet pijn…

Laat me met rust!

Mijn lichaam van mijn vroegere leven verzet zich, maar wordt op het bed gedrukt en met onbegrijpelijke woorden toegesproken.

Max, wat zijn ze aan het doen? MAX!

Ik word wakker in een kamer die ik niet ken. Er staan allemaal bedden waar kinderen op zitten. Ik kijk om me heen.

'Max…'

Ik beweeg mijn lichaam van mijn vroegere leven en begrijp opeens dat ik er weer in zit, in mijn vroegere leven. Er steekt een naald uit mijn arm, met een slangetje waar vloeistof in zit. Ik zou alles los willen trekken, maar kan het niet opbrengen.

'Hoi! Hoe heet jij?'

De jongen die me aanspreekt, is kaalgeschoren. Drie andere kinderen komen bij hem staan. Ze kijken me allemaal met grote ogen aan.

'Waarom ben jij hier?'

Ik geef geen antwoord. Ik ben hier helemaal niet. Ik ben bij Maxence. Ik doe mijn ogen dicht en vlieg weg, zo ver weg als ik kan met mijn lichaam van mijn vroegere leven. Er zit een steen vastgebonden aan mijn ziel. Een steen die zo zwaar is dat ik niet kan vliegen. Een steen die me daar houdt waar ik vooral niet wil zijn.

De kinderen fluisteren tegen elkaar en gaan weer in hun bed liggen. Het is ze wel duidelijk dat ik geen zin heb om te praten. Mijn hoofd is zwaar. Er zitten te veel herinneringen in. Ik doe mijn ogen dicht en ga langzaam weg. De kleuren verdwijnen uit het leven om me heen. Ik ben ontworteld. In mijn dromen zie ik Maxence, die naar me glimlacht.

'Ik wilde naar je toe komen, Max! Dat wilde ik, echt waar!'

'Het geeft niet, Slimane.'

'Ik wil niet terug naar mijn leven van vroeger. Dat wil ik niet!'

Maxence pakt mijn hand vast en knijpt erin. Dan vervaagt hij beetje bij beetje, zoals een tekening waar regen op valt. Ik word rechtop in mijn bed wakker, mijn armen voor me uitgestrekt.

'MAX!'

Mijn hart klopt harder dan ooit in mijn borst. Het wil wegvliegen, uit zijn gevangenis breken, maar ik kan het niet bevrijden. Mijn hart is een vogeltje in een kooi.

Ik kom bij en zie de blik van de andere kinderen glanzen in het donker. De kale jongen komt naar me toe.

'Je had een nachtmerrie. Gaat het?'

'Ja… het gaat wel…'

Ik herken mijn eigen stem niet meer. Het is de stem uit mijn vroegere leven en het is alsof hij al heel lang niet gebruikt is. Ik wil nergens meer aan denken. Ik wil gewoon weer slapen en in mijn dromen bij Max zijn.

Er komt een verpleegster naar me toe. Ze streelt mijn voorhoofd en doet de naald die in mijn arm zit goed. Ze zegt zachtjes lieve woorden tegen me en ik zak weg in een diepe slaap.

12

Drie dagen gaan voorbij. Maxence is overal in mijn hoofd. Ik weet gewoon dat ik nooit zonder hem zal kunnen leven. Ik weet dat het leven vanaf nu totaal geen smaak meer zal hebben, al zou ik er nog zoveel zout, suiker of kruiden op doen.

'Slimane? Hoor je me?'

Blond haar. Witte jas. Grote glimlach.

Ja, ik hoor u wel. Met mijn oren van mijn vroegere leven.

'We hebben je ouders op de hoogte gebracht.'

Mijn ouders van mijn vroegere leven.

'Je moeder komt morgen.'

Toe maar!

'Weet je waarom je hier bent?'

Ja. Ik blijf maar even. Ik ga naar het Land zonder grote mensen.

'Je hebt een zelfmoordpoging gedaan.'

Nietes. Ik ben weggegaan om nog een kans te hebben om te overleven. Om mijn ziel niet te laten verstikken in alle onverschilligheid en alle gemene dingen.

'Zodra er een plek vrijkomt, brengen we je naar een afdeling die geschikter is.'

Wat bedoelt u daarmee? Hoezo geschikter? Geschikter voor alle kinderen die te grote vleugels hebben en niet kunnen vliegen? Voor alle kinderen die dromen hebben die door volwassenen in duizend stukjes worden gebroken?

Ik doe mijn ogen dicht. Ik wil niks meer zien. Een hand ligt even op mijn arm, voetstappen verdwijnen in de verte. Nog wat stemmen, en dan stilte.

Maxence…

Ik doe mijn ogen open en mama zit naast mijn bed. Ze staart voor zich uit. Ze ziet eruit alsof honderdduizend schimmen door haar hoofd spoken. Ik wil eigenlijk weer slapen, maar onze blikken ontmoeten elkaar. Haar ogen zijn helemaal nat.

'Slimane…'

Het klinkt alsof ze mijn naam met haar laatste krachten uitspreekt. Ze grijpt met haar handen mijn lichaam van mijn vroegere leven vast.

'Slimane!'

Springvloed in haar ogen. Overal stroomt het over. Grote, schui-mende golven beuken tegen haar oogleden.

'O Slimane!'

Ze praat niet, ze fluistert. De andere kinderen in de kamer doen alsof ze niets zien. Ze kijken de andere kant op, trekken zich terug in de ellende van hun eigen leven. Mama blijft maar zuchten. Het is alsof een aardbeving haar leven heeft opgeschud en ze vastzit tus-sen het puin. Vroeger kon ik het opbrengen om haar te helpen. Vroeger wilde ik haar tranen drogen. Vroeger was ik Slimane de Onschuldige, de liefste broer van Maxence.

Mama buigt voorover, om haar verdriet te laten weglopen in de goot van haar gedachten. Haar tranen vallen op de grond. Nieuw verdriet waaruit een nieuwe zee ontstaat. Ik kijk naar haar, maar voel niets meer.

Het is jouw schuld!

13

Ik weet niet hoeveel dagen ik in de grote kamer zit. De naald wordt uit mijn arm gehaald en ik krijg tegelijk met de anderen mijn eten. In het ziekenhuis is het avondeten om zes uur, precies het tijdstip waarop Max en ik normaal gesproken aan ons huiswerk begon-nen...

Thuis aten we nooit voor negen of tien uur 's avonds. Ik moet denken aan al onze picknicks op het blauwe vloerkleed. Max zette alles neer wat we uit de koelkast hadden gehaald. Hij gaf me een servet en maakte alles klaar. We waren samen, samen tegen de rest. Samen in onze kamer aan het eind van de wereld, met de deur en de gordijnen dicht om de Engerd buiten te houden. Ik word overstelpt door herinneringen… De verhalen van Max, alles waarover hij in encyclopedieën las, de documentaires die hij keek, zijn beloftes van een leven zonder Engerd, zijn raad, zijn gelach, hoe hij alles betoverde. Maxence wist ontelbaar veel dingen. Hij vertelde me een heleboel verhalen. Hij was mijn gids in het leven. Zoals die stokjes die bij bloemen worden gezet zodat ze mooi recht omhoog groeien. Als ik nu nog groei, zal het zeker scheef zijn.

Op mijn bord ligt iets wat op een omelet lijkt, maar het is niet eens een echte omelet. Het is meer een beetje een geel ding dat erop lijkt. In de salade zie ik alleen maar verlepte blaadjes en de vanillepudding doet me denken aan de billen van de onderbuurvrouw. Ze drillen op dezelfde manier.

De verpleegster die ons in de ochtend verzorgt, is heel aardig. Van het zorgvuldige soort, zeg maar.

'Kom je mee, Slimane? Ik breng je naar je afspraak bij de psychiater.'

'Bij wie?'

'De psychiater. Dat is een arts die alles weet van ziektes in je hoofd.'

'Wat voor ziektes in je hoofd?'

'Hij zorgt voor mensen met wie het niet goed gaat.'

'Zijn er veel mensen met wie het niet goed gaat?'

'Best wel, ja. Zullen we gaan?'

'Hoe heet hij?'

'Dokter Brown. Zijn moeder komt uit Amerika.'

Brown, dat doet me denken aan brownies. Die superzoete chocoladecakejes met walnoten erin.

Ik loop achter haar aan door de gangen. We stoppen voor een witte deur waar met grote letters DR. BROWN op staat. Ik ga zitten en wacht netjes op de arts die alles weet van ziektes in je hoofd.

De deur gaat open. Een jonge vrouw gebaart dat ik binnen mag komen. Geblondeerd haar, net als mama, brede glimlach en diep decolleté. Maxence zou gewoon gezegd hebben: dom blondje. De kamer is groot en er zit nog een dom blondje, maar dan met bruin haar. De twee blondjes gaan naast dokter Brown zitten. Hij komt overeind om me een hand te geven. Een hand die slap is, zoals de pudding van gisteren.

'Ga zitten. Mijn twee collega's luisteren mee, ze zijn in opleiding.'

Ik zou wel willen vragen waar ze voor opgeleid worden, maar eigenlijk kan het me niks schelen. Brownies is echt een lummel. Van het soort wereldkampioen in slap gelul. Hij lijkt te denken dat hij in een soapserie zit, met zijn gebruinde huid en zijn haar dat glimt van de gel.

'Weet je waarom je hier bent?'

'Hier… Op aarde bedoelt u?'

Een antwoord à la Maxence. Hij kijkt lichtelijk verbaasd en lacht krampachtig. De domme blondjes lachen mee.

'Nee! Hier in het ziekenhuis.'

'Nee, geen idee.'

Ik hou me van den domme, maar weet dat ik het ga verliezen. Maxence zei dat je je nooit van den domme moet houden bij iemand die echt dom is, want dan win je nooit.

'Je hebt een TS gedaan.'

'Een wat?'

Hij werpt een schuine blik op de domme blondjes die zitten te draaien op hun stoelen. Ze moeten lachen. Ik zie echt niet wat er zo grappig is.

'Een *tentamen suicidii*, dat is vaktaal voor een zelfmoordpoging.'

Ik geef geen antwoord. Ik kijk de andere kant op.

'We houden je nog een tijdje hier.'

'Nee, ik wil hier niet blijven!'

Ik word wanhopig, maar zij blijven gewoon lachen.

'Je hoeft niet bij de anderen te blijven, dat beloof ik. Je krijgt een grote kamer voor jou alleen, met een ruim bed en een echte badkamer. Voor je het weet, mag je weer naar huis.'

In het ziekenhuis blijven of naar huis. Lekkere keuze! Er is sowieso geen enkele plek op aarde meer waar ik naartoe zou willen.

Brownies stelt nog wat vragen en de domme blondjes maken aantekeningen. Ik geef maar half antwoord. Met mijn hoofd zit ik heel ergens anders. Als ik me niet goed voel, denk ik aan Maxence, waardoor er een soort scherm tussen mij en de rest van de wereld komt. Niks doet me meer iets. Brownies en zijn domme blondjes worden steeds kleiner, alsof ik in het vliegtuig zit en steeds hoger en hoger stijg.

Zolang de kamer waar Brownies me in wil stoppen nog niet vrij is, blijf ik in de grote kamer met de andere kinderen. Ze zijn wel aardig, maar ze willen de hele tijd praten. Daar heb ik helemaal geen zin in, dus ik geef bijna nooit antwoord. Uiteindelijk laten ze me met rust. En dan opeens is de grote dag aangebroken. Mama gaat met me mee naar een andere psychiater, degene die verantwoordelijk is voor de overplaatsingen. Hij heet dokter Schwartz. Hij heeft bruin haar, draagt een brilletje en ziet er behoorlijk bang uit voor iemand die alles weet van ziektes in je hoofd. Misschien is hij besmet geraakt omdat hij ze zoveel bestudeerd heeft. Hij heeft allemaal rare tics en je zou echt willen dat hij over zijn verleden gaat praten, want hij moet wel vreselijke dingen hebben meegemaakt om er zo aan toe te zijn. Hij stelt vragen aan mama zonder haar ook maar één keer aan te kijken.

'Slaapt uw zoon met zijn nachtkastje tegen het bed aangeschoven?'

'Eh... hij heeft geen nachtkastje.'

Schwartz is verbaasd, want dat antwoord komt niet voor in zijn psychiaterboeken.

'Geen nachtkastje?'

Mama slaat beschaamd haar blik neer.

'Ik bedoel... mijn kinderen slapen in... sliepen in dezelfde kamer en er was geen plaats meer.'

'Aha. Maar stel dat er wel een nachtkastje was geweest, zou hij dat dan tegen het bed aan geschoven hebben?'

Mama knijpt haar handen in elkaar. Ik weet precies hoe ze zich in zo'n situatie voelt. Ze voelt zich ellendig, denkt dat ze dom is omdat ze niet gestudeerd heeft. De vragen van die idioot geven haar een minderwaardigheidscomplex van hier tot Tokio. Ik antwoord in haar plaats.

'Nee, als ik een nachtkastje had gehad, zou ik het midden in de kamer hebben gezet, heel ver van het bed. Of misschien zelfs in de gang of de keuken.'

Hij kijkt me stomverbaasd aan en maakt aantekeningen in zijn schrift. Daarna begint hij enge dingen tegen mama te zeggen, woorden waar je zenuwachtig van wordt. Hij zegt dat ik mezelf weer dood ga maken als ik niet in het ziekenhuis blijf, dat ik een groot gevaar voor mezelf ben, dat soort dingen. Mama is nu zo bang dat ze geen andere optie heeft dan mijn lichaam en ziel hier in bewaring te laten. Maar ik weet dat het grootste gevaar dat op de loer ligt helemaal niet is wat zij denken. Het grootste gevaar dat voor mij op de loer ligt, is de Engerd met zijn handen die me ervanlangs geven. En de wereld van grote mensen waar ik in moet blijven.

'Zeg je moeder maar gedag, Slimane.'

Schwartz probeert zoeter te klinken door honing in zijn stem te doen. Maar als ik zijn hart met een scalpel open zou snijden, zouden er alleen maar brandnetels en doornstruiken uit komen. Mama laat haar hoofd zakken. In haar nepblonde haar zit zwarte uitgroei. Het echte leven dat aan de oppervlakte komt. De wallen onder haar ogen zijn nog dikker dan ze al waren, omdat ze er nog meer verdriet in heeft gestopt.

'Slimane...'

Mama's stem gaat verloren in de gespannen stilte. Ik heb haar niks te zeggen. Ik kijk naar de grond, naar mijn voeten in de gympen van Maxence. Ze omhelst me, maar ik reageer niet. Ik laat haar haar gang gaan, alsof ik miljarden kilometers bij haar vandaan ben.

'Ik kom bij je langs zodra ik kan.'

Ik kijk haar strak aan.

Het is jouw schuld!

Nog een laatste blik, als een dolkstoot in haar hart. Ik loop naast Schwartz door een gang die helemaal wit is en op een ontsmet paradijs zonder engelen lijkt. In mijn keel zit een prop die zo hard is als een steen en zo groot als een enorme bol wol. Als ik aan het draadje trek, word ik helemaal uit elkaar gehaald. In mijn keel zit alles wat ik tegen Maxence zou willen zeggen. Was verdriet maar oplosbaar, dan zou ik er water overheen gieten en kijken hoe het langzaam verdween.

Een lange rij vergrendelde deuren, ijskoude muren... Schwartz loopt door. Uiteindelijk stopt hij voor een deur die op slot zit. Hij maakt hem open en laat me naar binnen gaan. Een verpleegster begroet me met een glimlach.

'Hallo, Slimane. Kom je?'

Ze neemt me mee. Ik kijk om en zie nog net hoe Schwartz de deur achter zich dichtdoet. De verpleegster stopt bij een kamer waarvan de deur ook op slot zit. Ze maakt hem open en laat me naar binnen gaan. Het lijkt er op een gevangeniscel, het bed is aan de vloer vastgemaakt en er zitten tralies voor het enige, kleine raampje. De deur van de badkamer zit op slot.

'Hier kun je je wassen, met een verpleger erbij. En je mag twee keer in de week onder de douche.'

Er valt een loodzwaar en verpletterend gewicht op me.
'Maar... Dokter Brown zei dat ik een grote kamer voor mij alleen kreeg. Een grote kamer met een groot bed en een echte badkamer...'

Ze kijkt me aan met een droevige blik. Ik raak in paniek.

'Waarom zit het bed zo aan de vloer vast? En waarom zit de deur van de badkamer op slot?'

'Zodat je jezelf niets aan kunt doen. Je zult zien dat het allemaal goed gaat, Slimane. Je went er wel aan.'

Ze legt een hand op mijn schouder en gaat weg. De sleutel danst in het slot. Tranen komen uit mijn ogen en beginnen aan één stuk door te stromen. Ik ben gegijzeld zonder dat er om losgeld gevraagd is. Ik ben gevangene van een leven dat omgeven is door duisternis, helemaal in mijn eentje, zonder Maxence. Ik val neer op het bed dat aan de vloer is vastgemaakt en huil zonder te kunnen ophouden. In de deur van de kamer zit een vierkant raampje waar de verplegers doorheen kunnen kijken om te zien wat ik doe. Er verschijnen twee onbekende ogen in. Twee uitdrukkingloze ogen die alleen maar controleren of ik nog wel leef.

Als het tijd is om te eten, word ik opgehaald en op een stoel aan een tafel gezet. Een jongen die zeker zes jaar ouder is dan ik zit een sinaasappel te eten. Uit zijn mond druipt kwijl. Hij boort zijn blik als een Zwitsers zakmes in de mijne en in zijn felle ogen blaast een storm van waanzin. De verpleegster doet zenuwachtig.

'Kijk hem maar niet aan, Slimane.'

Ik hou mijn blik op de muur gericht. De tijd tikt door. De jongen blijft me strak aankijken. Opeens staat de verpleegster op om me naar mijn kamer te brengen.

'Je kunt beter bij hem uit de buurt blijven, het zou kunnen dat hij gaat slaan.'

Ik geef geen antwoord. Ik voel me alleen nog maar wat eenzamer. Het eten wordt naar mijn kamer gebracht. Een soort kipfilet met puree, en plastic bestek zodat ik er mijn aders niet mee door kan snijden. De verpleegster houdt me in de gaten. Langzaam stop ik een stuk kip in mijn mond en probeer erop te kauwen. Maar het lukt me niet en ik spuug alles huilend uit.

'Je moet eten, Slimane.'

'…'

'Je moet je best doen om ons te laten zien dat je wilt leven.'

Ik snuit en probeer tussen mijn gesnik door te praten.

'Maar het is niet eens echte kip!'

'Als jij je best doet, doen wij dat ook en mag je hier eerder weg.'

En waarheen dan? Ik denk weer aan de pillen, het bleekwater en het lichaam van Maxence dat in de kamer hangt, boven het blauwe vloerkleed.

Het leven is niks voor kinderen.

14

's Avonds poets ik mijn tanden terwijl de verpleegster erbij zit. Ze blijft bij me om te zorgen dat ik mezelf niet verdrink in de wasbak. Als het zou kunnen, zou ik erin springen, me door de afvoer laten glijden en me in zee storten. Daarna zou ik zwemmen tot ik Maxence zou vinden. Er zouden geen tralies meer zijn, geen op slot gedraaide deuren en geen bedden die aan de grond zijn vastgemaakt.

Het duurt heel lang voor ik in slaap val. Ik lig als verlamd in een bed dat ik helemaal niet ken, ver van Maxence, ver van alles. In het vierkantje in de deur verschijnt een gezicht. Ik draai mijn hoofd om, naar het vierkantje hemel achter de tralies voor het raam. Ik denk aan mama. Mijn hart wordt zwaar. Ze is vast door het huis aan het zwerven. Ze komt in onze kamer terecht, raakt de kleren van Maxence aan, praat fluisterend tegen hem, doet van alles om zichzelf te laten geloven dat hij tevoorschijn komt met zijn glimlach die zo breed is als de hemel. Ze denkt vast ook aan mij. Aan de kleine Slimane met zijn gevoelige hart, die degene is kwijtgeraakt van wie hij het allermeest hield. Ik denk aan mama, helemaal alleen met de Engerd die ruzie met haar maakt en haar slaat. Mama met bloed in haar nepblonde haar, met een gescheurde lip, met beurs geslagen ogen.

Het is jouw schuld!

Ik schud met mijn hoofd om de gedachten eruit te laten vallen. Ik wil niet aan haar denken.

Het is jouw schuld!

Ik zoek naar de maan, maar de hemel is helemaal zwart. De stem van Maxence klinkt in mijn hoofd.

'Slimane, als je je echt concentreert, kun je vliegen naar waar je maar heen wilt in de wereld.'

Ik stap op een denkbeeldige travelator en ga naar Japan, India, Brazilië, ik reis naar de maan en de wolken. Ik warm me aan de zon en glij op een ster door de hemel. Ik ga bij alle planeten langs, op zoek naar Maxence. Als het nodig is, zoek ik alle hoeken van de Melkweg af, zelfs hoeken die niet bestaan.

De dagen hier zijn tien keer niks. Witte jassen die bij me in de buurt blijven zodat ik heelhuids het leven doorkom. Naar de wc, onder de douche, ontbijten, wachten, deuren die op slot gedraaid worden, lunchen, wachten, bezoekjes aan de psychiater, wachten, eten, de hemel achter de tralies. En nooit een maan om wat licht te brengen in de donkere nachten. Het leven hier is ontsmet. Ik heb het gevoel dat mijn huid van me afgehaald is. Mijn hart bloedt. Ik raak oververhit door het leven en sta op springen. Mijn verdriet laat zand achter in mijn bloed waardoor het niet goed meer kan stromen.

Maxence...

15

Dokter Yves Lemoine is een echte psychiater. Anders dan Brown of Schwartz. Hij ziet er tenminste heel serieus uit. Hij heeft grote littekens op zijn wangen, alsof het leven in een terreinwagen over hem heen is gereden. Dokter Yves Lemoine ziet eruit alsof hij echt wil begrijpen waarom kinderen van elf ervan dromen om ver weg te vliegen en boven de wolken te zweven. Ik zit tegenover hem, hij kijkt me vriendelijk aan.

'Hoe gaat het, Slimane?'

'Het gaat.'

'En dus? Hoe voel je je?'

'Ik voel me niet.'

'En de kamer, de verplegers, de andere kinderen?'

'We zitten gevangen. De volwassenen houden ons gegijzeld.'

'Ik zou het op prijs stellen als je met me zou praten, Slimane.'

'Maar we kennen elkaar niet eens! Wat moet ik nou tegen u zeggen?'

'Wat je op je hart hebt.'

'Nee, dat kan echt niet, want als ik mijn hart uitstort en alles er hier uit laat, dan krijgen we overstromingen.'

Als dokter Yves Lemoine lacht, komen er kuiltjes bij zijn littekens en lijkt hij op het kind dat hij heel, heel lang geleden moet zijn geweest.

'Daar is deze kamer voor gemaakt. Dus zelfs bij overstromingen blijft alles onder controle.'

'Ik weet niet wat ik tegen u moet zeggen. Ik heb u niks te zeggen.'

'Slimane, ik probeer het alleen maar te begrijpen.'

'Wat probeert u te begrijpen?'

'Waarom je dood wilde.'

'Probeert u altijd alles te begrijpen?'

'Laten we zeggen dat dat mijn vak is.'

'Oké, nou, waarom zijn mensen ongelukkig? Waarom slaan ze elkaar? Waarom zijn er mensen die bommen leggen in de metro? Waarom gebruiken mensen drugs? Waarom vervuilen grote mensen de aarde zo erg dat hij uiteindelijk zal ontploffen? Waarom gaan mensen dood? Waarom worden ze ziek? En waarom worden er kinderen verkracht en vermoord? Waarom?'

Hij kijkt me aan zonder iets te zeggen.

'Ziet u wel? U weet het niet. Waarom heeft u dan een witte jas aan?'

Achter de gesloten deuren van ziekenhuizen zitten een heleboel kinderen met een leven tussen haakjes, of met een vraagteken of zelfs een punt erachter.

Op mijn afdeling zijn ze allemaal ouder dan ik. We komen elkaar tegen maar praten niet veel met elkaar. Alles is hier zo wit dat het bijna pijn aan je ogen doet. Misschien ben ik echt dood. Ik voel me doodeenzaam. Ik ga eraan, zelfs zonder dat ik er pillen voor hoef in te nemen. Het is de eenzaamheid die een eind aan mijn leven zal maken. In de kamer tegenover de mijne zit een jongen die er wat minder slecht aan toe lijkt te zijn dan de anderen die ze hier allemaal weggestopt hebben. Hij komt op me af en glimlacht min of meer naar me, met de helft van zijn mond. Ik vind zijn glimlach wel mooi, want de andere helft van zijn gezicht blijft triest.

'Hoe heet jij?'

'Slimane.

'Ben je Arabisch?'

'Nee.'

'Waarom heet je dan Slimane?'

'Omdat m'n moeder zin had om te reizen.'

'Wat ben je dan?'

'De weg kwijt.'

'O! Dat heb je goed geregeld, want dat is iedereen hier. Het land van verdwaalde mensen. Je hoeft in ieder geval geen visum aan te vragen.'

Ik wil helemaal niet in het land van verdwaalde mensen zijn. Ik wil hier weg. Ik wil bij Maxence zijn, in het Land zonder grote mensen.

'En jij, hoe heet jij?'

'Hier noemen ze me Pitbull, omdat ik met mijn eigen tanden een stuk van mijn arm heb afgebeten.'

'…'

'Wil je het zien?'

'Nou, nee, niet…'

'Kijk, moet je zien.'

Pitbull schuift zijn mouw een beetje omhoog en laat me zijn arm zien. De tandafdrukken en de resten gescheurde huid maken me misselijk.

'Waarom heb je dat gedaan?'

'Hè? Geen idee. Daarom zit ik hier ook.'

Hij glimlacht weer naar me met de helft van zijn gezicht. Aan de rechterkant zie ik zijn tanden die glimmen in het tl-licht. Ik ben bang dat hij ze als een vampier in mijn nek gaat zetten, dus zwaai ik naar hem en loop weg. Ik moet me inhouden om niet te gaan rennen.

Twee keer per week word ik naar de kamer van dokter Yves Lemoine gebracht. Aan de muur hangen allemaal foto's uit andere landen. Vooral foto's van stranden met heel wit zand. Zou ik in die foto's kunnen komen als ik mijn handen erop leg, zoals Mary Poppins?

'Hoe gaat het, Slimane?'

'Sinds de laatste keer dat we elkaar gezien hebben, bedoelt u?'

'Daar zouden we mee kunnen beginnen, ja!'

'Er is niks bijzonders gebeurd. Douchen, tanden poetsen onder toezicht, saaie lunches, saai avondeten. De hemel die achter de tralies in gijzeling zit.'

'Waar zou je het over willen hebben?'

'Nergens over. Ik ben te verdrietig.'

'Wil je niet vertellen waarom je zo verdrietig bent?'

'Ik ben verdrietig door de veel te ongelukkige mensen op televisie, de kinderen in allerlei andere landen die niks te eten hebben, al het slechte nieuws dat we iedere dag te horen krijgen, de 16.119 diersoorten die met uitsterven bedreigd worden die Maxence en ik een keer op het journaal hebben gezien, alle gemene dingen die mensen elkaar aandoen en dat iedereen dat normaal lijkt te vinden, de ouderdom van bejaarden, de artrose die op de vingers van mensen groeit en vooral op die van Nouredines vader, door hoe ik zou willen kunnen communiceren met anderen maar het niet kan omdat we allemaal in lichamen zitten die te ver van elkaar af staan, door hoe ik wel zou willen vliegen maar vastzit aan de grond met mijn vleugels die nergens toe dienen, en zo zou ik nog wel dagen door kunnen gaan.'

Dokter Lemoine haalt een hand over zijn vermoeide gezicht en zucht heel, heel diep.

'Aha... En zijn er nog andere onderwerpen waarover je het met me zou willen hebben?'

'Nee.'

'Zou je over je broer willen praten?'

'Nee!'

'Waarom niet?'

'Hoe weet u...? Wat weet u van...?'

'Ik weet dat hij zelfmoord heeft gepleegd.'

'Niet waar! Hij heeft geen zelfmoord gepleegd!'

'Vertel maar...'

Zijn stem doet me denken aan de honing die de Engerd op zijn brood deed als hij 's morgens in zijn pak zat te ontbijten in de keuken, voordat hij naar zijn werk ging.

'Vertel maar, Slimane...'

'Hij is weggevlogen, dat is alles.'

'Waar is hij naartoe gevlogen?'

'Naar het Land zonder grote mensen.'

'Wat is dat, het Land zonder grote mensen?'

'Dat is een land dat van kinderen is. Een land waar nooit iets ergs gebeurt.'

'Waarom wilde hij naar het Land zonder grote mensen gaan?'

'...'

'Waarom, Slimane?'

Voor het eerst van mijn leven stelt er iemand meer vragen dan ik.

'Waarom stelt u zoveel vragen?'

'Omdat dat mijn beroep is.'

'O! Dus het is een soort beroepsafwijking?'

'Precies. Wil je geen antwoord geven?'

'En u? Praat u nooit over uzelf?'

'Tegen wie?'

'Tegen de mensen die met u praten.'

'Ik geloof niet dat dat mijn taak is. Ik ben er om naar ze te luisteren.'

'Ik denk dat mensen u meer zouden vertrouwen als u wat over uzelf zou vertellen.'

'…'

'Dat is toch zo! Beetje vreemd als iemand allemaal vragen stelt zonder iets over zichzelf te zeggen.'

'Oké. Wat wil je weten?'

'Heeft u nooit zin gehad om weg te vliegen?'

'Waarheen dan?'

'U heeft er dus nooit zin in gehad, anders had u wel geweten waarheen.'

'En wat nog meer?'

'Bent u opgegroeid in een echt gezin?'

'Wat is dat, een echt gezin?'

'Een gezin met een echte vader en een echte moeder.'

'Wat is volgens jou een echte vader en een echte moeder?'

'Een echte vader trekt 's morgens nette kleren aan om naar zijn werk te gaan en glimlacht naar het leven om het te bedanken voor zijn lieve gezin. Een echte vader schreeuwt nooit en slaat zijn vrouw en kinderen niet.'

'En jij Slimane, heb jij een echte vader?'

'Ziet u nou? U doet niet mee.'

Ik sta op en loop naar de deur. Zijn stem dringt mijn oren binnen.

'Ik had een echte vader. Maar die is overleden toen ik twaalf was.'

Ik draai me naar hem om. Mijn ogen, die niet eens kunnen zwemmen, duiken in de zijne.

'Soms is dat maar beter ook.'

Mijn verdriet kan ik met niemand meer delen. Vroeger was Maxence er, die sterker was dan de Engerd, sterker dan alle klappen ter wereld. Hij keek naar me en in zijn ogen zag ik allemaal landschappen. Ik hoefde niet eens met hem te praten. We keken elkaar aan en stegen samen op, heel hoog en heel ver. En de Engerd verdween uit onze gedachten. Maxence wist altijd precies hoe ik me voelde en begreep me beter dan ik mezelf begreep. Hij was mijn enige vriend, de enige die er voor mij toe deed. De enige die het leven draaglijk maakte. Soms voel ik zijn aanwezigheid, vlakbij. Ik strek mijn hand uit en heb het gevoel dat ik hem aanraak. Maar soms ook voel ik dat hij er echt niet meer is en moet ik gaan zitten om die zware schok te verwerken. Ik doe mijn ogen dicht en zie de zijne glanzen in het donker. Zijn vurige ogen, die altijd zochten naar een diepere betekenis van dingen. Zijn blauwe ogen, die drupjes oneindigheid lieten vallen in alles wat ze zagen. Ik kan niet zonder hem leven. Ik stik, krijg helemaal geen adem meer, heb het gevoel dat ik in een diep zwart gat val. Het is alsof iemand alle lichtjes in de hemel uitdoet.

Maxence…

16

Een hele maand is voorbijgegaan sinds ik bij het ziekenhuis werd achtergelaten, met een hart dat half naar de maan was. Deze ochtend begroet dokter Lemoine me met een grote glimlach, groter nog dan anders.

'Ik heb goed nieuws: je mag naar een andere afdeling. Een open afdeling voor jeugdpsychiatrie.'

'Open? Bedoelt u zonder dak?'

'Nou nee, dat niet. Maar geen gesloten deuren meer, geen bed dat aan de grond vastzit, en veel minder toezicht. En met kinderen van jouw leeftijd.'

'Dat klinkt wel goed als u het zo zegt, maar… hoe lang moet ik daar blijven?'

'Net zo lang tot je weer zin hebt om te leven.'

'Zin om te leven, hoe krijg je dat? Als een ziekte?'

'Nee. Dat krijg je door te begrijpen waarom je geen zin meer hebt om te leven.'

Ik zie de Engerd voor me. Snel doe ik mijn ogen dicht om hem bij me uit de buurt te houden.

'Krijg ik mijn schooltas dan terug?'

'Jazeker!'

'Kom ik hier nog, bij u?'

'Natuurlijk! Morgenochtend word je opgehaald.'

Ik ga terug naar mijn kamer. Die ziet er nu heel anders uit. Dit wordt mijn laatste nacht in de gevangenis. Vlak voordat ik in slaap val in mijn bed dat vastzit aan de grond, zie ik door de tralies een sterretje schommelen in de hemel.

Maxence…

De volgende ochtend word ik door een verpleegster opgehaald. Ik loop door de eetzaal, waar de anderen zitten. Ze kijken met doffe ogen naar me. Pitbull staat op en komt naar me toe.

'Ga je weg?'

'Ja… Nou ja, niet echt. Ik ga naar een andere afdeling.'

'Ik zal je missen.'

'Ja, ik jou ook.'

'Zul je wel aan me denken?'

'Natuurlijk!'

'Want wij zitten hier achter gesloten deuren en als niemand aan ons denkt, is het alsof we niet bestaan.'

'…'

'Je kunt me niet bezoeken, maar als je af en toe aan me denkt, kan ik me daaraan vasthouden.'

'Ik zal aan je denken. Beloofd.'

Vanuit het niets neemt Pitbull me opeens in zijn armen. Mijn hoofd komt maar net ter hoogte van zijn borst. Hij omhelst me met zoveel kracht dat ik denk dat ik ga stikken. Hij houdt me vast alsof ik een soort houtblok ben in een zee vol haaien.

'Shit, Slimane, ik zal je missen.'

Voorzichtig maak ik me van hem los. Hij heeft dauw in zijn ogen, zoals de dauw die op bloemen zit als ze 's morgens wakker worden. Ik steek mijn hand naar hem uit. Onze ogen, die dezelfde dingen gezien hebben, knallen in volle vlucht tegen elkaar aan. Kinderogen, die het leven gezien hebben zoals het is, als het zijn mooie kleren uitdoet en zich uitkleedt in het donker. Kinderogen die tot appelmoes geslagen zijn. We draaien nog een tijdje om elkaar heen en dan pakt de verpleegster me bij mijn arm. Ik loop langzaam door en kijk om de zoveel passen achterom naar Pitbull. Als ik bij de deur ben, glimlacht hij naar me met zijn halve gezicht en vampiertanden. De linkerhelft van zijn gezicht straalt, maar de rechter kijkt nog droeviger dan anders. Ik zwaai naar hem. Een laatste blik en de deur gaat dicht…

Ik loop de gang door. Ik zou wel willen rennen om zo ver mogelijk weg te lopen van de kamer met de tralies. Ze hebben me mijn schooltas teruggegeven, met de engelenvleugels, *De kleine prins* en de foto's op de wegwerpcamera erin. In mijn tas zitten de herinneringen aan ons leven van vroeger. Stukjes Maxence die om me heen dansen.

17

Op mijn nieuwe afdeling zitten de deuren niet op slot. Ze brengen me een kamer binnen. De twee bedden zijn niet aan elkaar vastgemaakt, voor het raam zitten geen tralies en de deur van de badkamer staat wijd open. Ik zet mijn spullen neer.

'De eerste week ben je samen met Antoine. Hij is net zo oud als jij. Hij kan niet praten, maar je zult zien dat hij heel aardig is. Daarna krijg je een kamer voor jou alleen.'

Ik ga op het bed zitten. Links van me is een groot raam. De hemel is onwijs donker, maar dat maakt me niks uit. Hij zit tenminste niet achter de tralies, hij is vrij.

Ik deel de kamer met Antoine, het jongetje dat schreeuwt. Zo noemt iedereen hem.

'Waarom schreeuw je?'

Hij schreeuwt. Niet hard, maar hij schreeuwt. Er komen geen hele zinnen in zijn hoofd naar boven, dus kan hij niet praten. Wat zou er met hem gebeurd zijn? Iemand is vast heel bruut zijn leven binnengevallen en heeft hem pijn gedaan. Iemand heeft hem vast geschopt en het ritme van zijn hart verstoord.

'Wat hebben ze met je gedaan, jongetje?'

Hij schreeuwt. Niet hard, maar hij schreeuwt. Zo vaak dat niemand zich er nog zorgen om maakt. Hij is het jongetje dat schreeuwt. Zo is het gewoon. En dan op een dag wordt hij opgehaald. Ik stel wel vragen, maar niemand let op mij. Ze nemen het jongetje dat schreeuwt mee. In de kamer blijf niets achter dat me aan hem herinnert. Soms luister ik heel goed om te horen of hij, daar waar hij is, nog steeds schreeuwt, maar ik hoor alleen de stilte of de karretjes die over de witte vloer rijden. Misschien zit zijn familie op een andere planeet en schreeuwt hij zodat ze hem kunnen vinden. Misschien zendt hij ultrasonore trillingen uit, zoals dolfijnen, zodat iemand er eindelijk achter komt waar hij is.

Hier ben ik de jongste. De anderen zijn allemaal minstens twee jaar ouder. Romain, Sabrina, Mathias, Florian, Mélodie en Charline. En Valentine. Maar die heb ik nog niet ontmoet. Ze eet niet, dus mag ze haar kamer niet uit. Romain heeft haar een keer langs zien lopen in de gang en volgens hem is ze zo mager dat ze bijna doorzichtig is. Romain is veertien. Soms lijkt hij op een andere planeet te zitten en soms is hij razend. Dan loopt hij met gebalde vuisten door de gangen, van links naar rechts en van boven naar beneden. En mompelend. Ik vermijd hem meestal als hij zo is, want ik heb geen zin om zijn doelwit te zijn. Ik zie hem liever als hij op een andere planeet zit. Zelf ben ik daar ook vaak, dus dan kan ik hem tenminste volgen. Als hij zo is, lijkt het alsof zijn ogen vol zand zitten, zoals de strand-foto's in de kamer van dokter Lemoine.

'Romain?'

Hij draait zijn gezicht naar me toe. Ik geef hem wat tijd om op aarde neer te dalen. Zijn ogen landen in de mijne en hij glimlacht min of meer naar me. Niet zo mooi als Pitbull, maar toch niet slecht.

'Waarom zit jij hier?'

'Ik ben depressief.'

'Wat betekent dat, "depressief"?'

'Dat ik het heel erg moeilijk heb.'

'Waarom heb je het moeilijk?'

'School, mijn ouders, die dingen.'

'Hoezo je ouders? Maken ze ruzie?'

'Nee. Ze zijn uit elkaar en daar kon ik niet tegen.'

'Goh. Hoezo dan?'

'Nou, omdat ik liever wilde dat ze bij elkaar bleven!'

'Waarom dan?'

'Hallo! Ben jij niet helemaal lekker of zo? Ouders horen bij el-kaar te zijn!'

Ik zeg maar niks, want ik vind juist dat ouders uit elkaar horen te gaan. Romain is een geluksvogel, met ouders die niet meer bij el-kaar zijn. Maxence heeft wel duizend keer aan mama gevraagd om weg te gaan bij de Engerd. Als ze dat gedaan had, zou hij er nog zijn. Ik moet huilen, maar ik wil niet dat Romain dat ziet, dus ren ik naar mijn kamer en doe de deur achter me dicht, zodat mijn verdriet geheim blijft. Zodat niemand weet dat ik het leven veel te zwaar vind om te verdragen.

Wat ik het liefst doe, is naar de hemel kijken. Maxence zei dat je je kin omhoog moet houden en nooit naar beneden moet kijken. Hij zei dat we meer dromen moesten hebben dan de Engerd, meer dromen dan wie of wat dan ook. Dat onze dromen, als ze groot genoeg zouden zijn, naar de hemel zouden vliegen en werkelijkheid zouden worden. 's Avonds als ik in slaap val, hou ik mijn grootste droom in gedachten: Maxence weer zien. Ik denk er zo hard aan dat ik hoofdpijn krijg, maar ik hou vol. Na een tijdje is het alsof mijn droom echt bestaat en lijkt het of ik hem voor mijn ogen zie opstijgen en wegvliegen naar een plek ver van hier. Op een dag zal ik Maxence weer zien en zal het zijn alsof we nooit uit elkaar zijn geweest. Op een dag zullen er nooit verdrietige dingen in ons leven zijn gebeurd. Op een dag zullen alle Engerds de wereld uit zijn.

18

Sidonie is verpleegster en ze zorgt echt goed voor ons. In de buik van haar moeder scheen vast de zon, want haar huid is helemaal bruin. Haar haar zit steeds anders. Soms is het kort, soms lang en het heeft vooral allemaal verschillende kleuren. Sidonie kan toveren. Als ze vlechtjes in haar haar heeft, zou je denken dat ze niet door echte mensen gemaakt zijn, zoveel zijn het er.

'Sidonie, waarom is jouw haar anders dan dat van mij?'

'Jouw haar is anders dan dat van mij!'

'…'

'Kijk nou eens naar mij en kijk naar jezelf. Valt je niks op?'

'Nee, eigenlijk niet.'

'Dan kan ik maar beter een bril en een blindengeleidehond voor je kopen! Ik ben zwart en jij bent wit!'

'Ja, en?'

'En dus zijn we verschillend! En hebben we niet hetzelfde haar.'

'Mag ik het aanraken?'

'Heb je op zijn minst wel schone handen?'

'Natuurlijk! Wat denk je wel?'

Ze twijfelt even en buigt dan naar voren. Ik haal mijn hand door haar haar. Het is heel ruw, een beetje zoals het schuursponsje dat mama altijd in de gootsteen had liggen. Het haar van Sidonie is gemaakt van een mysterieuze stof, waar een heleboel geheimen in zitten.

'Ben je bijna klaar?'

'Ik vind het fijn om je haar te voelen.'

'Oké, genoeg zo.'

Ze komt overeind en doet haar haar weer goed.

'Sidonie, waarom ben je verpleegster?'

'Wat is dat nou weer voor een vraag?'

'Hoezo? Het is gewoon een vraag!'

'…'

'Wil je geen antwoord geven?'

'Wat denk je? Ik ben verpleegster om mensen te verzorgen.'

'Nee, dat is een omschrijving van wat je doet. Wat ik wil weten is waarom je voor dit beroep gekozen hebt.'

'Zo, jij bent niet op je mondje gevallen.'

'Gelukkig niet, ik heb al genoeg wonden.'

'Ik ben verpleegster omdat ik de wereld wil redden.'

'De hele wereld, of maar een deel?'

'Als het kan de hele wereld. Maar ik heb besloten om maar eens te beginnen met jongetjes die Slimane heten.'

'Hm, dat lijkt me geen goed idee. Jongetjes die Slimane heten hoeven helemaal niet te worden gered.'

'O, nou, ik ga het toch doen.'

'Oké, goed dan. Maar zou je in de tussentijd misschien tegen de mensen in de keuken willen zeggen dat ze moeten ophouden ons die vieze stukjes vlees te geven?'

Ze moet hard lachen en ik zie haar witte tanden blinken in haar mond.

'Ik zal zien wat ik kan doen.'

19

Onmogelijk om in slaap te vallen vanavond. Ik denk aan Maxence, mama, de Engerd en hoe mijn leven was. Zonder Maxence moet ik alles opnieuw leren. Ik zag het leven door zijn ogen. Nu ben ik blind, zie ik helemaal niks meer. Max vond bloemen in vuilnisbakken en verfde de hemel in allerlei kleuren. Zelf kan ik dat niet. In vuilnisbakken zie ik alleen maar rommel en ik weet niet hoe ik de hemel een andere kleur moet geven. Ik lijk op de koekjes die we bij de thee krijgen. Als je me te hard vastpakt, val ik in duizend kleine kruimels uit elkaar. Toen Max wegging, is hij vergeten zijn toverstokje voor mij achter te laten. Hij had het vast zelf nodig, daar waar hij naartoe ging. Ik doe mijn ogen dicht, maar heb het gevoel dat mijn gedachten me zullen opvreten. Dus sper ik ze weer wijd open. Ik sta op en loop naar het raam. Een wolk knabbelt aan de maan. Ik probeer het raam open te doen, maar het lukt me niet. Ik zoek een stukje ijzerdraad en forceer het, zoals Maxence me een keer geleerd heeft. Koude wind blaast naar binnen, ik ril ervan. Ik ga naar buiten hangen, met mijn deken om me heen geslagen, en adem diep in. Rechts van me zie ik een dakrand die me nog niet eerder was opgevallen. Vanuit mijn kamer kan ik het dak op. Ik kleed me aan zonder geluid te maken, klim op de dakrand en loop voorzichtig naar een plek waar ik kan zitten. Ik kijk om me heen. In de verte zie ik Parijs, in een soort paars licht. Maxence zei dat dat door de vervuiling komt. We zagen een keer een documentaire waarin ze zeiden dat het niet goed gaat met de aarde. Dat de wolken vervuild zijn en dat dat hongersnoden veroorzaakt. Dat de droogte in Afrika komt door de industrielanden. Maxence luisterde daar allemaal naar en daarna dacht hij lang na. In het programma werd ook verteld wat er moest gebeuren om de wolken weer schoon te krijgen. Ik bedacht dat ik ze zou kunnen vangen met een visnet, als ik dat had, om ze schoon te maken, zoals ze met vogels doen als er een olievlek is. Later dacht ik dat het misschien daardoor kwam dat wolken soms huilen. Dat ze stikken door de vervuiling. Maxence las heel veel dingen over de vervuiling. Hij zei vaak dat we de aarde zouden vermoorden als we niet snel iets zouden veranderen. En dat we echt iets aan de dampen moesten doen. Eerst dacht ik dat hij het over de stank in wc's had, maar toen legde hij me uit dat hij kooldioxidedampen bedoelde.

Ik kijk naar de wolken. Ik vind het zielig dat ze zoveel ellende moeten meemaken. Ze trekken weg en er verschijnen sterren aan de hemel. Ik praat tegen ze, en tegen Maxence. Ik weet gewoon dat er nog een andere werkelijkheid is achter wat wij zien. Ik weet dat er ergens anders, hier ver vandaan, nog een wereld is, waar kinderen nooit huilen en waar de zon een grote glimlach is. Een wereld die helemaal niet lijkt op wat wij kennen. Een wereld met op iedere straathoek een ster in plaats van een lantaarnpaal.

Soms als ik met dokter Lemoine praat, ligt mijn leven op het puntje van mijn tong, maar dan slik ik het net op tijd in, zodat ik vooral niks zeg. Door alles voor mezelf te houden, heb ik het gevoel dat ik controle heb, dat ik mijn leven nog een beetje in eigen hand heb. Als ik mijn geheimen verklap, weet ik niet wat er verder met ze gebeurt. En toch, als ik met iemand hier zou moeten praten, zou het dokter Lemoine zijn. Niet omdat ik denk dat hij een wonderdokter is. Maar omdat ik weet dat hij het wil begrijpen. Omdat hij niet net doet alsof hij luistert als ik tegen hem praat. Dokter Lemoine luistert echt naar me, met zijn oren en zijn hart. En hij leest me nooit de les. Soms zitten we zelfs alleen maar tegenover elkaar, zonder iets te zeggen. Ik ben nog schuwer geworden dan ik al was. Eén verkeerd woord en ik sla dicht. Dokter Lemoine doet er alles aan om me gerust te stellen. Hij strekt zijn hand uit en wacht tot ik eraan kom snuffelen. In mijn gedachten maak ik duizenden ritjes in de draaimolen. Wat ik doe om in deze wereld overeind te blijven, is sterren opvissen uit de goot om ze aan de wanden van mijn gedeukte hart te hangen.

Valentine zit opgesloten in haar kamer. Ze komt er alleen uit om gewogen te worden. Als ze niet eet, mag ze niet uit haar kamer. Soms leg ik mijn oor tegen de deur van haar kamer om haar hart te horen kloppen, maar meestal hoor ik niks. Haar hart klopt niet meer. Bij mij is het mijn ziel die niet meer klopt. Eén keer hoorde ik Valentine huilen. Het waren geen echte tranen, maar het was meer een enorm, ingedikt verdriet dat er stukje bij beetje uit kwam. Verdriet dat opgesloten zit in een kamer. Toen heb ik zacht aan de deur geklopt om haar te laten weten dat ze niet helemaal alleen op deze wereld is. Om haar te laten weten dat er aan de andere kant van de deur een jongetje is met een hart dat veel te zwaar voor hem is, een jongetje dat aan haar denkt.

Het moeilijkst zijn de ochtenden, en de avonden ook. We worden veel te vroeg wakker gemaakt. Ik haat het als mensen zonder te kloppen mijn kamer binnenkomen, alsof het een openbare ruimte is. Behalve als het Sidonie is. Sidonie geeft glans aan het leven. Het liefst zou ik de hele dag slapen, want alleen dan kan ik bij Maxence zijn. De enige gelukkige momenten die ik nog ken, zijn 's nachts als ik van hem droom. Dan zie ik zijn gezicht, zijn ogen en alles zoals het vroeger was. Maar als ik daarna 's morgens wakker word, is het alsof een onweersbui het leven heeft weggespoeld. 's Avonds in bed voel ik me 'geïsoleerd' en soms kan ik zelfs helemaal niet slapen. Dan hoor ik de voetstappen van de verpleegsters en word ik bang. Bang dat de Engerd mijn kamer binnenloopt en me meeneemt naar een afgelegen plek waar hij me pijn kan doen en niemand me komt bevrijden. 's Nachts zie ik in mijn nachtmerries zijn handen die me slaan en hoor ik geschreeuw. Dan word ik met een gil wakker.

Van de verpleegsters op onze afdeling vind ik Sidonie het liefst. Verder zijn er Maryse en Yvonne. Niemand vindt Maryse leuk. Als zij nachtdienst heeft en ik een nachtmerrie heb, komt ze zuchtend de kamer binnen. Ik voel wel dat ze niet echt om me geeft. Maar mijn hart bonst zo hard in mijn borst dat ik toch graag wil dat ze bij me blijft, zelfs al glimlacht ze niet naar me. Ik praat tegen haar over van alles en nog wat. Nou ja, eigenlijk nergens over, zolang ze me maar niet alleen laat in het donker. Het enige waar zij dan zin in heeft, is weer gaan slapen.

'Maryse, heb je kinderen?'

'Maryse, werk je hier al lang?'

'Maryse, waarom ben je verpleegster?'

En nog veel meer van dat soort vragen, waar ze uiteindelijk zuchtend en een beetje boos antwoord op geeft. Maar soms kijkt ze alleen even of er niks ergs aan de hand is en laat ze me alleen in de kamer, met mijn hart dat overhoop ligt, door elkaar geschud door miljarden verwarde polsslagen. Ik huil net zolang tot ik geen tranen meer heb. Ik denk heel hard aan Maxence. Als het me lukt zijn hand te voelen in het donker, lost mijn verdriet langzaam op en kan ik in slaap vallen.

20

Sidonie heeft gezegd dat mama vandaag op bezoek komt. Er wordt zacht op mijn deur geklopt. Mijn hart begint veel te hard te bonzen. Ik draai me om zodat ik naar buiten kan kijken en antwoord niet. De deur gaat open. Ik ruik de geur van haar zeep. Ik span me in om stil te blijven zitten.

'Slimane?'

Ik kijk naar haar. Ze heeft de klappen weer goed verborgen, zoals altijd. Maar ik zie alles. Ze mag dan glimlachen, met dat sjaaltje om haar hoofd en die zonnebril op, ik weet wel dat hij haar gisteravond nog geslagen heeft. Maar het interesseert me niet meer. Het is haar leven, niet het mijne.

'Je vader kon niet komen. Maar ik moest je een kus geven van hem.'

'Helemaal niet. Je moest me helemaal niks geven van hem. Als je me al iets moest geven, dan zouden het schoppen zijn.'

'Hij is echt veranderd, weet je dat?'

'Heb je daarom dat sjaaltje om en die bril op?'

'De zon schijnt.'

'Niet in deze kamer.'

'Slimane, toe nou!'

Waar is ze bang voor? Zou alleen zijn nog erger zijn dan samenleven met de Engerd? Ik denk aan wat Maxence zei.

'En mama, houdt die van ons?'

'Ja, maar zij is helemaal van de kaart.'

'Denk je dat ze de weg kwijt is?'

'Inderdaad. Ze heeft de verkeerde afslag genomen. Ze had al veel eerder rechtsomkeert moeten maken.'

'Waarom heeft ze dat niet gedaan?'

'Zo gaat dat bij volwassenen. Ze maken fouten en daarna kunnen ze het niet meer opbrengen om helemaal opnieuw te beginnen.'

Mama's lip trilt. Ze moet huilen omdat ze voelt dat alles haar schuld is, maar niet weet hoe ze het weer goed kan maken. Er is niks meer aan te doen, het is te laat. Ze zit op de stoel, in elkaar gezakt door het gewicht van haar verdriet. We kunnen niet zonder Maxence. Maxence gaf het leven kleur en dankzij hem zag zij minder bleek. Mama kijkt me in de ogen, maar ik kan haar blik niet verdragen. Er zitten te veel spikkels van ellende in. Dus draai ik me van haar af om weg te vliegen naar de hemel. Ik zal nooit meer lieve briefjes onder haar kussen leggen. Alleen nog maar distels en brandnetels. Vanaf nu mag niemand meer rustig slapen.

'Hoe gaat het met je, Slimane?'

'...'

'Slimane, zeg eens wat!'

'Je kunt maar beter weer gaan.'

'Maar ik ben er net!'

'...'

'Slimane, alsjeblieft!'

Ik maak mijn ogen los van de hemel. Ik voel niks.

'Het is jouw schuld dat hij dood is.'

Ze zakt nog meer in en houdt zich aan haar stoel vast om niet op de grond te vallen.

'Ik ben nu moe. Ga maar weg.'

Tranen komen onder haar zonnebril vandaan en rollen als balletjes over haar wangen.

'Heb je nog iets nodig?'

Een echt gezin ja, en Maxence, en antwoorden op al mijn vragen.

'Nee, dank je.'

'Volgende week kan ik niet komen omdat ik steeds moet werken. Maar het weekend daarna kom ik weer.'

Ze legt trillend haar hand op de mijne. Het doet me helemaal niks, ik ben harder dan een steen geworden. Mama heeft een zoon die zelfmoord gepleegd heeft, een andere zoon in het ziekenhuis en een man die haar slaat...

Ik draai me om naar de muur om niet te zien hoe ze de kamer uit loopt. Als ze wel aangifte had gedaan, zou Maxence er zeker nog zijn geweest. Ze offerde liever haar zoon op om de Engerd te beschermen. Dat kan ik haar nooit vergeven! De deur gaat dicht en ik moet huilen omdat ik alleen op de wereld ben. Ik kruip in elkaar op mijn bed. Ik ben een blok hout dat op een woeste zee drijft. Er is geen enkel lichtje aan de horizon. Zonder Maxence is de hele wereld pikdonker.

21

Dokter Lemoine ziet eruit alsof hij niet veel geslapen heeft vannacht. Hij is bijna net zo wit als zijn doktersjas. Hij wil graag dat ik over mezelf praat, maar dat lukt me niet, dus stel ik hem maar vragen.

'Heeft u kinderen?'

'Twee.'

'Hoe oud zijn ze?'

'Elf en dertien.'

Net zo oud als Maxence en ik.

'Hoe heten ze?'

'Marie en Laurent.'

'Zijn zij niet in het ziekenhuis?'

'Nee.'

'Waarom niet? Omdat u van ze houdt?'

'Ben jij in het ziekenhuis omdat er niet van je gehouden werd, Slimane?'

'Er was wel iemand die van me hield. Meer dan alle liefde in de wereld.'

'Wie hield er dan zo van je?'

Ik rits mijn mond snel dicht en kijk de andere kant op. Dokter Lemoine heeft het wel door als ik weer een slak word en me diep in mijn huisje terugtrek. Dan legt hij frisse, groene slablaadjes voor me neer, zodat het water me in de mond loopt en ik op zijn minst mijn hoofd naar buiten steek. Maar vaak lukt het niet en zitten we elkaar aan te staren, zonder iets te zeggen, tot het uur voorbij is en hij me de deur uit laat.

'Denk goed na over wat je de volgende keer tegen me zou willen zeggen, Slimane. En schrijf het maar op als je het te moeilijk vindt om uit te spreken.'

Ik zeg wel ja, maar als ik alles zou opschrijven wat ik op mijn hart heb, zou ik duizenden boeken vullen en dokter Lemoine heeft helemaal geen tijd om zoveel boeken te lezen.

Onderweg naar mijn kamer zie ik Maryse lopen naast een meisje dat lichter is dan lucht. Ik heb haar nooit eerder gezien, maar ik weet meteen dat het Valentine is. Valentine, voor wie een zuchtje wind genoeg is om haar op de grond te laten vallen. Valentine, die heel glad, blond haar heeft en ogen met alleen maar verdriet erin. Valentine, die loopt alsof ze een grote tas achter zich aan sleept met allerlei zware dingen erin. Valentine, die mooier is dan alle reizen die we met de travelator hebben gemaakt. Valentine, die direct uit het Land zonder volwassenen komt, zeker weten.

Ze loopt langs me en onze blikken haken in elkaar. We zeggen van alles met onze ogen die elkaar nog nooit hebben ontmoet. Ze loopt langzaam door en draait haar hoofd om zodat ze mijn blik niet los hoeft te laten. Als ze me niet meer kan zien, kijkt ze naar de grond, maar net voordat ze naar links gaat en verdwijnt, krijg ik haar ogen nog één keer volop in de mijne. Vijf tellen. Vijf eindeloze tellen die mijn aarde weer laten draaien.

Het ziekenhuis is veel groter dan ik dacht. Er zijn een heleboel verschillende afdelingen. Dat heeft dokter Lemoine me verteld. Ik zou alle mensen die hier zijn wel willen leren kennen. Laatst ben ik stiekem de grote gang in gegaan en heb ik een tekening gemaakt van alle afdelingen, zodat ik 'op excursie' kan gaan. Zo zou Maxence dat ook hebben gedaan.

Ik wacht met bonzend hart tot de lichten uitgaan en kleed me heel snel aan. Dan doe ik de deur van mijn kamer open en sluip ik de gang op. Niemand te bekennen… Ik doe de deur open en hop, ik sta buiten. In de verlaten gang volg ik de borden met de afdelingsnamen. Op een van de borden staat GERIATRIE. Maxence zou me wel uitgelegd hebben wat dat betekent, zelf heb ik geen idee. Ik duw voorzichtig de deur open en glip naar binnen. Het lijkt er op onze afdeling, maar dan zonder versiering, en het ruikt er vreemd, naar een soort ontsmettingsmiddel. Ik loop langs deuren met nummers erop. Plotseling duikt uit het niets een verpleegster op. Mijn hart begint heel hard te kloppen. Ik grijp naar de eerste deurknop die ik tegenkom en ga achteruit de kamer binnen.

'Hé!'

Ik schrik en draai me om. In het bed ligt een oude vrouw. Ze ziet er niet echt vriendelijk uit en heeft blauwig haar.

'Eh… Hallo!'

'Wat moet jij hier?'

'Eh… Niks. Ik kijk een beetje rond…'

'En je kon niks beters verzinnen dan een kijkje te nemen bij degenen die naar pierenland gaan?'

'Waar naartoe?'

'Naar pierenland! Gaan kinderen van jouw leeftijd niet meer naar school?'

'Jawel. En oudjes zoals u, gaan die allemaal naar pierenland?'

'Wegwezen, kleine donder.'

'Hoe heet u?'

'Wat kan jou dat schelen?'

'Gewoon, om een praatje te maken.'

'Ik heb geen zin in een praatje. Ga weg, of ik roep een verpleger.'

'Maar dat kunt u niet maken! Ik ben maar een kind!'

'Ik doe het hoor!'

'Niet te geloven! Een kind komt zich in uw kamer verbergen en het enige wat u kunt bedenken is hem verraden?'

'Je verraden is eerlijk gezegd nog het minst erge dat in me opkomt. Geloof me, als ik wat beter ter been was geweest, zou ik je een draai om de oren hebben verkocht.'

'Nou zeg, bent u niet goed snik?'

'Ophoepelen, nu!'

Ze begint steeds harder te praten. Ik kijk haar aan alsof ik haar wel kan schieten, maar ze gaat gewoon door met schreeuwen. Ik doe de deur een stukje open, kijk of de kust veilig is en ga ervandoor. Ik loop langzaam, zonder geluid te maken. In kamers waar ik naar binnen kan kijken, zie ik lichamen op bedden liggen. Lichamen met allemaal slangetjes eraan. Het leven wordt hier wel heel kunstmatig beademd.

Op onze afdeling is een meisje dat ik aardig vind. Ze heet Sabrina en ze is groot, in de lengte en in de breedte. Romain heeft me verteld dat ze 'boulimie' heeft. Haar kamer is vlak bij de mijne. Ik heb aan dokter Lemoine gevraagd wat boulimie betekent. Hij zei dat het een ziekelijke behoefte is om grote hoeveelheden voedsel tot je te nemen.

'Bedoelt u zoals wanneer je een leegte wilt vullen?'

'Inderdaad.'

'En die leegte kun je niet opvullen met iets anders dan eten?'

'Jawel, maar dat moet je leren.'

'En als het niet lukt?'

'Uiteindelijk lukt het wel.'

Op Sabrina's bovenbenen zitten allemaal witte strepen. Het schijnt dat dat 'striemen' zijn. Ik denk dat ze die heeft omdat er iets in haar zat dat er per se uit wilde en zo hard geduwd heeft dat haar huid ervan barstte.

Maar wat ik me echt afvraag, is waarom er zoveel ongelukkige mensen zijn en vooral wat we kunnen doen om ze te helpen.

Deel drie

1

Vanavond mag Valentine voor het eerst samen met ons eten, want ze is een klein beetje aangekomen. Ze gaat aan tafel zitten zonder iemand aan te kijken. Mijn hart brandt. Ik zoek haar blik, maar kan die met geen mogelijkheid vinden. Hij zit diep in haar verborgen. We krijgen vis met groente. Valentine pakt haar vork en prakt alles wat op haar bord ligt, zodat ze zo weinig mogelijk hoeft door te slikken. Haar worteltjes worden brij en de vis lijkt helemaal niet meer op een vis. Sidonie houdt haar voortdurend in de gaten en zodra ze ziet dat ze niet eet, gaat ze naar haar toe om iets in haar oor te fluisteren. Valentine pakt haar vork, maar die zal wel heel zwaar zijn, want ze kijkt zo moeilijk dat ze evenveel vouwen in haar gezicht krijgt als een waaier. Ze stopt wat wortel in haar mond en begint te kauwen. Ze kauwt heel lang, al zag de wortel er al behoorlijk voorgekauwd uit toen hij haar mond in ging. Zelf eet ik ook niet, want ik kan mijn ogen niet van Valentine afhouden. Ze neemt nog wat wortelbrei en kauwt erop alsof ze stenen in haar mond heeft. Ze kijkt op en boort haar ogen in de mijne. De ogen van Valentine zijn groen. En geel. De ogen van Valentine zijn aan het verdrinken en roepen in stilte om hulp.

's Avonds in bed moet ik steeds aan haar denken. Ik begrijp helemaal niet wat er met me aan de hand is. Mijn hart maakt ritjes in de draaimolen. Dat heb ik nog nooit meegemaakt. Mijn hart is zo zacht als kauwgom. Misschien worden er straks bellen uit geblazen. Bellen van kristal, waarin ik mijn toekomst kan lezen. Voor het eerst sinds Maxence naar het Land zonder grote mensen is gegaan, voel ik weer dat ik een hart heb. Het verbaast me nogal, want ik was ervan overtuigd dat mijn hart dood was. Misschien heeft het een babyhartje achtergelaten en voel ik dat zo hard bonzen in mijn borst. Misschien heeft het babyhartje honger. Het lijkt er in ieder geval op dat het Valentine wel een lekker hapje vindt.

2

Ik heb zin om weer eens langs te gaan bij die gemene oude mevrouw op de afdeling geriatrie. Misschien ligt ze in het ziekenhuis omdat ze last had van hoe gemeen ze was. Eigenlijk zouden een heleboel mensen naar het ziekenhuis moeten gaan om iets te doen tegen hoe gemeen en dom ze zijn. Ik weet zeker dat er allerlei middeltjes ontdekt zouden kunnen worden om mensen aardiger en vrolijker te maken.

Ik loop door dezelfde gang als de vorige keer. Het kamernummer herinner ik me nog: 55. Ik ga voorzichtig naar binnen, zonder te kloppen, want ik weet dat ze toch niet antwoordt. Ze ligt in bed. Waarschijnlijk onweert het in haar hoofd, want er schieten bliksems uit haar ogen.

'Jij weer? Ik had je toch gezegd weg te blijven!'

'Nou, ik ben toch teruggekomen. Hoe heet u?'

'Wegwezen!'

Op het papier aan het uiteinde van haar bed lees ik haar naam: Marguerite. In de ogen van Marguerite hangt een dichte mist. Van die mist die de dagen bedekt waarop er te veel ellende is.

'Heet u Marguerite? Dat kan niet, dat klopt voor geen meter. Uw ouders moeten zich vergist hebben!'

'En hoezo dat?'

'Omdat dat van "margriet" komt, en dat is een heel schattig, mooi bloempje! Het past helemaal niet bij u. U zou cactus of distel moeten heten.'

'Kleine snotneus die je bent. Ik haat kinderen.'

'Geloof het of niet, maar ik ben geen kind.'

'En wat ben je dan wel, als ik vragen mag?'

'Ik behoor tot een nieuwe soort. Ik lijk op een kind, maar ik ben groter dan jullie allemaal.'

'En hoe kom je zo zeker van jezelf?'

'Ik begrijp de dingen.'

'Wat voor dingen?'

'Waarom mensen ongelukkig zijn.'

'En waarom zijn mensen ongelukkig?'

'Omdat ze niet genoeg van elkaar houden.'

'Nog even en je wint de Nobelprijs, als je zo doorgaat.'

'Nog even en u blijft helemaal alleen en met een beschimmeld hart achter, als u zo doorgaat.'

Ineens verdwijnt haar boze blik. Ik heb haar gekwetst. Ze is in haar hart geraakt. Des te beter. Ik durf te wedden dat ze vanavond het album van haar herinneringen opendoet en haar hele leven gaat doorbladeren.

Zelf heb ik geen album om door te bladeren. Ik heb alleen Maxence. Soms mis ik hem zo erg dat het voelt alsof ik ter plekke dood neer ga vallen. Maar dat gebeurt niet. Seconde na seconde gaat voorbij, en ik ben er nog. Waar is hij? Zijn er andere kinderen bij hem? Kinderen die uit het leven gestoten zijn, kinderen met zulke diepe wonden dat ze niet meer gered konden worden. Kinderen van wie de ziel door het leven kaalgeplukt en aan de kraaien gegeven is.

Het leven is niks voor kinderen.

Tijdens mijn tochten door het ziekenhuis ontdek ik van alles. De afdeling plastische chirurgie bijvoorbeeld. Dokter Lemoine heeft me uitgelegd dat ze daar niet met plastic werken, maar dat op die afdeling mensen mooier gemaakt worden dan ze waren. Of gerepareerd worden. Soms is door een auto-ongeluk iemands gezicht niet meer zoals het was en dan gaan de chirurgen alles weer aan elkaar plakken. Er zijn ook mensen die mooi willen blijven en allerlei operaties laten doen. Dan krijgen ze een nieuwe huid, nieuwe ogen, een nieuwe neus, nou ja, alles nieuw dus. Bestond er maar zielenchirurgie, voor zielen die te lelijk of kapot zijn. Als ik geopereerd zou worden, zou de Engerd me nooit meer kunnen vinden. Dan zou ik langs hem lopen en zou hij me niet herkennen. Zo zou ik pas echt van hem verlost zijn. Soms als ik in de spiegel kijk, ben ik bang dat ik op hem ga lijken. Dan bekijk ik mezelf heel goed en beweeg ik mijn gezicht, zodat ik alle uitdrukkingen zie die ik kan hebben. Eén ding is zeker, mocht ik ooit zijn gezicht in het mijne zien, dan laat ik me opereren bij plastische chirurgie om het weg te laten halen.

3

Professor Delbarre is de baas van de afdeling voor ongelukkige kinderen. Als professor Delbarre een hand op zijn hoofd legt, weet hij zeker dat hij de hoogste top van de wereld heeft bereikt. Eén keer per week komt hij langs om een soort inspectie te doen. Hij kijkt ons aan, maar ziet ons niet, want hij ziet alleen zichzelf. Het ergst was die dag waarop Valentine zich aan hem vastklampte. Ik weet niet hoe ze erbij kwam, want het past helemaal niet bij haar om zo te doen. Iedere keer dat Valentine eet, wordt haar hele lichaam gevuld met grote stenen, waardoor ze zo zwaar wordt dat ze zich bijna niet meer kan bewegen. Dan krijgt ze het heel moeilijk, zo moeilijk dat ik haar pijn tot in mijn kamer voel. Ze wil alles uitspugen, om zo licht als een wolkje te blijven, maar niemand begrijpt haar en ze kan niet anders dan haar stenen lichaam eindeloos lang voortslepen.

Ze klampte zich vast aan professor Delbarre. 'Help me, alstublieft. Help me!' schreeuwden haar ogen. Maar hij trok alleen maar net zolang aan zijn witte jas tot ze losliet. Hij gaf haar een aai over haar hoofd en vertrok zonder iets te zeggen, terwijl Valentine zachtjes snikkend achterbleef.

Dat is waarom we dood willen. Dat is waarom we niet meer kunnen eten. We zijn gewoon zandkorrels die in een wervelstorm zitten waar we niets van begrijpen, en niemand komt ons oprapen. Professor Delbarst maar lekker.

Maryse duwt Valentine bij de eetzaal naar binnen. Wij zijn al begonnen. Vanavond hebben we kip, puree en doperwtjes. Valentine gaat zitten zonder geluid te maken. Het lijkt wel of ze er niet is. Ik kijk naar haar en mijn hart wordt geflambeerd, zoals ze dat doen bij sommige gerechten. Dat heb ik wel eens op televisie gezien. Er komen enorme vlammen uit, mijn hele lichaam wordt er warm van. Valentine kijkt naar haar bord, maar het is alsof ze helemaal niet ziet wat erop ligt. Ze begint de kip in stukjes te snijden, zodat hij er kleiner uitziet, en stopt ze in haar mond. Valentine is een musje. Ze pikt met haar snaveltje van het leven. Ik maak een gezicht van mijn kip, puree en doperwten. Een echt gezicht met ogen, een neus en een mond. Als Valentine opkijkt, laat ik het haar zien en ze moet erom lachen. Ze maakt ook een gezicht. Dat van haar ziet er raar uit, met die kip in kleine stukjes en de geprakte doperwten. Ik wil dat de ogen van Valentine aan de mijne vastgeplakt blijven, dus blijf ik haar voortdurend aankijken. Ik schuif de neus van het gezicht op mijn vork en stop hem in mijn mond. Zij twijfelt even, maar schuift dan ook de platte neus van haar gezicht op haar vork en eet hem op. Ik kauw net zolang als zij en we slikken samen onze neuzen door. Zo eten we de helft van ons bord leeg: de oren van kip, de mond van puree en het linkeroog van doperwten. Ik begrijp dat dat Valentine al veel moeite heeft gekost, dus zo is het genoeg. Op ons bord liggen alleen nog een bril van doperwten en het haar en een snor van puree.

4

Vanavond ga ik weer 'op excursie' in het ziekenhuis. Eén afdeling trekt me meer dan de andere: kinderoncologie. Misschien leer je daar logisch te zijn? Het is in ieder geval een heel moeilijk woord. Het enige wat ik er tot nu toe gezien heb, is dat de deuren binnen allemaal roze zijn. Ik glip naar buiten en sluip zo stil mogelijk door de gangen, zoals ik vroeger deed als de Engerd in de buurt was. Ik ga twee verdiepingen naar boven en kom aan bij de afdeling kinderoncologie. In een lange gang staan driewielers, fietsen en allemaal speelgoed. Aan de muren hangen tekeningen van kinderen. Met prinsessen, bomen zo hoog als de hemel, en kinderen die op wolken slapen. De deuren zijn suikerspinroze en er staan mooie namen op: griotje, zoethout, hopje, toffee, tumtum... Soms vormen mijn gedachten een soort pad waarover ik wandel om het echte leven achter me te laten. Een deur slaat dicht en haalt me uit mijn gedachten. Ik vang een glimp van een verpleegster op, voordat ik snel de zoethoutkamer in ga. Binnen staat een jongetje met een kaal hoofd. Hij kijkt me aan alsof ik uit een vliegende schotel kom.

'Wat doe jij hier?'

'Eh... niks. Ik kijk een beetje rond.'

'O? Kom je van buiten?'

'Nee.'

'Waar kom je dan vandaan? Zit je in het ziekenhuis?'

'Ja...'

'Op welke afdeling?'

Ik probeer me te herinneren wat er ook alweer op het bord staat.

'Jeugdpsychiatrie.'

'Echt? En hoe is het daar?'

'Niet zo leuk als hier. Wij hebben geen fietsen, onze deuren zijn niet eens roze en ons kamers hebben niet zulke namen als hier.'

'Hoe heten ze dan?'

'Ze hebben geen namen.'

'Dan moet je ze namen geven!'

'Zoals?'

'Dat weet ik ook niet. Denk aan een plek waar je wel zou willen wonen.'

'In het Land zonder grote mensen.'

'Nou, dat is toch een mooie naam voor je kamer!'

Hij kijkt me aan met een grote glimlach. Hij lijkt op zo'n buitenaards wezen dat ik wel eens in een serie op televisie heb gezien.

'Hoe heet jij?'

'Slimane.'

'Wauw! Die naam heb ik nog nooit gehoord. Echt gaaf.'

'En hoe heet jij?'

'Hugo.'

'Waarom zit je hier?'

'Ik heb leukemie.'

'Wat is dat?'

'Een ziekte. Ik heb geen afweer meer.'

'Ik heb ook geen afweer meer. Waarom ben je kaalgeschoren?'

'Dat komt door de behandeling. Ik heb chemotherapie.'

'Wat is dat?'

'Dat is een behandeling om alle zieke cellen uit het beenmerg te halen.'

'En werkt het?'

'Het maakt de cellen van het beenmerg dood, maar ja, het maakt eigenlijk ook de gewone cellen dood.'

'Word je wel beter?'

'Drie kwart van de kinderen wordt beter.'

'En de anderen?'

'…'

Ik heb spijt dat ik die vraag gesteld heb, dus wil ik snel iets anders zeggen, maakt niet uit wat.

'Op mijn afdeling zit een meisje dat Valentine heet.'

'Wat is er met haar?'

'Ze heeft anorexia.'

'En wat heb jij?'

'Ik heb zelfmoord gepleegd.'

Ik weet niet hoe het komt, maar als Hugo me vragen stelt, geef ik vanzelf antwoord.

'Waarom heb je dat gedaan? Wilde je echt dood?'

'Ik wilde naar Maxence toe.'

'Wie is dat?'

'Mijn broer.'

'Heeft hij zelfmoord gepleegd?'

'Nee. Hij is naar het Land zonder grote mensen gegaan.'

'Toen ik kaal werd, ben ik al mijn vrienden kwijtgeraakt. Alle kinderen gingen aan de andere kant van de straat lopen als ze me zagen.'

'Was je verdrietig?'

'Ja. Een keer hebben ze me zelfs geslagen omdat de juf me te veel aandacht gaf.'

'Zijn hier nog andere kinderen?'

'Ja.'

'Hebben ze allemaal hetzelfde als jij?'

'Ja.'

'Mogen jullie overdag je kleren aan?'

'Natuurlijk! We gaan niet in onze pyjama rondlopen!'

'Waarom niet?'

'Omdat je dat in het gewone leven ook niet doet!'

Hij zwijgt even. Dan kijkt hij me aan met een blik vol hoogspanning.

'Ik zou, als het leven een glas water was, alles tot de laatste druppel opdrinken.'

'Waarom?'

'Omdat ik wil leven.'

'Zelfs hier? In deze wereld?'

'Ja.'

Ik weet niet wat ik moet zeggen. Ik snap niet hoe iemand zin kan hebben om te leven. Voor mij is het leven geen echte bestemming, maar een soort tussenstop.

'Ik moet gaan, anders word ik betrapt.'

'Zal ik je de locomotief van mijn elektrische trein lenen?'

'Waarom?'

'Omdat je dan weer langs moet komen om me hem terug te geven.'

'Oké.'

Glimlachend geeft hij me de locomotief. Ik voel me zo blij dat ik bijna moet huilen. Voorzichtig doe ik de deur van de kamer open. Links niemand, rechts niemand. Ik zwaai naar hem en laat de suikerspindeuren, de driewielers en de gekleurde tekeningen achter me.

Terwijl ik terugga naar mijn kamer spoken er allerlei gedachten door mijn hoofd. Max is weggevlogen en ik droom ervan om naar hem toe te gaan, Valentine eet bijna niet, en Hugo wil meer dan wij allemaal in leven blijven. Hugo vecht om te kunnen leven. Hij ziet bleek en heeft geen haar meer, maar als hij over het leven praat, schitteren zijn ogen.

Hier in het ziekenhuis is het alsof de wereld opengeritst wordt en je kunt kijken naar wat er aan de binnenkant zit.

5

Romain doet graag kaartspelletjes met Charline. Charline is in het ziekenhuis omdat ze dingen op haar lichaam schreef met messen. Ze heeft zelfs een paar keer brandende sigaretten op haar huid uitgedrukt. Haar ogen zijn gitzwart en als ze boos is komen er bliksems uit. Met kaarten wint ze altijd en heel vaak gaat Romain dan met deuren slaan, zodat we allemaal weten dat hij echt woedend is. Vanavond ziet hij er wel rustig uit. Hij verliest, maar glimlacht toch naar iedereen. Ik ga naar Charline toe.

'Hoe komt het dat je zo goed bent in kaarten?'

'Dat heeft mijn vader me geleerd.'

'Cool zeg.'

'En wat heb jij van je vader geleerd?'

'Niks. Mijn vader deelt alleen maar klappen uit.'

'Dan moet je oppassen hoor. Volgens de statistieken worden kinderen van gewelddadige ouders zelf ook gewelddadig.'

'Hoezo?'

'Nou gewoon! Ze doen na wat ze hun ouders zien doen. Dat heet "atavisme".'

Een steek recht in mijn hart. Ik sta op en ren weg om niet meer naar ze te hoeven luisteren en om te vluchten voor alle statistieken.

Ik wil niet atavistisch zijn.

Ik ren door de gangen. Wat er van mijn hart over is, bonst als een gek. Ik ren naar de kamer van dokter Lemoine en ga zonder te kloppen naar binnen. Hij schrikt, want hij is niet gewend dat mensen zomaar zijn kamer binnenstormen. Maar omdat ik helemaal over de rooie en buiten adem ben, staat hij op en praat hij met een geruststellende stem tegen me. Dokter Lemoine heeft allemaal verschillende stemmen: een om dingen uit te leggen, een voor technische vragen, een voor pijnlijke vragen, een voor als hij niet tevreden is en een voor als hij ontroerd is. En zo nog veel meer stemmen, die hij diep in zijn keel verborgen houdt.

'Wat is er aan de hand, Slimane?'

'Ik… Ik moet weten of…'

'Ga zitten.'

'Nee! Ik wil niet zitten, ik moet het eerst weten!'

'Wat wil je weten?'

Voor mijn ogen dansen woorden in allerlei kleuren. Het zijn er opeens zoveel dat ik niet weet waar ik moet beginnen.

'Ben ik atavistisch? Charline zei dat… kinderen met ouders… met ouders die gewelddadig zijn… zelf ook gewelddadig worden. Ze zegt dat dat volgens de statistieken zo is.'

Dokter Yves Lemoine denkt diep na over hoe hij de warrige angsten kan sussen van een kind van elf dat een vraag stelt die ertoe doet voor de rest van zijn leven. Hij neemt de tijd, want hij wil vooral niet iets stoms zeggen.

'Wat Charline zegt, klopt niet. Kinderen van gewelddadige ouders worden niet allemaal gewelddadig. Sommigen wel, maar niet allemaal.'

'…'

'Sommige kinderen gaan geweld gebruiken, als hun ouders dat deden, omdat ze geen andere manier van communiceren kennen.'

Geweld is het enige wat de Engerd aan Maxence en aan mij heeft laten zien… Er is geen ontsnappen mogelijk.

'Slimane? Hoor je me?'

'Hè? Eh, ja…'

'Ga zitten.'

'…'

'Alsjeblieft.'

Ik ga zitten zonder hem uit mijn blikveld te laten, mocht hij het in zijn hoofd halen weg te gaan en me alleen op de wereld te laten met mijn onbeantwoorde 'atavistische vragen'.

'Slimane, waarom vraag je me dit?'

'Omdat… omdat we het er met de anderen over hadden en…'

'En wat?'

'Niks. Ik vroeg het me gewoon af. Ik wil niet atavistisch zijn.'

'En ben je nu gerustgesteld?'

'Hoe kun je van tevoren weten of je niet atavistisch wordt?'

'Door erover te praten. Als er geweld tegen je is gebruikt, moet je erover praten.'

'En als je dat niet doet?'

'Als je er niet over praat en alles binnenhoudt, wordt het uiteindelijk erg zwaar. Je wordt er heel verdrietig van en loopt meer risico om zelf op een dag gewelddadig te worden.'

Ik bedenk dat ik heel snel met iemand moet praten, maakt niet uit met wie, zodat ik nooit zo atavistisch wordt als de Engerd, maar ik durf niet. Dus kijk ik dokter Lemoine recht in de ogen en vertel ik hem alles zonder iets hardop te zeggen. Ik weet niet zeker of hij me hoort. Ik geloof dat Dokter Lemoine wel doorheeft dat ik geheimen in mijn hart verborgen hou en dat het me niet lukt om ze uit te spreken, maar hij dwingt me nergens toe.

'Ik ben er om naar je te luisteren wanneer je maar wilt, Slimane.'

Ik voel me een beetje opgelucht. Ik zou wel met hem willen praten, maar de woorden blijven in mijn keel hangen als een visgraatje. Ik bedank hem en ga terug naar mijn kamer. Ik voel me in ieder geval beter dan net, nu ik weet dat ik nog niet atavistisch ben.

6

Op onze afdeling hebben we een ruimte alleen voor onszelf. Er staan tafels, een tafelvoetbalspel en bordspelletjes. Het is er niet zo leuk als bij Hugo, maar het is er toch niet verkeerd. Ik zit er in mijn eentje een verhaal te lezen. Ik kijk op. Valentine gaat tegenover me zitten en lacht naar me.

'Hoi! Ik had je niet horen aankomen.'

'Dat gebeurt wel vaker. Ik maak bijna geen geluid. Was je iets aan het doen?'

'Nee hoor, ik was aan het nietsdoen.'

Zodra Valentine in de buurt is, gaat mijn hart veel sneller kloppen. Het springt op en neer, eerst heel ver omhoog, dan opeens vlug weer naar beneden en dan weer omhoog. Soms weet ik niet meer wat ik moet zeggen als Valentine in de buurt is. Woorden vormen een file in mijn keel. Ze staan vast en komen geen stap vooruit. Valentine blijft me aan zitten kijken.

'Heb je niets te vertellen?'

'Jawel! Heel veel zelfs!… Eh… 's Nachts ga ik op het dak naar de sterren kijken.'

'En zie je er veel?'

'Ja… Nou ja, behalve als het bewolkt is!'

'Weet je hoe het komt dat er wolken zijn? Dan is God aan het roken.'

'Eh… Nee, dat wist ik niet.'

'En wat zie je nog meer?'

'Kom maar een keer mee, dan kun je het zelf zien!'

'…'

'Ik heb een jongetje ontmoet dat Hugo heet. Hij heeft leukemie.'

'…'

'Hij heeft me de locomotief van zijn elektrische trein geleend. Misschien kun je de volgende keer meegaan.'

'Misschien wel. Misschien niet.'

'Hugo vecht om in leven te blijven. Gek hè?'

'Een beetje.'

'Hij heeft namelijk een dodelijke ziekte.'

'…'

'Het leven zit echt vreemd in elkaar. Sommige mensen zijn in levensgevaar en willen leven, terwijl andere gezond zijn en dood willen.'

'Wil jij dood?'

'Nee. Ik wil alleen naar Maxence toe.'

'Is Maxence je broer?'

'...'

'Waar is hij?'

'...'

'Ik zou het liefste niet meer dan een geest zijn. Dan zou ik door het leven kunnen zweven.'

'Ja, maar als je alleen maar een geest was, zou ik je niet eens kunnen zien.'

'Dat niet, maar je zou me wel voelen!'

'Oké, maar ik ben toch blij dat ik je kan zien!'

'Waarom?'

'Omdat ik je mooi vind.'

'Ha, dat lijkt me stug!'

'Nee, echt waar!'

'Ik ben helemaal niet mooi. Dat zeg je gewoon omdat je niet goed kunt zien.'

'Jawel, heel goed zelfs! Ik ben op school getest en mijn ogen waren allebei op-en-top.'

'...'

'Als je heel diep nadenkt, wat zou je dan het liefst willen eten?'

'Helemaal niks.'

'Zelfs geen bloemen?'

'Zoals wat voor bloemen dan?'

'Een nieuwe soort. We zouden een mengsel kunnen maken van rozen, want die ruiken lekker, en lelies voor de puurheid, en een snufje vergeet-mij-nietjes erbij zodat we altijd aan elkaar blijven denken. Nou, wat vind je ervan?'

'Oké, dat lust ik misschien wel.'

Als Valentine lacht, lost alle ellende op en wordt de wereld een flink stuk lichter.

'Valentine, je moet echt eten.'

'Slimane, je moet echt zin krijgen om te leven.'

Gelijkspel.

'Vanavond als de lichten uit zijn, zien we elkaar in mijn kamer. Dan gaan we op pad, goed?'

'Goed.'

Ik schud haar kleine, koude hand. Valentine is een ijsje van liefheid.

Mijn hart slaat over als er zacht op de deur wordt geklopt. Valentine glipt met haar dunne lijf mijn kamer binnen. Ik laat haar het dak zien. Het is niet gevaarlijk om over de dakrand te lopen want hij is breder dan alle dakranden die ik ooit heb gezien. Ik help haar erop te klimmen en neem haar mee naar mijn plekje. Valentine heeft het altijd koud, ook als het warm is, dus heeft ze alle truien aangedaan die ze kon vinden. We gaan dicht tegen elkaar aan zitten zodat de nacht ons niet helemaal bedekt en kijken naar de hemel. Ze rilt.

'Was het maar altijd warm. Eigenlijk zouden we het klimaat moeten veranderen.'

'Maxence heeft me verteld dat de aarde energie krijgt van de zon en dat daar het klimaat door bepaald wordt.'

'O ja?'

'De energie gaat overal heen, maar op sommige plaatsen is er meer of minder.'

Het lijkt of ze miljarden oren heeft, zo aandachtig luistert ze naar me.

'En dus?'

'Nou... Volgens mij wordt die energie naar andere melkwegen teruggestuurd en wordt de rest hier gegijzeld.'

'Door wie?'

'Door broekkastgassen.'

'Bedoel je in kledingkasten?'

'Eh, nou, ik zou het echt niet weten. Maxence zou het wel geweten hebben...'

Ze kijkt me aan met haar ogen die een heleboel dingen begrijpen.

'Maxence heeft me wel eens verteld dat wetenschappers onderzoek doen naar een soort luchtbelletjes die al miljoenen miljarden jaren op Antarctica leven.'

'Waarom?'

'Het schijnt dat ze zo kunnen uitvinden wat voor weer het sinds het begin op aarde is geweest.'

'Ongelofelijk!'

'Als ik denk aan hoe de aarde rondjes draait in de kosmos, word ik wel eens bang.'

Ze kruipt tegen me aan.

'Ik ook.'

'Maxence zei dat het bos een soort grote neus is waardoor de aarde ademt en dat we niet meer kunnen ademen als er te veel bomen worden gekapt.'

Valentine ademt snel diep in, voor het geval dat de grote mensen vannacht alle bomen kappen.

'Hij zei ook dat de aarde warmer wordt.'

Ze rilt in de deken die ze om zich heen geslagen heeft.

'Zou je niet zeggen.'

We blijven tegen elkaar aan zitten en kijken naar de hemel. We sturen gedachten naar alle mensen die we missen en ook naar mensen die we niet kennen, maar die ons, daar waar ze zijn, misschien horen.

7

Op de afdeling neurologie houden de dokters zich bezig met het ze-nuwstelsel. Dat is iets heel ingewikkelds, heb ik ontdekt, want in onze hersens zitten een hele hoop neuronen. Neuronen zijn zenuw-cellen. Soms gaan er een paar in staking. Dan wordt het meteen een enorme bende. Het is precies zoals bij treinen. Als de neuronen niet meer werken, zijn er een heleboel seinstoringen. Maxence heeft me een keer uitgelegd dat we in ons lichaam zenuwknopen hebben en zenuwen met uiteinden die alle 'prikkels' doorgeven, alsof ze een estafette doen. Op de afdeling neurologie liggen mensen op bed die heel ver weg lijken te zijn. Sommigen zitten in een rolstoel en heb-ben geen benen of armen meer, maar lachen toch nog. De dokters doen soms transplantaties. Dan halen ze organen bij iemand weg en naaien die aan iemand anders vast. Dat doen ze zelfs met harten. Stel je voor dat iemand ooit het hart van de Engerd krijgt. Dat zou echt heel, heel erg zijn. Zelfs Nelson Mandela, die Maxence en ik een keer op televisie hebben gezien, zou een slecht mens worden. En hij zou zelf niet eens begrijpen waarom. Niemand zou hem ver-tellen dat hij een hart heeft gekregen waar te veel peper op zit.

Echt oppassen geblazen met die organen.

8

Sidonie is dol op Valentine. Ze heeft zelfs een keer gezegd dat ze wel een dochter als Valentine had willen hebben. Ik vroeg haar waarom ze geen kinderen had. Het flapte er zomaar uit. Ik zag wolken opko-men in haar ogen, ze werden donker en de temperatuur daalde ineens heel snel. Ik was boos op mezelf dat ik me bemoeide met iets wat me helemaal niks aangaat. Met een stem die anders klonk dan anders antwoordde ze dat je met zijn tweeën moet zijn om kinderen te krijgen. Volgens mij is dat dus precies het probleem. Je moet met zijn tweeën zijn. Als mama ons in haar eentje had kunnen krijgen, zou er geen Engerd geweest zijn. En als Sidonie in haar eentje een dochtertje had kunnen maken, zou ze nu niet zoveel moeite hoeven doen om er vrolijk uit te zien. Het leven zit echt slecht in elkaar. Dat weet iedereen, maar niemand weet precies waar we een klacht kunnen indienen. Dus doen we net of we het normaal vinden: zo is het leven. Maar ik zeg dat het leven helemaal niet zo is. We worden gewoon opgelicht waar we bij staan.

Valentine en ik zijn naar Sidonie gegaan om haar een grote tekening te geven die we met z'n allen voor haar gemaakt hebben. Er staat een enorm hart op, met een grote zon erin.

'Sidonie, we zaten te denken, en we vinden dat jij een hart hebt dat groter is dan gemiddeld. Je zou er een kopie van moeten maken en het weg moeten geven zodat het getransplanteerd kan worden naar heel veel mensen in de wereld.'

'Ik zal erover nadenken. Maar het kan toch pas als ik dood ben.'

'Helaas wel. Eigenlijk zouden we het hart van slechte mensen moeten kunnen vervangen door het hart van goede mensen, maar dan zonder dat die eerst dood hoeven te zijn.'

'Zie je dat je wel plannen voor de toekomst hebt, Slimane!'

Sidonie heeft haar tekening opgehangen in de kamer van de verpleegsters. Ik begrijp wel dat Maryse er ook eentje zou willen hebben. Het probleem is dat we op een tekening voor Maryse alleen maar een heel klein uitgedroogd hartje zouden zetten, met overal onkruid eromheen, en ik denk niet dat ze daar heel blij mee zal zijn. Het hart van Maryse krijgt niet genoeg water en wordt overwoekerd door doornstruiken. In het hart van Maryse is het koud en vochtig en wil geen enkel insect leven, zelfs geen dakloze spin. Valentine en ik hebben besloten dat we een tekening voor haar maken als ze de boel een beetje aan kant gemaakt heeft. Als ze de grond water gegeven heeft, onkruid weggehaald heeft en zaadjes geplant heeft waar mooie fruitbomen uit kunnen groeien. Zodra ik een frisse appel kan eten die geplukt is in het hart van Maryse, krijgt ze natuurlijk meteen een tekening.

Ik denk overdag vaak aan Hugo. Dan vraag ik me af wat hij aan het doen is, in de zoethoutkamer. Ik zet de locomotief van zijn elektrische trein aan en kijk hoe hij rondjes rijdt. Ik ga hem binnenkort terugbrengen, zodat we weer wat kunnen kletsen. Ik praat vaak over Hugo tegen Valentine en ze wil mee naar hem toe. Ik heb een cadeau voor hem: een woordenvogel. Dat is een vogel van papier waar wensen op staan. Maxence heeft me geleerd hoe je die moet maken. Toen ik klein was, dacht ik dat wensen altijd uitkwamen, maar nu weet ik dat dat meestal helemaal niet zo is, zelfs als je duizenden wensen doet. Vroeger was ik ervan overtuigd dat iedere wens die uitgesproken werd ergens heenging om uitgevoerd te worden. Dat er een speciale brievenbus voor was. Maar de post staakt al een hele tijd.

Sidonie doet haar laatste ronde, om te kijken of het goed gaat met iedereen. Ik wacht met bonzend hart tot ze weg is en kleed me aan. Daarna ga ik mijn kamer uit en klop ik zacht op Valentines deur. Ik pak haar hand vast om haar met me mee te nemen. Ze is zo licht dat het lijkt of ik de wind vasthoud. We rennen bijna door de gangen heen. Als ik met Valentine ben, heb ik het gevoel onzichtbaar te zijn. Soms denk ik zelfs dat we dwars door mensen heen zouden gaan als we ze zouden tegenkomen.

'Is het nog ver, Slimane?'

'Ssst! Nog twee verdiepingen, dan zijn we er.'

We komen aan bij de afdeling kinderoncologie. Niemand te bekennen. We sluipen naar binnen. Valentine kijkt met grote ogen naar de suikerspindeuren. Ik klop drie keer zachtjes op de deur van de zoethoutkamer en trek Valentine mee naar binnen. Hugo zit te lezen. Hij kijkt op en glimlacht.

'Hugo, Valentine. Valentine, Hugo.'

'Hoi Valentine.'

Valentine klampt zich aan mijn arm vast, want soms is ze een beetje verlegen.

'Wat lees je?'

'Jonathan Livingston Zeemeeuw.'

'Wat is dat?'

'Een verhaal over een meeuw die in een groep leeft. De andere meeuwen vliegen alleen maar om eten te vinden, maar Jonathan vliegt hoger en sneller dan de rest, omdat hij de wereld wil ontdekken. Daarom wordt hij door de andere verstoten. Maar dan maakt hij nieuwe vrienden. Zal ik er wat uit voorlezen?'

We gaan tegenover hem zitten en zetten onze oren wijd open.

'*Vrienden! schreeuwde Jonathan. Duizenden jaren lang hebben we achter vissen aangejakkerd, maar nu hebben we eindelijk iets anders om voor te leven – om te leren, te ontdekken, om vrij te zijn!*'

Hugo leest heel mooi voor. Net als Maxence. Als je naar hem luistert, is het alsof je aan het vliegen bent.

'Ik lees gewoon nog een paar zinnen voor die ik mooi vind: *"Je kunt wel hoger vliegen, want je hebt het geleerd." "De meeuw die het hoogst vliegt, kijkt het verst." "Ik wil alleen maar weten wat ik kan doen en wat niet." "De Hemel is geen plaats, en geen tijd. De Hemel is: volmaakt zijn." "Begrijp wat je werkelijk bent en doe er alles aan om dat in de praktijk te brengen."*'

Valentine en ik luisteren naar ieder woord. We drinken de woorden met onze hersens op en hebben nog steeds dorst.

'Ik vind er nog een mooi: *"Je hele lichaam, van vleugeltip tot vleugeltip, is niet meer dan je denken zelf, in een zichtbare vorm."*'

Die zin vindt Valentine echt heel mooi. Want wat zij het liefst wil, is dat haar lichaam alleen in haar gedachten bestaat. Hugo's zinnen zijn prachtig en vullen de hele kamer. Woorden die uit onze mond komen, bestaan daarna echt. Daarom moet je oppassen met wat je zegt. Ik ga bij Hugo staan.

'Ik heb je locomotief meegenomen.'

'Je mocht hem nog wel even houden, hoor.'

'En ik heb een cadeau voor je.'

'Echt?'

'Het is een woordenvogel. Je moet er je dromen op schrijven. Dan kan de vogel ze meenemen en komen ze uit.'

'Te gek!'

'Je moet wel voorzichtig schrijven, anders breken de vleugels. Valentine en ik hebben onze wens er al op gezet.'

Hugo kijkt wat we geschreven hebben: *Maxence weer ʒien. Een wolk ʒijn.* Hij pakt een potlood en schrijft langzaam: *Leven.*

9

Vandaag is het Valentijnsdag, de feestdag van de liefde. Maxence zei dat feestdagen voor sukkels waren, om ze zo veel mogelijk geld te laten uitgeven. Dat je niet hoeft te wachten tot het 14 februari is om te zeggen dat je van iemand houdt. Voor mij is 14 februari geen Valentijnsdag, maar Valentinedag. De feestdag voor het liefste meisje met anorexia ter wereld.

We eten allemaal samen in de eetzaal. Valentine doet haar ogen dicht als ze opgeschept krijgt, want ze weet niet hoe ze dat allemaal op moet opkrijgen. Valentine wil alleen maar een vogeltje zijn en naar het eind van de wereld vliegen. Ze wil zo licht als een zomerbriesje zijn. Ze wil geen lichaam meer hebben. Ik glimlach naar haar om haar aan te moedigen, want als ze niet eet, wordt ze weer opgesloten en zal ze zich nog ongelukkiger voelen. Niet ver van haar zit

Sabrina, die begonnen is met een dieet en die maar van één ding droomt: meer eten. Ze gluurt verlangend naar onze borden, want zelf krijgt ze bijna niks. Het leven zit echt slecht in elkaar. Eigenlijk zou je Valentine moeten mengen met Sabrina en alles goed moeten schudden. Ze kunnen het wel met elkaar vinden, die twee. Na het eten slaat Sabrina haar stevige armen om Valentine heen.

'Hoe voel je je?'

'Als een vogel die naar hardrock luistert. En jij?'

'Als een nijlpaard dat zou willen vliegen.'

Romain barst in lachen uit.

'En waar denken jullie dat jullie zijn, dames, in de dierentuin?'

Ik wacht tot Sidonie klaar is met haar avondronde en sluip de gang op. Niemand te bekennen... Ik lijk wel te dansen over de koude vloertegels. Zachtjes klop ik op de deur van Valentine. Ze doet open. Ik ga naar binnen en ze doet de deur weer achter me dicht. Maanlicht valt door het raam naar binnen. Ik vind het fijn als de maan er is. Ik geef een envelopje aan Valentine.

'Hier, voor jou.'

Als Valentine een cadeau krijgt, maakt ze het niet meteen open. Ze bekijkt het, snuffelt eraan, weegt het met haar handen. Ze probeert te raden wat erin zit en als ze geen idee heeft, maakt ze het toch een klein beetje open en gluurt ze naar binnen, op zoek naar aanwijzingen. Als het echt niet anders meer kan, maakt ze het helemaal open, met haar ogen dicht, en voelt ze eraan. Daarna doet ze eerst één en dan het andere oog open en kijkt ze er goed naar. Mijn cadeau is een velletje papier. Daar heb ik een heel mooie kaars op getekend, zo goed als ik kon.

'Waarom geef je me een tekening van een kaars?'

'Voor als het donker is en je je verdrietig voelt. Zodat je weet dat er altijd een lichtpuntje is.'

Ze draait zich glimlachend naar me toe.

'En nu?'

'Nu neem ik je mee uit eten.'

'O nee! Nog niet!'

Ik pak de deken die op haar bed ligt en spreidt hem uit op de vloer. We gaan erop zitten. Het licht danst over de muur. Met onze handen maken we dieren. Konijnen met een oor dat groter is dan het andere, exotische vogels, olifanten met een beetje rare vormen, lieve krokodillen, mislukte dromedarissen en vissen zonder graten.

'Ik heb een echt anorexiadiner voor je gemaakt.'

'O, wat is dat?'

'Een diner dat alleen maar van wolken gemaakt is. Wolken met allemaal verschillende smaken. Om te beginnen een wolkensoep die gekruid is met koriander.'

'Oké.'

Ik kijk hoe ze haar soep eet, heel elegant en lieflijk… Zo lieflijk als zacht gefluister.

'Is het lekker?'

'Heel erg.'

'Heb je nog trek?'

'Niet echt…'

'Hier, neem een stukje geroosterde wolk.'

'Mjam!'

We kauwen langzaam op onze wolken, om de smaak goed te proeven.

'Slimane, denk je dat we hier lang blijven?'

'Op deze aarde?'

'Nee. Hier in het ziekenhuis.'

'Zou je weg willen?'

'Ja. Ik zou een ballon willen zijn die wordt vastgehouden door een kind. Een rode ballon, vol lucht. Dan zou het kind hem loslaten en zou ik meegevoerd worden door de wind en voor altijd in de wolken zweven.'

'En als ik omhoog zou kijken, zou ik je zien.'

'Zou je naar me toe komen?'

'Ja. Met Maxence.'

'Wat is er met Maxence gebeurd?'

'…'

'Wil je het me niet vertellen?'

'Ik kan het niet.'

'Als je denkt dat je het wel kunt, zul je het me dan zeggen?'

'Ja.'

'Beloofd?'

'Beloofd.'

Ze werpt haar blik duizenden kilometers voor zich uit, alsof ze daar in de verte iets ziet. Net zoals Maxence deed als hij in gedachten verzonken was.

'Soms ben ik bang.'

'Waarvoor?'

'De wereld en alle andere dingen. Dan denk ik dat het me nooit zal lukken om me aan het leven aan te passen.'

'Maxence wilde in het Land zonder grote mensen zijn. Misschien heeft hij het nu gevonden…'

Ze kijkt me met brandende ogen aan en probeert tussen mijn regels door te lezen. Ze legt haar hand in de mijne. Haar kleine, koude hand, die nergens houvast heeft. Ik knijp er zacht in om hem niet in duizend stukjes te breken. Ik geef haar wat wolkencompote en ze glimlacht naar me als een fee.

'Het is een compote van wolken in allerlei kleuren. Ik heb ze geplukt toen de zon onderging.'

'Mm! Lekker!'

Soms lijkt de stilte op een geheimzinnige taal. Een taal die mooie dingen fluistert die je niet kunt horen en als een magische energie om ons heen hangt. Ik wou dat de stilte van Valentine uren duurde. Ik luister goed, haar ademhaling dringt door tot in mijn hart.

'Zullen we een spelletje doen?'

Ze kijkt me verbaasd aan.

'Wat dan?'

'Jouw botten tellen bijvoorbeeld.'

Ze moet erom lachen. Ze laat haar nachthemd voorzichtig een stukje zakken om me haar rug te laten zien. Haar ribben lijken wel boemerangs die op de verkeerde plek zijn geland.

'Een, twee, drie, vier, vijf…'

Aan de hemel is geen wolk meer te bekennen. Logisch, want wij hebben ze allemaal opgegeten! Er zijn van die avonden waarop ik weet dat Maxence er is, vlakbij. Avonden waarop ik denk dat het wel goed gaat komen met ons allemaal. Vooral als Valentine in lachen uitbarst. Avonden waarop de maan zo vol is, dat het lijkt alsof er een miljard babymaantjes uit zullen barsten om de hele wereld te verlichten.

10

Marguerite heeft vanavond de kleur van een perkamentpapier dat ik een keer met Maxence in een museum heb gezien. Ze kijkt me aan met een blik van ik-ben-boos-en-dat-zul-je-weten-ook.

'Van jou valt ook niet af te komen, hè vriend? Je lijkt wel een vlieg, zoals je de hele tijd rondzwerft. Wat wil je nou eigenlijk van me?'

'Hallo Marguerite. Ook leuk om u weer te zien. U ziet er stralend uit vandaag.'

Alleen al voor de manier waarop ze me aankijkt zou ik aangifte kunnen doen bij het politiebureau. Marguerite is een margriet waar het leven te veel gif op gespoten heeft. Nu zijn er geen zaadjes, water, of wat dan ook meer over. Haar grond is volledig uitgedroogd.

'Heeft u kinderen?'

'Altijd die rotvragen van je! Ja, ik heb kinderen, helaas… Weet je nu genoeg?'

'Hoeveel kinderen?'

'Eén maar, godzijdank.'

'Een jongen of een meisje?'

'Dat weet ik niet. Iets ertussenin. Een jongen, geloof ik.'

'En verder?'

'Verder wat?'

Ze zucht en probeert zich van me weg te draaien, maar het lukt niet door het infuus in haar arm.

'Wacht, ik zal u helpen…'

'Hoezo helpen? Je bent er zelf nog slechter aan toe dan ik.'

Haar stem klinkt als een zware aardbeving, met gebouwen die instorten en al.

'Dank u, wat bent u toch aardig.'

Onze blikken botsen. Een hanengevecht.

'Houdt u van uw zoon?'

'Nee.'

'Waarom niet? Is hij niet aardig?'

'Nee.'

'Zit zeker in de familie…'

'Jij kleine snotneus!'

'U lijkt helemaal niet op een margriet, u bent een brandnetel.'

'Niemand zegt dat je hier langs moet komen. Ik zou haast denken dat je jezelf graag kwelt…'

'Waarom houdt u niet van uw zoon?'

'Omdat hij stom is. Ik voel me eerlijk gezegd zelfs schuldig dat ik zo'n stommerd op de wereld heb gezet. Gelukkig is niemand verplicht om van zijn familie te houden.'

Niemand is verplicht om van zijn familie te houden. Ik denk aan de Engerd.

'Wat deed u vroeger voor werk?'

Ze rolt met haar ogen alsof ze het vervelend vindt dat ik haar die vragen stel, maar ik weet zeker dat ze het wel fijn vindt. Ik weet dat er verder niemand is die zich voor haar interesseert. Ik weet dat ze

als een margrietje is dat eenzaam en alleen opgesloten zit in een ser-
re.

'Ik was onderwijzeres, als je het zo nodig moet weten.'

Daar sla ik steil van achterover.

'U, voor de klas? Grapje zeker?'

'Zie ik eruit alsof ik grapjes maak?'

'Nee, helemaal niet! U ziet er nooit uit alsof u grapjes maakt.'

Ze kijkt me boos aan en ik ben echt blij dat ze in bed ligt met een
infuus in haar arm.

'Hoe kon u nou juf zijn? U haat kinderen!'

'Misschien is het wel een kwestie van oorzaak en gevolg.'

'Vindt u kinderen dan echt zo vervelend?'

'Niet vervelend. Gewoon nutteloos.'

'Ha, dat is een goeie! Nutteloos, wij? Jullie, grote mensen, zijn
degenen die nutteloos zijn. Jullie maken er een potje van, vervuilen
alles en hebben niet eens dromen meer.'

'Jullie maken er anders ook alleen maar een potje van en jullie
vervuilen ook alles, maar dat merk je minder omdat jullie zo klein
zijn. En jullie dromen slaan helemaal nergens op. Bovendien verliezen jullie die toch.'

'Dat zullen we nog wel eens zien. Niet iedereen hoeft te worden
zoals u.'

'Jawel. Zo gaan die dingen.'

'Nietes. Maxence zei dat we "al het slechte in onze lichaamscellen
onschadelijk kunnen maken".'

'Wie is die Maxence?'

'Een groot filosoof, dat snapt u toch niet.'

'Jouw verhalen kunnen me sowieso niets schelen. Hop, wegwezen jij!'

Ik ga echt nooit van mijn leven een volwassene worden. Veel heb
ik er niet meer, maar de dromen die ik nog over heb, ga ik in de
grond planten en heel veel water geven, zodat ze groot worden en er
mooie bloemen in komen. Dat ga ik voor Maxence doen, zodat hij

vanuit het Land zonder grote mensen kan zien dat mijn minuscuul
kleine zaadjes uitgegroeid zijn tot prachtige fruitbomen.

11

In het ziekenhuis zijn gebedsruimtes. Een voor de joden, een voor
de moslims en een voor de katholieken. Vaak zie ik er mensen naartoe gaan als ik aan de wandel ben. Een keer zag ik een vrouw huilend naar binnen gaan en lachend naar buiten komen. Ik begreep
niet echt wat er daarbinnen gebeurd was, maar ik kreeg wel zin om
zelf ook een kijkje te nemen. Ik weet niets van godsdiensten. Volgens sommigen houdt het geloof je rein. Mama reinigt gewoon met
bleekwater, ze boent en ze schrobt en ze desinfecteert. De Engerd
zal wel 'bierist' zijn, want het enige waar hij in gelooft is bier. Ik
warm mijn hart een beetje op, zodat ik helemaal op mijn best voor
God verschijn, en duw de deur open. Het is een kleine en een beetje
donkere ruimte. Een man staat met zijn rug naar me toe. Ik schraap
mijn keel.
    '… Hallo…'
    'Hallo.'
    Ik doe mijn mond open, maar ben te veel onder de indruk om iets
te zeggen.
    'Hoe heet jij?'
    'Slimane.'
    'Hallo, Slimane.'
    Hij kijkt me vriendelijk aan.
    'Wie bent u?'
    Daar moet hij om lachen.
    'Ik ben de imam van de gebedsruimte.'

'Wat is dat, een imam?'

'"Imam" betekent "vóór" in het Arabisch. Ik ga voor in het gebed.'

'Hoe bent u gekozen?'

'Laten we zeggen dat ik gezien werd als een morele autoriteit, dat ik de gebeden goed kende en dat ik kan uitleggen wat er in de Koran staat.'

'Dan weet u vast heel veel.'

'Tot op zekere hoogte wel, ja! Maar ik leer ook nog steeds, hoor.'

'Wat betekent het precies om moslim te zijn?'

'Moslims geloven in God. Voor hen is hij het opperste wezen, degene die alles weet.'

'Maar hoe kunt u nou zeker weten dat hij alles weet? Misschien bluft hij wel!'

Hij glimlacht.

'Moslims verlaten zich volledig op Allah, de enige god.'

'Bedoelt u dat er geen andere god is?'

'Nee. Hij is ongeëvenaard. Hij is de eerste en de laatste.'

'Weet u dat wel zeker? Heeft u echt overal gezocht?'

Hij kijkt me aan met een open blik. Allerlei vragen spoken rond in mijn hoofd. Mijn hersens kraken, zelfs al heb ik wel eens gehoord dat er een kraakverbod is.

'En Mohamed, wie is dat precies?'

'Hij is de grondlegger van de islam. Hij sprak de christenen en joden toe en zei: "Ik ben gekomen om jullie godsdienst te vervolmaken." En hij zei ook: "Ik ben het zegel der profeten."'

'Zegel? Dacht hij dat ze met de post verstuurd konden worden?'

Hij barst in lachen uit.

'Nee! Hij bedoelde dat hij de laatste profeet was, dat er na hem niemand meer zou komen.'

'Zo, wat een lef! Hoe kon hij dat zo zeker weten?'

'Omdat hij een openbaring had gehad.'

'Wat is een profeet nou echt?'

'Iemand die het woord van God aan anderen doorgeeft. Dat kan om goed nieuws gaan, maar ook om verwijten of waarschuwingen.'

'Dan is de rector van school een echte profeet, want hij zei altijd: "Ik waarschuw jullie, als jullie zo door de gangen blijven rennen, krijgen jullie straf."'

'Dat is toch niet helemaal hetzelfde, Slimane!'

'Ik zou wel profeet willen worden als ik groot ben.'

'Waarom?'

'Om iets te doen aan het lijden van mensen. Ik zou lieve woorden willen bedenken om hun verdriet te sussen en ze te laten glimlachen.'

Hij kijkt me vriendelijk aan, met zijn ogen die een heleboel heilige teksten hebben gelezen.

'Kom maar terug wanneer je wilt.'

'Echt waar? Mag ik terugkomen terwijl ik geen moslim ben?'

'Natuurlijk! Ik zal altijd met plezier antwoord geven op je vragen.'

Hij legt zijn hand op mijn schouder. Een hand die groot en sterk is, maar ook zacht en leidend. Ik word profeet als ik groot ben, zeker weten!

12

Dokter Lemoine heeft een nieuwe foto opgehangen in zijn kamer. Een foto van een zee, maar een zee die mooier is dan ik ooit gezien heb. Een helderblauwe zee die ligt te slapen op helemaal wit zand. De foto doet me denken aan het Land zonder grote mensen.

'Waar is die foto genomen?'

'Op de Seychellen.'

'Is dat ver?'

'Best wel, ja.'

Misschien ga ik op een dag met de travelator naar de Seychellen. Hoewel het zonder Maxence natuurlijk niet zo leuk zal zijn. Als ik daaraan denk, heb ik het gevoel vermorzeld te worden door het leven. Een beetje zoals de kakkerlakken die we thuis in de keuken hadden en die de Engerd plette met zijn schoenen. Of soms spoot hij er gif op, dat vond hij heerlijk om te doen. Daarna waren er geen kakkerlakken meer, maar moesten we alle ramen wijd openzetten omdat het zo stonk. Kon ik nu maar een raam wijd openzetten, om eruit te springen. 'Wat is er, Slimane?'

Ik geef geen antwoord. Ik kan mijn ogen niet van de Seychellen afhouden.

'Je mag de foto wel meenemen, als je wilt.'

'Echt waar?'

Hij haalt hem van de muur.

'Hier.'

'Bedankt.'

Ik hou de foto tegen me aangedrukt. Er komen allerlei vragen in me op.

'Waarom wil Valentine niet eten?'

'Dat moet je aan haar vragen. Ik mag niet over andere patiënten praten.'

'Waarom niet? Is het geheim?'

'Ja. Wat mensen mij toevertrouwen, vertel ik aan niemand.'

'Dan bent u dus heel betrouwbaar!'

'Zeker.'

'U zwijgt als het graf.'

'Inderdaad. Daarom zou jij me ook dingen kunnen vertellen.'

'Kent u de afdeling kinderoncologie?'

'Jazeker.'

'Nou, zij hebben schilderlessen.'

'Dat zouden we hier ook kunnen doen.'

'Maar ik wil het liever met hen samen doen.'

'Met de kinderen van die afdeling?'

'Ja.'

'Waarom?'

'Dat kan ik u niet zeggen. Maar ik zou het graag willen.'

'Dat wordt lastig, om de twee afdelingen samen te voegen.'

'Dat hoeft niet. Alleen Valentine en ik.'

Hij kijkt me lang aan zonder iets te zeggen. Ik zie wel dat hij zich van alles afvraagt. Ik zou iets over Hugo willen zeggen, maar dat kan niet. Dus wacht ik tot hij een beslissing neemt.

'Goed. Ik ga het bekijken.'

'Belooft u dat? Houdt u me niet voor de gek?'

'Ik beloof het.'

'Bedankt.'

Hij begeleidt me met een lach op zijn gezicht naar de deur. Ik hou de foto van de Seychellen dicht tegen me aan gedrukt en loop glimlachend door de gang naar mijn kamer. Onze kamers hebben nu ook namen. Die van mij heet het *Land zonder grote mensen*, die van Valentine *Wolk*. Romain denkt er nog over na en de kamer van Charline krijgt om de drie dagen een andere naam, dus ik weet nu al niet meer hoe die vandaag heet. Sabrina wist steeds niet wat ze moest kiezen en besloot uiteindelijk haar kamer *Zolder* te noemen, omdat daar van alles bewaard wordt. Zelfs nutteloze dingen.

13

Mama komt mijn kamer binnen. Ze heeft geen sjaaltje om haar hoofd en geen zonnebril op. Haar haar is helemaal blond, van de wortels tot in de puntjes. Zelf heb ik geen idee meer van waar mijn wortels zijn, sinds Maxence er niet meer is. Met hem wist ik waar ik vandaan kwam en waar ik naartoe ging.

'Hoe gaat het, Slimane?'

Ze glimlacht, om me te laten denken dat alles goed gaat. Ik geef geen antwoord, omdat ik het niet meer kan. Ik geef geen antwoord, omdat ik geen familie meer heb.

'Ik heb koekjes voor je meegenomen.'

Ik heb woordanorexia. Ik zie wel dat mama haar gezicht vanmorgen voor de spiegel mooi heeft gemaakt. Maar omdat ik niks zeg, wordt haar gezicht steeds vager. Haar ogen worden dof en haar glimlach verslapt. Mama's gezicht lijkt op een boek waar allemaal dingen op geschreven staan. Mama's gezicht is een droevig boek dat je aan het huilen maakt. Ik kijk door het raam naar de hemel en denk aan Maxence, Hugo en Valentine. Ik tel de wolken om mijn hoofd stil te krijgen. Mama gaat op de stoel zitten die naast mijn bed staat. In de hemel wordt een kleine witte wolk achternagezeten door een grote grijze. Ik volg ze en hoop dat de kleine kan vluchten, maar de grote haalt hem in en vreet hem bijna op. Ik weet niet waarom, maar ik moet erom huilen. Ik hou mijn tranen in. Een grote bol, zo rond als de aarde, blijft hangen in mijn keel. Het doet steeds meer pijn, mijn ogen prikken. Onder aan het televisiescherm zit een klokje. Ik zie de seconden verstrijken. Mama is er al bijna een uur. Een uur waar geen eind aan komt. Ze staat op en legt haar hand op mijn arm. Ik schrik ervan, maar blijf naar de hemel staren. Ik wil mijn gezicht niet omdraaien. Ik wil haar vooral niet aankijken.

'Ik moet gaan. Ik kom weer bij je langs, Slimane.'

Ik hoor het verdriet in haar stem. Verdriet waar de mond van is afgeplakt, zodat het geen geluid kan maken. Ze loopt langzaam naar de deur, alsof ze een tas stenen meedraagt.

'Slimane...'

Ze wil iets zeggen, maar ik wil niks horen. Ik doe mijn oren en ogen dicht om niks meer te hoeven horen en zien. Ze twijfelt even.

Dan valt de deur achter haar dicht. In de hemel zijn alle witte wolkjes opgegeten door de grote grijze.

Ineens stromen mijn ogen over. Ik zit op bed, maar kan niet meer rechtop blijven zitten. Mijn lichaam trekt in een boog, precies zoals ik wel eens gezien heb bij een boom, toen het hard stormde. Mijn takken raken in elkaar verstrikt, al mijn blaadjes vallen naar beneden. Er komen geen nieuwe knopjes, ik verdrink in mijn verdriet. De deur heb ik niet gehoord, maar tien tellen later zit ik te huilen in de dunne armen van Valentine. Armen die me heel stevig vasthouden, alsof onze levens ervan afhangen. Zij begint ook te huilen. We snikken tegelijkertijd en onze tranen vormen samen een zee. We worden samen één in het verdriet dat ons heen en weer slingert. We huilen alle tranen eruit die we in ons hebben, tot de laatste druppel. Zodra we goed uitgewrongen zijn, gaan we uitgeput op bed liggen en houden we elkaars hand vast. In de hemel bloeien overal witte wolkjes op die zich door de wind laten meevoeren. In Valentines gezicht zitten zoveel kreukels dat je er een strijkijzer overheen zou moeten halen.

'Val, hoe zijn jouw ouders?'

'Ze maken de hele tijd ruzie.'

'Waarom?'

'Dat weet ik niet precies… Ze deden het al voordat ik geboren werd. Vroeger was mijn vader dol op me.'

'En nu?'

'Nu ben ik groot geworden. Hij zei een keer tegen me dat hij wilde dat ik altijd een klein meisje bleef. Toen heb ik beloofd dat ik dat zou doen, maar ik ben toch groter geworden. Nu houdt hij niet meer van me. Hij vindt mijn zusje leuker.'

'Natuurlijk houdt hij wel van je!'

'Niet waar. Ik heb hem bedrogen.'

'…'

'Ik vraag me echt af waarom mijn ouders samen zijn gaan leven, in hetzelfde huis. Ze hebben niets met elkaar gemeen. Mijn vader is dol op eten, terwijl mijn moeder oplet bij alles wat ze eet. Zodra de een zich heeft omgedraaid, moet ik de ander laten zien dat ik die het liefst vind. Ze voeden me om de beurt op, echt een hel! Mijn moeder heeft me nog nooit in haar armen genomen. Toen ik klein was, dacht ik zelfs dat haar armen niet echt waren.'

'Eet je daarom niet meer?'

'Wat ik het liefst zou willen, is dat mijn vader mij weer de liefste vindt. Vroeger vertelde hij altijd allemaal superleuke verhalen die niemand anders kon verzinnen. En hij gaf me rare cadeautjes. Vaak wist ik niet eens wat je ermee moest. Mijn kamer staat vol met dingen die je nergens voor kunt gebruiken en die ook niet mooi zijn. Maar ik vond ze leuk.'

'Mijn moeder heeft een keer een miskraam gehad. Ze zakte in elkaar van de pijn en tussen haar benen liep bloed. In haar buik zat een meisje. Ik weet wel waarom dat meisje daar niet wilde blijven. Ze wilde de Engerd niet als papa hebben. Dat had ze beter bekeken dan wij. Zij is tenminste nog voordat ze op de wereld kwam weggevlogen...'

'Waarom noem je je vader de Engerd?'

'...'

'Ik heb je net dingen verteld...'

'Omdat hij helemaal geen echte vader is.'

'Is hij dan alleen maar verkleed als vader?'

'...'

'En je moeder? Ik zag haar net. Ze huilde.'

'...'

'Ze lijkt me aardig.'

'Nee, ze is niet aardig.'

'De mijne ook niet.'

'Valentine, je moet weten dat niet alle mensen op de wereld zo zijn.'

'Wat weet jij daar nou van? Ben jij overal op de wereld geweest?'

'Nee, maar Maxence zei...'

'Slimane, Maxence is dood.'

'Niet! Hij is niet dood.'

Ze kijkt me aan met een droevig glimlachje.

'Ik weet het. Hij is in het Land zonder grote mensen.'

Ze legt haar kleine hand in de mijne. Bij de aanraking van haar huid tegen de mijne komen er vonkjes los die schitteren in de veel te donkere nacht.

Vandaag mogen Valentine en ik meedoen met de schilderlessen, bij Hugo en de anderen. Sidonie komt met ons mee. Het is wel raar om zo onder begeleiding naar de afdeling kinderoncologie te worden gebracht. Ik heb de gangen steeds 's avonds gezien en nu valt er wat zonlicht naar binnen. Valentine houdt mijn hand vast, want ze vindt het eng om bij allemaal kinderen te zijn die ze niet kent. Hugo is niet in de zoethoutkamer. Hij is in de gemeenschappelijke ruimte, met de anderen. Dat zijn Anaïs, Manon, Florian, Quentin, Lucas en Ingrid. Alle ogen zijn op ons gericht als we binnenkomen. Valentine zou nog onzichtbaarder willen zijn. Ze knijpt in mijn hand en ik knijp zo hard mogelijk terug om haar te laten weten dat ik bij haar ben. Hugo lacht tevreden naar ons. De schilderjuf heeft rood haar, ogen vol make-up en een grote bril, waarmee ze alle details van het leven goed kan zien. De schilderjuf heet Marion Delasalle en ze heeft kleren aan die ik nog nooit iemand heb zien dragen: een wijde, zwarte broek, laarzen van vijftien kilometer lang waar haar benen bijna helemaal in verdwijnen, en een oranje sjaal om haar schouders. Marion Delasalle heeft een schorre stem die de hele ruimte vult en ziet eruit alsof ze zo uit een schilderij is gestapt. Op de tafels staan verfpotten in allerlei kleuren.

'Denk aan wat je uit wilt drukken, kies de kleuren en ga maar aan de slag.'

Ik denk na, maar er komt niks. Valentine doopt haar penseel in de blauwe verf en maakt een hemel. Daar verft ze witte wolken overheen. En een meisje dat op een van de wolken ligt. Hugo maakt een grote vogel die zo hoog vliegt dat hij bijna van het papier verdwijnt. Manon hangt met haar kale hoofd over haar papier en schildert een meisje met heel erg lang haar. Marion Delasalle loopt langs, kijkt wat we maken en moedigt ons aan. Ik probeer mijn lege vel te verbergen als ze bij mij is, maar ze ziet het toch.

'Spreekt het je niet zo aan?'

Ik luister nog eens goed of ik ergens een stem hoor.

'Nee.'

'Misschien helpt het om aan woorden te denken en die op te schrijven.'

'Maakt niet uit welke?'

'Nee. Alle woorden die in je opkomen.'

Ik pak mijn potlood en schrijf zonder nadenken: *Maxence, zee, zwart, huis, alleen, nacht, Land zonder grote mensen.* Marion leest de woorden en lacht naar me.

'Probeer nu te tekenen wat een van die woorden bij je oproept. Maakt niet uit wat. Kies de kleuren en begin maar.'

Met mijn penseel maak ik gekleurde vlakken op het papier. Daarna doop ik mijn handen in de verf en druk ik ze op het papier, om klavertjesvijf te maken. Ik plons met mijn vuist in een blauwe plas, knal in het rood, zwierezwaai met geel, lanterfant in het groen en duik in het zwart. De anderen kijken naar me en beginnen me na te doen. Ze stoppen hun handen in de verf en drukken ze op het papier. Het leven wordt een kleurenspel. We proesten allemaal van het lachen. Aan de muur hangt een groot wit papier met groene handen, feeënvingers, verblindende zonnen en hartjesmonden erop.

Marion Delasalle lacht ons vriendelijk toe voordat ze weggaat.

'Volgende keer gaan we schilderen op kaasdoek.'

Ik ben dol op kaas, dus dat lijkt me wel wat. Ik kan niet wachten!

De andere kinderen gaan terug naar hun kamer. Ik blijf nog even met Hugo, Valentine en een jongen die Quentin heet. Hugo had op een van zijn kunstwerken een dokter met een witte jas geschilderd.

'Ik zou wel chirurg willen worden. Om mensen te repareren die kapot zijn. En jij, Slimane?'

'Ik zou zoals Mary Poppins willen worden, zodat ik maar met mijn vingers hoef te knippen om het leven mooier te maken. En jij, Val?'

'Ik zou een zacht briesje willen worden, zodat ik over de wereld kan trekken zonder dat mensen me zien. Een zomerbriesje dat mensen een beetje verkoeling geeft als het te warm is.'

Quentin kijkt ons onthutst aan.

'Pfff. Jullie zijn echt raar! Ik zou brandweerman willen worden.'

Brandweerman, dat vind ik wel gaaf.

'Om alle branden in ons hart te blussen?'

'Echt niet! Om gebouwen te blussen die in brand staan!'

Hugo, Valentine en ik barsten in lachen uit. Eerst niet zo hard, maar al snel kunnen we ons niet meer inhouden. Het lijkt wel een lawine, met lachvlokjes waaronder we helemaal bedolven worden. Quentin kijkt ons fronsend aan.

'Wat is er nou zo grappig?'

We lachen nog harder en ons verdriet is even niet zo erg meer. Tranen van blijdschap rollen uit onze ogen en over ons gezicht. We vegen ze weg met onze handen, waar nog allemaal verf op zit. Nu lijken we wel indianen.

Er komt een meisje binnen. Ze lacht als ze ons ziet. Mij komt ze niet bekend voor, maar Hugo lijkt haar goed te kennen.

'Hoi Blanche. Dit zijn mijn vrienden, Slimane en Valentine.'

Ze geeft ons een hand. Daarna schuift ze de mouw van haar truitje omhoog. Op haar arm zit een grote bobbel, zo rond als de aarde.

'Hallo. Dit is mijn tumor, Josephine.'

'...'

'Kom maar dichterbij hoor, ze bijt niet.'

Josephine is een bochel op de arm van Blanche. Maar ik doe alsof er niets aan de hand is, ik doe ook alsof Josephine een mens is, net als wij.

'Ben je hier al lang?'

'Vier maanden. Maar ik blijf niet lang.'

'O? Ga je weg?'

'Nee, ik ga dood.'

'…'

Quentin slaat zijn armen om Blanche heen.

'Je gaat helemaal niet…'

'Jawel. Ik weet het gewoon. Maar ik vind het niet erg. Helemaal niet, want dan kan ik naar Thibault toe.'

Ik vind het heel raar wat ze allemaal zegt.

'Wie is Thibault?'

'Mijn vriendje. Hij zat hier eerst ook.'

'En nu, waar is hij nu?'

'Hij had me beloofd dat we voor altijd bij elkaar zouden blijven, maar een maand geleden is hij doodgegaan.'

'…'

'Ik vind het fijn om naar hem toe te gaan. Voor mijn ouders is het veel erger. Ik vraag me af of zij het wel aankunnen.'

Hugo luistert aandachtig naar Blanche, maar lijkt er niet verdrietig van te worden.

'Doe je Thibault wel de groeten van ons? Niet vergeten, hè?'

'Natuurlijk niet!'

'Maak je maar geen zorgen over je ouders, dat regelen wij wel.'

'Beloofd?'

'Beloofd.'

'Dank je.'

Hugo omhelst Blanche en Josephine. Quentin slaat zijn armen ook om ze heen. Valentine en ik twijfelen even, maar sluiten ons uiteindelijk bij de omhelzing aan. Samen zijn we een grote inktvis met allerlei kleuren en tentakels vol liefde.

14

Sidonie bidt heel vaak, want ze gelooft heel erg in God. Ik weet niet zo goed wat dat inhoudt, in God geloven. Zoiets als geloven in een aanwezigheid zonder dat er iemand is. Dat vind ik maar raar. Pater Thomas werkt in de kapel van het ziekenhuis. Hij heeft een baard en speelt gitaar. Ik praat graag met hem, want hij is heel aardig.

'U mag me wel mijn zoon noemen als u wilt, maar ik ga u niet vader noemen. Dat kan echt niet.'

'Zoals je wilt, Slimane. Dat had ik al gezegd.'

'Het is niks persoonlijks hoor, maar ik heb al een vader en dat vind ik meer dan genoeg.'

'Noem me maar Thomas, dat is makkelijker. Goed?'

'Goed dan.'

We schudden elkaar de hand, van man tot man.

'Waarom bent u pater geworden?'

'Omdat ik mijn geloof ten volste wilde beleven.'

'Uw geloof in wat?'

'Mijn geloof in God.'

'Gelooft u dan dat God echt bestaat? Niet zoals met de Kerstman?'

'Nee, niet zoals de Kerstman!'

'Maxence zei dat mensen van alles verzonnen om zichzelf gerust te stellen.'

'Zoals wat?'

'Zoals die God van u.'

'En wat nog meer?'

'Allerlei dingen, volgens mij.'

'Zoals de PlayStation, de bioscoop, dat soort dingen?'

'Nee, dat is anders.'

'Weet je, het belangrijkst is niet dat we in hetzelfde geloven, maar dat we het geloof van anderen respecteren.'

'…'

'Geloof jij in de PlayStation?'

'Niet echt.'

'Waar geloof je dan in?'

'Nergens in.'

'Dat kan niet. Denk goed na.'

'Ik geloof in Maxence. Maar die is nu heel ver hier vandaan.'

Hij kijkt me aan.

'Als je tegen hem praat, hoort hij je wel.'

'Alleen geeft hij geen antwoord.'

'Dan moet je heel goed luisteren, ik weet zeker dat hij tegen je praat.'

'Mijn oren zijn helemaal versleten. Ik heb nieuwe nodig.'

'Je moet met je hart luisteren.'

'Dan ben ik hardhorend.'

Daar moet hij om lachen.

'Wat wilde Jezus eigenlijk precies?'

'Hij was de zoon van God…'

Vrijheid, gelijkheid, broederschap, alleen maar leugens! Jezus had God als vader, terwijl ik het moest doen met de Engerd. Over rechtvaardigheid gesproken!

'… Hij bracht een boodschap van liefde…'

Het antwoordapparaat was zeker vol.

'… voor de armen, de zieken en iedereen die leed. Een boodschap van vreugde en vrede.'

'Een beetje zoals Bob Marley dus, maar dan zonder hasj!'

Pater Thomas barst in lachen uit.

'"Heb elkaar lief", zei hij ook.'

Zoiets zei Maxence ook wel eens: 'Mensen zouden meer liefde voor elkaar moeten hebben.' Ik voel verdriet opkomen in mijn aders en op weg gaan naar mijn hart.

Vader Thomas lacht naar me en loopt naar andere mensen toe die hem nodig hebben om kleur te geven aan hun dag. Ik adem diep in en ga ervandoor, hard rennend, om het verdriet niet meer te voelen. Af en toe draai ik me om en voel ik mijn slechte herinneringen vlak achter me aan zitten, met hun tanden die ze in mijn kuiten willen zetten. Dus ga ik nog sneller lopen, zo snel als het licht, om te vluchten voor de diepe duisternis.

15

Gisteravond heb ik veel nagedacht over Valentine. Ik bedacht dat ze dood zou gaan, zoals Thibault en Blanche, als ze door zou gaan met niet eten. Ik heb me suf gepiekerd om een oplossing te vinden. De halve nacht lag ik ervan wakker, maar ik geloof dat ik gevonden heb wat we moeten doen. Ik heb een briefje onder haar deur geschoven om af te spreken in mijn kamer. Ze komt precies op het tijdstip dat ik heb voorgesteld, met roze kleren aan en haar blonde haar gevangen in een elastiekje. Mijn hart springt op, zoals altijd als ik haar zie.

'Val, ik heb nagedacht, en...'

'Waarover?'

'Over jou.'

Ze lijkt een beetje verbaasd dat iemand zomaar aan haar denkt, maar vindt het wel leuk.

'Je moet een brief schrijven aan het eten.'

'Hoezo een brief schrijven aan het eten? Bedoel je aan de ingrediënten?'

'Precies.'

'Aan wortels, puree en doperwten?'

'Precies.'

'Ben je gek geworden of zo?'

'Helemaal niet. Ik hoorde iemand op televisie zeggen dat je vrede moet sluiten met je grootste vijanden.'

'...'

'Hoef je me niet zo aan te kijken!'

'Hoe kijk ik je aan dan?'

'Alsof je denkt dat ik gestoord ben.'

'Maar dat denk ik ook, Slimane!'

'Goed. Wat haat je het meest?'

'...'

'Nou?'

'Eten.'

'En slaat je hoofd dan niet op tilt?'

'...'

'Je moet het eten een brief schrijven, zodat je er weer een band mee krijgt.'

Ze denkt als een razende na.

'En jij, wie ga jij schrijven?'

'Eh... Maxence.'

'Nee, nee, dat is te makkelijk. Je moet vrede sluiten met je grootste vijanden, toch?'

'Ja, en?'

'Wie haat je het meest?'

Ik weet wel waar ze heen wil.

'Nou?'

'...'

'Ik schrijf het eten een brief als jij de Engerd schrijft.'

Er valt een stilte die zo doods is dat het lijkt of we op een begraafplaats staan. Mijn maag draait zich om en ik hou mijn mond dicht om niet alles uit te spugen wat ik ooit gegeten heb. Ik kijk haar recht in de ogen.

'Je hebt gelijk, het is een belachelijk idee.'

'Helemaal niet. Jij hebt gelijk. Afgesproken dus?'

'Nee... Ik kan het echt niet...'

Haar blik verdrinkt in de tranen in haar ogen. Ik hoor wat ze denkt zonder dat ze iets uitspreekt: 'Je bent net als de rest, Slimane. Je geeft wel raad, maar bent zelf gewoon een slappeling.'

Ze gaat in stilte weg, alsof ze niet bestaat. De muren in mijn kamer lijken te huilen. Ik ben gewoon een lafaard.

Tijdens het eten kijkt Valentine me niet aan. Ze staart naar de vissticks en de stukgekookte aardappels op haar bord. Woensdag is voor haar het ergst. Ze haat vissticks en heeft een hekel aan aardappels. Gelukkig zijn ze gekookt en niet gebakken in olie, anders was het helemáál mis. Vanavond krijgt ze geen hap door haar keel. Ze prakt haar vis tot visstickpuree. Ik doe hetzelfde als zij en maak hutspot van de visstick en de aardappels.

Tranen rollen over Valentines wangen en vallen op de puree, als zoute druppeltjes uit een zee van verdriet. Ik kan er niet tegen als ze huilt, dus ga ik naar haar toe om iets in de mooie schelp van haar oor te fluisteren.

'Oké, ik zal de Engerd schrijven. Afgesproken?'

Ze huilt en glimlacht tegelijk. Vlak boven haar verschijnt een grote regenboog.

'Afgesproken.'

Ze legt haar kleine hand in de mijne. Mijn hele lichaam tintelt ervan.

Beloofd is beloofd. Maar als ik eenmaal achter mijn lege vel papier zit, vraag ik me toch af hoe ik de klok terug kan draaien, zelfs al heb ik geen horloge. Maar ik weet dat ik me aan mijn woord moet houden, de gedachte aan Valentines van woede kokende ogen is genoeg.

Beste Engerd,

Nee, *Beste* kan ik niet opschrijven. *Niet beste Engerd.* Nee, dat klinkt raar. *Matige Engerd, Slechte Engerd, Belabberde Engerd, Waardeloze*

Engerd. Alleen *Engerd* dan, lekker recht voor zijn raap (een hele ga-
re).

*Ik had nooit gedacht dat ik je op een dag een brief zou
schrijven. Ten eerste omdat mensen meestal brieven schrijven aan degenen van wie ze houden en ten tweede omdat ik
niet eens weet of je wel kunt lezen. Als ik alleen al aan je
denk, krijg ik de rillingen en beginnen mijn tanden te
klapperen. Als ik aan je denk, zie ik meteen je lelijke, grote handen voor me waarmee je altijd alles in elkaar ramt
(vooral ons), en je scheur van een mond die zelfs met een
naaimachine niet meer gerepareerd kan worden. Als ik aan
je denk, wordt alles donker, omdat je zelfs de mooiste dingen op de wereld lelijk maakt. Ik begrijp nog steeds niet
hoe ik je zoon kan zijn. Max zei dat het heel goed mogelijk
was dat mama ons met iemand anders had gekregen, voordat ze jou ontmoette en dat je daarom altijd gefrustreerd
was. Ik geloof liever dat ik ergens anders een echte vader
heb. Een goede man die me niet kan komen halen omdat jij
hem met de dood hebt bedreigd. Ik ben wel blij dat je
Maxence geen pijn meer kunt doen, maar begrijp niet
waarom jij niet degene bent die weg is gegaan. Ik zou
graag de reis betaald hebben, zelfs als ik er jarenlang voor
had moeten werken om genoeg geld te sparen. Ik hoop dat
mama op een dag wakker wordt en dat jij alleen achter-
blijft met je verrotte flessen wijn en je hart dat uit elkaar
valt. Ik weet nu dat Engerds in het echt bestaan en niet alleen in films. Engerds gaan gewoon door met leven terwijl
niemand ze lastigvalt. Engerds mogen drank kopen en hun
kinderen slaan. In het echte leven zijn het altijd de Engerds
die winnen. Ik vind dat niet normaal, maar ik kan er niets
tegen doen. Kinderen zijn niet meer dan stofjes die door
grote mensen onder het bed geveegd worden, zoals Max en*

ik deden als we geen zin hadden om te stofzuigen. Wacht
maar tot wij, de kinderen van Engerds, een opstand orga-
niseren. Dan zal de hele wereld wel naar ons moeten luiste-
ren.
Ik hoop tot nooit meer ziens.
Zonder vriendelijke groet,
Slimane

Toen ik mijn pen neerlegde, voelde ik me wel een beetje stom, met mijn brief voor de Engerd in mijn hand. Ik heb hem vier keer dubbelgevouwen, en toen acht keer. Als ik er niet aan gedacht zou hebben dat ik hem nog aan Valentine moest voorlezen, zou ik hem zeker achttienduizend vijfhonderd keer hebben dubbelgevouwen.

Valentine en ik geven elkaar onze brief. Die van haar is twaalf keer dubbelgevouwen en haar priegelige handschrift staat een beetje verloren op het papier. Het neemt bijna geen ruimte in, alsof het bang is in de weg te staan. In de brief van Valentine zit een kloppend hart. We gaan allebei op een uiteinde van mijn bed zitten en lezen in stilte.

Beste vissticks, aardappels en eieren. Beste kipfilets, kar-
bonaadjes, courgettes en al het andere eten dat ik niet alle-
maal kan opschrijven omdat dat te lang zou duren.
Wees niet bang, ik ga jullie niet opeten. Jullie hebben niks
te vrezen van mijn gehemelte. Jullie zijn lieve engeltjes die
ik in mijn mond moet stoppen omdat anderen me daartoe
dwingen. Het is niet zo dat ik jullie niet lekker vind, maar
mijn mond zit op slot. Als ik jullie opeet, komen er chemi-
sche reacties in mijn lichaam waardoor het verandert. Mijn
lichaam is XXS en ik wil niet dat het door jullie XXL
wordt. Dat is niet jullie schuld, vooral niet van jou, lief
lammetje, maar dat is gewoon wat jullie met het lichaam

van mensen doen. Mijn aders zijn beekjes die mooi helder moeten blijven, anders zou er geen vis meer in willen zwemmen. Als er vissticks in mijn beekjes komen, wordt het water vies en dan verandert alles. Ik wilde eigenlijk helemáál geen eten meer in mijn rivieren, beekjes en meren hebben, maar in het ziekenhuis werd ik gedwongen. Als ik nu wortels, sperziebonen of appels doorslik, gaat het wel. Maar ik kan er niet tegen als er een saus over ons eten zit die glinstert als goud, zelfs al is het toch alleen maar nep. Als ik van Sidonie moet eten, terwijl ik huil omdat ik het niet wil, sleurt dat me de diepte in en dan kan ik pas weer naar de oppervlakte komen als ik alles verteerd heb.

Mijn vader noemde me vroeger zijn klaproosje. Dat vond ik fijn, want klaprozen groeien in het veld en je kunt ze van veraf zien omdat ze zo rood zijn. Maar ik heb gelezen dat ze heel snel doodgaan als ze geplukt worden. Sinds een tijdje ben ik niet meer het klaproosje van mijn vader. Dat is mijn zusje nu.

Vat het niet verkeerd op, maar ik zou graag willen dat jullie niet meer op mijn bord komen. Er zijn nog heel veel andere borden in de wereld. Daar zouden jullie naartoe kunnen gaan en dan zouden jullie van alles meemaken om verhalen over te vertellen.

Hartelijk dank voor jullie begrip. Hopelijk zijn jullie niet te boos.

Valentine.

Als we de brieven hebben gelezen, kijken we elkaar aan en begrijpen we alles veel beter dan daarvoor.

'Ik zal je iets vertellen, Slimane. Twee of drie jaar geleden ging ik met school naar het zwembad. We waren met minstens dertig of veertig kinderen. Omdat er ergens aan een huis werd gewerkt, stonden er steigers op straat. De juf twijfelde even, maar besloot toen dat we door de tuin konden gaan. Bij iedereen ging het goed. Maar toen ik aan de beurt was, sprong er een grote hond op me af die heel hard in mijn billen beet.'

'Waarom vertel je me dat?'

'Alle kinderen konden er langslopen, maar ik werd door de hond gebeten. Snap je wat ik bedoel?'

'Eh… Nee.'

'De klappen vallen altijd bij mij.'

'Van wie dan?'

'Weet ik veel. Zwaargewichten.'

Valentine die zo licht is als een veertje en klappen krijgt van zwaargewichten, dat vind ik echt onmenselijk.

'Geef ze maar aan mij, die zwaargewichten van je.'

'Hoe bedoel je?'

'Geef ze me gewoon!'

Ze tilt alle zwaargewichten uit haar hart en reikt ze me aan. Ik pak ze en geef ze een plek in mijn eigen hart, vlak naast de Engerd en mijn andere treurige herinneringen. Mijn hart is in één keer heel veel kilo's zwaarder, dus ik trek een beetje krom, maar ik ben trots dat ik de zwaargewichten van Valentine kan overnemen. Ik laat ze gewoon lekker diep binnen in mij bokswedstrijden houden zodat ze ver weg van hier knock-out kunnen gaan.

'Slimane, hoeveel feeën stonden er bij mijn wieg, denk jij?'

'Heel veel!'

'Dan waren ze zeker dronken.'

'Waarom denk je dat?'

'Je ziet toch hoe ik eraan toe ben?'

'Misschien waren hun toverstokjes wel een beetje door elkaar geraakt, maar…'

'Een beetje veel!'

'Maar weet je, ik vind je geweldig.'

'Dank je.'

'Bij mijn wieg stonden helemaal geen feeën. Alleen een Engerd.'

'Wees blij dat het er maar één was. Het hadden er net zo goed meer kunnen zijn!'

Ik denk dat ik inderdaad best geluk heb gehad. Het is toch zo, één Engerd maar, dat kon erger!

Valentine legt haar hand op mijn arm.

'Wacht!'

Ze rent naar de kamer van Sidonie en komt terug met iets in haar hand.

'Doe je shirt eens uit. Ik ga je beter maken.'

'Hè?'

'Doe nou maar wat ik zeg.'

Ik begrijp er niks van, maar doe wat ze vraagt. Even later sta ik in mijn blote bast voor Valentine. Ze neemt wat uit de fles jodium die ze in haar hand heeft, smeert het over mijn hart en plakt er een mooie pleister overheen.

'Zo. Dat is beter.'

Ze glimlacht en kijkt me stralender aan dan ooit. Ik vind jodium echt een wondermiddel.

16

Ik heb besloten Valentine mee te nemen naar Marguerite. Dat koppige oudje mag dan een hart hebben dat bedekt is met teer, als ze Valentine ziet, moet dat wel iets in haar losmaken. We sluipen naar kamer 55 en gaan zonder te kloppen naar binnen. Marguerite antwoordt toch nooit. Het ruikt muf in de kamer, alsof alle gevoelens van Marguerite te lang in een grote doos opgesloten hebben gezeten en langzaam aan het wegrotten zijn.

'Jij weer?'

'Ik heb iemand voor u meegenomen.'

Valentine staat aan de vloer vastgeplakt. Ik geef haar een duwtje, zodat ze in beweging komt.

'Hallo, mevrouw.'

Marguerite kijkt naar Valentine, die er breekbaar uitziet met de grote glimlach die ze op haar fijne gezichtje heeft. Een zweem van zachtheid komt in de blik van Marguerite. Er gebeurt iets tussen de oude dame met het taaie hart en het jonge meisje met het zachte hart.

'Je bent broodmager, jij.'

Valentine bloost en kijkt naar haar schoenen, ze weet niet wat ze moet zeggen. Ik geef in haar plaats antwoord.

'Dat is logisch, ze eet niet veel.'

'Waarom eet je niet, lief kind?'

'Omdat er al zoveel mensen op de wereld zijn, ik probeer zo weinig mogelijk ruimte in beslag te nemen.'

'Ik heb ook niks voor je, beste kind. Het is niet anders, ik mag niks meer hebben. Geen koekjes, geen chocola, niks.'

'Waarom niet?'

'Door die rottige cholesterol. Zo gaat dat als je oud wordt, dan mag je niks meer hebben.'

'Goh. Van wie niet?'

'De medische stand.'

Dat klinkt wel indrukwekkend, de medische stand. Ik zie een enorm standbeeld voor me, gemaakt van alle artsen die er zijn. Een eng monster met tentakels. Ik begin zo zacht mogelijk te praten, stel je voor dat de medische stand ons hoort.

'En als u toch eet?'

'Dan kan ik doodgaan.'

Ik zeg maar niks, maar eigenlijk lijkt het me wel wat om dood te gaan door koekjes en chocola te eten. Valentine kijkt met een peinzende blik naar Marguerite. In haar prachtige voorhoofd zitten duizenden rimpels.

'Nou zeg. Tegen mij zeggen ze dat ik doodga als ik niet eet en tegen u zeggen ze dat u doodgaat als u eet.'

We kijken elkaar alledrie aan en bedenken dat het leven echt te gek voor woorden is.

'Hoe lang heeft u al geen chocola gegeten?'

'Een eeuwigheid.'

'Waarom ligt u in het ziekenhuis?'

'Ze moesten iets doen aan mijn trombose.'

'Wat is dat, trombose? Kun je daar muziek mee maken?'

Valentine moet erom lachen. En Marguerite begint ook hard te lachen. Ik zie voor het eerst haar tanden. Ze zijn zo geel als de zon. Ze heeft er niet veel meer, maar de tanden die ze nog heeft, houden het zo te zien nog wel even vol. Al snel liggen we helemaal in een deuk en moeten we naar lucht happen. Mijn buik doet pijn van het lachen. Tranen rollen over onze wangen. Onze lichamen schokken en onze harten springen op en neer. Met elkaar produceren we energie. We zijn bezig duurzame energie te maken.

Vanavond is er een romantische film op televisie. Valentine moet erom huilen, maar mijn ogen blijven op het droge.

'Ik vind liefde stom.'

Ze kijkt me stomverbaasd aan.

'O ja? Waarom?'

'Omdat iemand die van je houdt macht over je krijgt.'

'Dat hoeft helemaal niet.'

'Jawel, dat gebeurt altijd. In het begin gaat het zogenaamd goed, iedereen houdt van elkaar, maar dan wordt het een ramp. Dan beginnen de ruzies.'

'Dus je gelooft niet in de liefde?'

'Nee. Maxence zei dat mensen alleen van elkaar konden houden als ze ieder in hun eigen huis bleven wonen en konden doen waar ze zin in hadden.'

'Daar moet je wel veel geld voor hebben!'

'Klopt. Liefde is toch alleen maar voor rijke mensen.'

'Helemaal niet. Er zijn ook arme mensen die van elkaar houden.'

'Ken jij ze?'

'…'

'Hielden jouw ouders vroeger van elkaar?'

'Miljoenen jaren geleden misschien.'

Valentine zal nooit mijn vrouw worden. Ze wordt een prachtige vrouw en ik zal altijd van haar houden, maar ik ga niet met haar trouwen. We zullen geen boodschappen doen in Bel-Est, behalve misschien om te kunnen reizen met de travelator. We zullen nooit ruziemaken over welke cornflakes we nemen en nooit kinderen krijgen. Ik zal nooit onderuitgezakt op de bank op haar wachten en bier drinken terwijl zij aan het schoonmaken is in een smerig hotel. Ik zal haar ogen niet blauw slaan, haar gezicht niet verwonden, geen bloed over haar haar laten lopen, haar lippen niet doormidden scheuren en haar leven nooit in duizend stukjes breken. Valentine mag niet in een kooitje opgesloten worden. Valentine moet kunnen vliegen als een vlinder, zodat ze naar alle tuinen van de wereld kan gaan.

17

Het is vanavond helemaal stil in het ziekenhuis. Ik stap voorzichtig uit bed, ga het raam uit en loop over de dakrand, balancerend op mijn leven. Ik ga zitten en luister goed naar de geluiden van de wereld.

'Max, hoor je me? Waar ben je? In een ster? Of is het je misschien gelukt om de maan te beklimmen? Heb je het Land zonder grote mensen al gevonden? Max, er is iemand in mijn leven gekomen: Valentine. Ze eet heel weinig. De Engerd zou tevreden zijn en zeggen dat ze tenminste niet veel geld kost. Ze at zelfs nog maar zo weinig dat ze naar het ziekenhuis is gebracht omdat ze anders helemaal zou verdwijnen. Haar armen zijn zo dun dat je haar aders kunt zien. Het lijken wel allemaal waterstroompjes. Ik weet zeker dat er heel veel gekleurde vissen in zwemmen. Valentine is veel mooier dan de zon. Ik bedoel dat ze heel mooi is vanbinnen. Wat zou het leuk zijn geweest als ze met ons mee had kunnen gaan op de travelator! Dan zouden we een hele hoop landen hebben bezocht en lol hebben gehad. Ik heb ook een oude mevrouw leren kennen. Ze heet Marguerite. Ze is heel gemeen, maar ik vind haar toch lief. In het begin wilde ze steeds dat ik wegging als ik bij haar langskwam. Nu vindt ze me wel aardig. Ik denk zelfs dat ze eigenlijk niet kan wachten tot ik weer kom. Logisch, want verder krijgt ze helemaal geen bezoek. Volgens mij kan het haar familie niks schelen dat ze ziek is. Ze ligt in het ziekenhuis omdat ze trombose had. Ik denk eigenlijk dat ze niet meer kon ademen doordat ze te vaak gemeen is geweest. Net zoals dat gaat bij bomen en vervuiling, waarover jij wel eens vertelde. Misschien kunnen mensen niet meer ademen als al het lieve uit hun hart wordt gehaald. En dan moeten ze naar het ziekenhuis om gerepareerd te worden. Nu neem ik Valentine mee, want als Marguerite haar ziet, doet ze veel aardiger. Niemand kan onaardig doen tegen Valentine. Weet je, ik mis je heel erg.'

Ik luister goed om te horen of hij antwoord geeft. Op sommige avonden voel ik dat hij heel dichtbij is. Op sommige avonden weet ik gewoon dat hij nooit dood zal zijn.

Midden in de nacht word ik wakker omdat er zacht op mijn deur wordt geklopt. Ik sta op en doe met bonzend hart open. Voor mijn neus staat Valentine, met een slaperig gezicht en een kussen tegen zich aangedrukt.

'Ik kan niet slapen.'

'Waarom niet? Ben je aan het piekeren?'

'Nee. De slaap heeft gewoon geen zin in mij.'

'Kom maar.'

Ik doe de deur achter haar dicht en loop met haar naar mijn bed. Ze kruipt onder de deken. Ik ga naast haar liggen en we omhelzen elkaar. Valentine is zo zacht als een veertje.

'Als je niet kunt slapen, moet je bloemen, tekeningen en speelgoed naast je bed leggen.'

'Waarom?'

'Om de slaap tevreden te stellen.'

Haar haar kriebelt tegen mijn wang.

'Wat is de ziel?'

'Maxence zei dat het onze drijfveer is.'

'Zoals een boei in het water?'

'Inderdaad. Een boei waaraan je je vast kunt houden om niet te verdrinken.'

'Maar soms zijn er geen boeien en moet je zelf zwemmen.'

Ik pak haar hand vast. Tintelingen gaan door mijn hele lijf.

'Denk jij dat de Engerd een mens is?'

'Nee, hij is een onmens.'

'Ik zal nooit kinderen krijgen. In mijn buik zullen alleen dromen groeien.'

'In de mijne ook, net als bij jou.'

Haar wimpers kriebelen tegen mijn wang. Vlinderkusje. Haar neus wrijft tegen de mijne. Eskimokusje. Haar kin streelt de mijne. Lieveheersbeestjekus. Haar wang knuffelt de mijne. Maneschijnkusje. Haar mond op de mijne. Suikerspinkus. Haar tong zachtjes langs de mijne. Valentinekus.

Valentine en ik zullen mooie dromen op de wereld zetten. Met toverstokjes om de wereld veel mooier te maken.

We vallen tegelijk in slaap, alsof we samen van de duikplank springen boven een bad met roze snoepspekjes.

Twee gevoelige harten die samen kloppen en zwieren in de nacht.

Toen Sidonie 's morgens binnenkwam, zag ze ons tegen elkaar aan liggen. Ze zei niks, want ze begrijpt altijd alles zonder vragen te stellen.

18

Mama is weer huilend mijn kamer uit gegaan, alleen werd ze deze keer in de gang opgewacht door Valentine, die haar mee heeft genomen naar haar kamer. Ze zitten daar nu al een uur samen. Irritant vind ik dat. Ik vraag me af waar ze het over hebben. Ik leg mijn oor tegen de deur, maar hoe ik me ook draai, ik hoor helemaal niets.

Opeens gaat de deur open en staat mama tegenover me. Wat een afgang. Ik was nog bijna gevallen ook. Valentine moet erom lachen.

'Wat doe jij hier, Slimane?'

'Eh... Niks... Ik was in de buurt.'

Ik ren snel weg en sluit me op in mijn kamer om mama niet te hoeven zien. Zelfs als ze haar zonnebril op heeft, durf ik niet naar haar ogen te kijken. Het is zoals met een woord dat je probeert weg te gummen, maar dat steeds weer terugkomt. Iedere keer als ik mama zie, hoor ik dezelfde zin in mijn hoofd: Het is jouw schuld! Het is jouw schuld! Een zin die lijkt op een mes, een zin die alles wat lief is kapotsnijdt en mijn hart met as bedekt. Ik word overvallen door een verlangen naar vroeger. Naar Maxence, met zijn kristalblauwe ogen, zijn duizelingwekkende ideeën en zijn ziel die zo helder was dat hij verbrandde door de zon.

Valentine klopt op de deur, maar ik geef geen antwoord, zodat ze begrijpt dat ik echt alleen wil zijn.

Ik schrijf vaak briefjes die ik op allerlei plekken achterlaat: tussen de takken van bomen, in de tuinvijver, onder kasten, onder het kussen van Valentine, in de kamer van dokter Lemoine... Als een soort flessen in zee. Valentine wil altijd weten aan wie ik schrijf.

'Zijn ze voor iemand in het bijzonder?'

'Nee. Voor iemand in het algemeen.'

Vroeger droomde ik de hele tijd. Mijn gedachten waren een vliegend tapijt. Maxence was altijd in de buurt om me terug te halen als ik te ver weg ging. Hij bracht me naar een veilige haven waar ik rustig terug kon komen in het echte leven. Maxence was een luchtverkeersleider in dromenland. Nu hij in het Land zonder grote mensen is, moet ik een touw om de werkelijkheid heen binden om mijn weg terug te vinden. Ik moet mezelf heel goed vastbinden voordat ik wegvlieg. Als ik dan terug wil, trek ik heel hard aan het touw en land ik zo zacht mogelijk, zodat alle gemene dingen vooral niet weten dat ik er weer ben.

Valentine praat nu iedere keer met mama als ze op bezoek komt. Mama zit zelfs langer bij haar dan bij mij. Ze sluiten zich op in haar kamer. Ik heb geen idee waar ze het over hebben. Valentine doet altijd heel geheimzinnig als ze mijn moeder heeft gezien. Dan kijkt ze me aan met zo'n blik van: 'Laat maar, Slimane. Je begrijpt het toch niet.' Irritant vind ik dat.

'Weet je Slimane, het is niet je moeders schuld dat je broer dood is.'

'Wel. Het is wel haar schuld.'

'Niet. En als je niet zo stom deed, zou je het wel begrijpen.'

'Wat weet jij daar nou van? Je zit al maanden opgesloten in een kamer en raakt helemaal in paniek als je een stronkje broccoli ziet. Je weet helemaal niks van het leven!'

'Je hoeft niet zo gemeen te doen. Ik probeer alleen maar te helpen.'

'Nou, wat een hulp! Laat maar zitten, ik kan het heel goed alleen.'

Valentines borst zwelt op van boosheid. Onze blikken knallen tegen elkaar aan. Gemene woorden willen uit onze mond komen, maar onze kaken blijven stevig op elkaar geklemd, want wat gezegd is, is gezegd en kan niet meer teruggenomen worden. Valentine doopt haar blik in pikzwarte inkt en smijt hem in mijn gezicht. Dan draait ze zich om en slaat de deur achter zich dicht. Valentine mag dan heel dun zijn, als ze niet blij is, slaat ze graag met deuren.

19

Dokter Lemoine is terug van vakantie. Toen hij weg was, zaten wij opgescheept met een vervangster. Ik kon haar meteen al niet uitstaan, dat mens, met die domme vragen van haar. Dokter Lemoine is helemaal bruingebrand, alsof hij een paar maanden met de zon heeft geslapen. En ik heb zin om te mokken.

'Prettige vakantie gehad?'

'Heel prettig, dank je.'

'Voor ons was het allesbehalve prettig, mocht dat u iets kunnen schelen.'

'Ben je boos dat ik op vakantie was?'

'Nee! Ja!'

'Vind je niet dat ik ook recht heb op vakantie, af en toe?'

'...'

'Hoe ging het?'

'De vervangster is echt dom. Ze begrijpt er geen bal van.'

'Wat begrijpt ze niet?'

'Haar analyses van het leven zijn gewoon knip- en plakwerk uit studieboeken. Daar heb je niks aan, waardeloos.'

'Nou ja. Nu ben ik er weer.'

'En wanneer is de volgende vakantie?'

'Voorlopig niet.'

'Houdt u me op de hoogte?'

'Ik hoop eigenlijk dat jij voor de volgende vakantie thuis bent, Slimane.'

'Ik wil niet naar huis.'

'Waarom niet?'

'Daarom niet.'

'Wil je me niet vertellen wat er thuis gebeurt?'

'…'

'Is je moeder thuis?'

'Ja.'

'Wat is je moeder voor iemand?'

'Maxence zei dat volwassenen fouten maken en dat ze het daarna niet kunnen opbrengen om helemaal opnieuw te beginnen. En ook dat volwassenen tralies om hun leven zetten.'

'Is dat wat je moeder gedaan heeft?'

'…'

'En je vader?'

'Ik heb geen vader!'

'…'

'Hij is geen vader, hij is een Engerd.'

'Wat voel je voor hem?'

'Niks. Ik voel niks.'

'Waarom niet? Is hij gemeen?'

'Het is zijn schuld! Het is de schuld van hen allebei!'

'Wat is hun schuld, Slimane?'

'Dat Maxence ver weg is gevlogen.'

'Hoezo? Wat hebben ze gedaan?'

'…'

'Was de Engerd gemeen tegen Maxence?'

'Hij heeft zijn leven vertrapt. Daarom is Maxence weggegaan.'

'En je moeder?'
'…'
'Kijk me eens aan, Slimane.'
'Ik wil u niet aankijken. Ik wil dood!'
'Nee. Je wilt niet dood, je wilt ophouden niet meer te bestaan.'

In mijn lichaam komt een grote vloedgolf opzetten. Zoals ik wel eens met Maxence op televisie heb gezien in een programma over de Mont-Saint-Michel. Ik word omringd door water. Het komt omhoog en stroomt overal over.

'Slimane, er bestaan oplossingen voor zulke situaties. Ik zal het er met je moeder over hebben.'
'Nee! U mag er niet met haar over praten!'
'We hebben hier juridische hulp beschikbaar.'
'Wat?'
'We werken met advocaten…'
'Nee! Geen advocaten! Geen advocaten!'
'Slimane, maak je geen zorgen.'
'Maar… moet de Engerd dan naar de gevangenis?'
'Nee. Mannen als je vader kunnen hulp krijgen.'
'Zoals in het ziekenhuis?'
'Precies.'
'En mama dan… blijft die alleen achter?'
'Nee. Niemand blijft alleen. We gaan het oplossen, geloof me nu maar.'

Ik kijk naar dokter Lemoine en weet niet zeker of het waar is wat hij zegt. Ik had nooit over mama en de Engerd moeten praten. Nu moeten ze door mij naar de gevangenis en krijgen ze misschien zelfs de doodstraf.

'Vergeet wat ik heb gezegd! U moet er vooral niet over praten… echt niet!'

Ik sta op en ren zo snel mogelijk weg om alles wat ik gezegd heb te vergeten.

Ik ga naar de afdeling verloskunde, daar ben ik veilig. Het is de enige plek waar ik me nu prettig voel. Het is er heel rustig als de baby's slapen. Er liggen baby's in allerlei kleuren. Eentje vind ik het liefst: mijn zwarte prinsesje. Het lijkt wel of ze in een tekenfilm zit en niet in het echte leven. Ze heeft zulke kleine handjes dat ik me haast niet kan voorstellen dat ze ooit groot worden. Als ik naar haar kijk, krijg ik weer hoop. Ik hoop dat al deze baby's in een goed jaar geboren zijn. Een jaar waarna er geen onrecht en Engerds meer zullen bestaan.

Een verpleegster pakt me bij mijn arm.

'Hé! Wat doe jij hier?'

'Niks. Ik ben op doorreis.'

'Je mag hier absoluut niet zijn.'

'Ik doe geen kwaad. Ik geniet alleen maar van hoe lief ze zijn.'

Ik maak me van haar los en ga er snel vandoor. Eigenlijk had ik best nog een tijdje willen kijken naar mijn zacht brabbelende zwarte prinsesje. Als zij naar me lacht, is dat als balsem op mijn wonden.

20

In de gebedsruimte voor de joden werkt een rabbijn. Een rimpelige, oude man. Hij praat zoals in boeken, met zinnen vol woorden waarvan ik niet eens wist dat ze bestonden.

'Meneer, mag ik u een vraag stellen?'

'Natuurlijk! Hoe heet je?'

'Slimane.'

'Ben je joods?'

'Dat zou ik echt niet weten.'

'Wat is je moeder?'

'Uitgeput.'

'Is ze atheïst?'

'Heeft dat iets met thee te maken? Daar houdt ze helemaal niet van, ze drinkt alleen koffie. Net als de Engerd.'

Hij schrikt.

'De Engerd?'

'Mijn vader.'

Hij lijkt opgelucht.

'Is je vader joods?'

'Nee. Hij is gemeen.'

De rabbijn glimlacht heel aardig naar me. Hij heeft lieve ogen, ogen die je hart verwarmen.

'Maar wat houdt jood zijn eigenlijk in?'

'Jood zijn, betekent deel uitmaken van een geloof dat de mensheid het monotheïsme heeft gebracht en de universele waarden die daar al meer dan drieduizend jaar mee samengaan.'

'Op televisie heb ik wel eens iets gezien over de Grote Verzoendag. Wat is dat precies?'

'Dat is een dag van berouw, hereniging en vergiffenis.'

'En wie moet je dan vergeven?'

'Degene die je het meest pijn heeft gedaan bijvoorbeeld.'

Ik denk aan de Engerd. Ik moet er niet aan denken om hem een grote zoen te geven...

'Wat heeft het voor zin om iemand te vergeven?'

'Dan voel je geen haat meer.'

'Ik vind dat het soms wel goed is om haat te voelen.'

'Wanneer dan bijvoorbeeld?'

'Als je met iemand moet leven die je pijn doet.'

'Zoals wie?'

'...'

'Ik begrijp wat je bedoelt.'

'Echt waar? Heeft u zoiets meegemaakt?'

'En jij?'

'Ja.'

'Je moet wel oppassen met haat, want als die eenmaal in je hart zit, gaat hij niet meer weg.'

'Hoezo niet?'

'Omdat je er gewend aan raakt.'

'Dus haat gaat niet weg als je hem niet meer nodig hebt?'

'Helaas niet. Haat lijkt op onkruid in de tuin. Als je dat niet steeds weghaalt, groeit het uiteindelijk over alles heen.'

'Geen probleem, ik heb geen tuin.'

Hij glimlacht.

'Waarom mogen vrouwen geen rabbijn worden?'

'Vrouwen hoeven niet te bidden. Zij hebben de openbaring al gehad.'

'Volgens mij is dat niet de echte reden.'

'En wat is dan wel de echte reden?'

'Dat het makkelijker is voor u, omdat de vrouwen couscous kunnen maken terwijl u bidt.'

Hij kijkt me fronsend aan. Ik probeer snel iets te bedenken om me te verontschuldigen, maar hij barst al in lachen uit. Pfiew, ik dacht echt even dat ik een blunder had gemaakt!

21

Vandaag heb ik besloten om Marguerite blij te maken en te verwennen. De afgelopen dagen heb ik het chocoladereepje dat we bij de thee krijgen bewaard. Ik laat Valentine de buit zien. Ze vindt het een beetje eng.

'Ze zei dat ze zulke dingen niet mag eten. Denk je dat er iets ergs kan gebeuren?'

'Iets wat erger is dan opgesloten zitten in een ziekenhuiskamer en niks mogen? Nee, dat denk ik niet.'

We sluipen als twee schaduwen door de gangen. Met Valentine voel ik me net een wolk. Vaak hangen er wolken tussen mensen waardoor ze elkaar niet zien. Iedereen draagt zijn eigen wolken mee, als een mistbank die hoe langer hoe dikker wordt. Soms kun je elkaar er vaag doorheen zien, maar bijna nooit helemaal. Eigenlijk zouden in die wolken dingen moeten staan, zoals in stripballonnetjes, maar dan dingen die we niet tegen elkaar durven te zeggen.

Ik heb een hekel aan de geur die op de afdeling geriatrie hangt. Het ruikt er naar de dood, die afwacht en rustig over de ijskoude vloertegels wandelt, de dood die hier overal aanwezig is. De deur van kamer 55 staat op een kier. Ik hoor de stem van een dokter. Valentine en ik verstoppen ons in een hokje waar bezems, dweilen en ontsmettingsmiddelen staan. Valentine leunt tegen me aan. Ze is zo dun dat ik al haar botten tegen mijn huid voel drukken. Ik zou hier wel mijn hele leven willen blijven staan.

De dokter komt de kamer van Marguerite uit. Zijn zware pas klinkt in de gang. Valentine en ik houden onze adem in. Zodra alles weer stil is, stappen we naar buiten. In kamer 55 ruikt het naar ontsmet verdriet.

'Joehoe, Marguerite…'

'Ben je daar weer! Wat moet je?'

Marguerite heeft vandaag een pesthumeur. Ze heeft een blik van ik-zal-je-wat en een gezicht als een driedubbeldichte-ijzeren-kluisdeur. Valentine verstijft meteen en weigert naar binnen te gaan.

'U maakt Valentine bang, Marguerite.'

'Is Valentine bij je?'

'Niet lang meer als u zo doorgaat.'

'Valentine?'

Valentine geeft geen antwoord. Ze wil haar ogen dichthouden voor alle gemene dingen. Ik pak haar hand vast en trek haar naar me toe. Ze strubbelt een beetje tegen, maar ze is niet zo sterk, dus ik krijg haar de kamer in. Ongelofelijk wat ze met Marguerite doet. Zodra die Valentine ziet, met haar blonde haar en haar uiterlijk van een breekbaar poppetje, kan ze het niet helpen dat ze diep vertederd raakt door het kleine, verdrietige meisje dat voor haar staat. Een meisje dat dwaalt door de steegjes van haar leven, dat een verpulverd hart heeft en ieder moment vanbinnen tot ontploffing kan komen. Een meisje dat onzichtbaar is en veel te veel dingen weet voor haar leeftijd, zelfs al zou ze honderd jaar oud zijn.

'Kom eens hier, liever d. Kom eens bij me!'

Ik geef Valentine een duwtje. Of liever gezegd, ik blaas tegen haar zodat ze in beweging komt.

'Geef me je hand.'

Valentine steekt haar hand uit naar Marguerite.

'Lief kind, je hand is ijskoud!'

'Maakt u geen zorgen, Marguerite. Ze heeft altijd zulke koude handen. En voeten trouwens ook. Eigenlijk is haar hele lichaam koud, dat komt door de anorexia, die heeft de verwarming stukgemaakt.'

Marguerite kijkt oprecht bezorgd. Ze speurt de kamer af, op zoek naar iets om aan Valentine te geven, maar dan valt haar blik op de pot waarin ze vannacht geplast heeft en geeft ze het maar op. De lieve oma uithangen past ook eigenlijk niet bij haar. Marguerite zucht.

'Ik had dat toen ik in de overgang zat.'

Ik kijk haar vragend aan.

'De wat?'

'De overgang, de menopauze.'

'O!'

Valentine draait zich naar me om en legt het uit.

'Je weet wel... De menopauze, als je lichaam een pauze neemt.'

'Marguerite, mensen met wit haar zijn helemaal zuiver, toch?'

'Nee hoor. Iedereen krijgt uiteindelijk wit of grijs haar, zelfs dictators.'

Valentine gaat op de oude stoel tegenover Marguerite zitten.

'Wat is een dictator precies?'

'Iemand die dictees maakt met heel veel grote fouten erin.'

Marguerite moet om mijn uitleg lachen.

'Maar hoe mensen zich in hun hart voelen, kun je op hun gezicht lezen, toch?'

'Als ze al een hart hebben, ja.'

'Ik dacht eerst dat u geen hart had.'

'En nu?'

'Nu denk ik dat u er wel een heeft. Alleen doet het het niet altijd.'

'Dat komt omdat mijn hart gewend is het niet te doen.'

'Eigenlijk moeten er gewoon nieuwe batterijen in.'

'Zo is het.'

Valentine legt haar handen op haar hart.

'Mijn hart is veel te gevoelig.'

'Het mijne ook. Eigenlijk is mijn hart zo zwaar dat ik in het vliegtuig voor extra bagage zou moeten betalen.'

'Dan moet je het uitstorten.'

'Maar waar moet ik alles laten dat eruit komt?'

'Bij het grofvuil.'

Marguerite fronst haar wenkbrauwen en kijkt ons streng aan.

'Het wordt tijd dat jullie wat spierballen kweken in jullie hart, jongens, anders gaan jullie het niet redden in deze wereld!'

'En hoe gaan we dat doen?'

'Dat is niet zo moeilijk: je hoeft alleen maar te denken aan vreselijke dingen die je pijn doen en net zo lang vol te houden tot je niks meer voelt. Dat is gewichtheffen voor je hart. Je zult zien dat je steeds zwaardere dingen kunt hebben als je genoeg traint.'

Valentine en ik kijken elkaar aan. Wij hebben zoveel slechte herinneringen dat we enorm zware gewichten kunnen maken om mee te trainen. We zien ons al staan: twee lichtgewichten met een bodybuildershart. We moeten er wel om lachen.

'Jullie hebben nog een heel leven voor je, lieve kinderen.'

'Alsof we daar zin in hebben.'

'Er is nog zoveel dat jullie gaan meemaken!'

'Dat is precies waar we bang voor zijn.'

'Ach, Slimane, weet je wat ze zeggen: verloren tijd komt nooit weer... Kijk nou toch hoe ik eraan toe ben...'

Ik vind het helemaal niet leuk als Marguerite verdrietig is. Dan heb ik nog liever dat ze gemeen is.

'Marguerite, kijk eens wat we hebben meegenomen!'

Ik laat haar in de tas kijken. Ze ziet de chocoladerepen en meteen begint het te regenen op haar wangen.

'O, kinderen! Mijn lieve kinderen!'

Marguerite eet de repen op. Ze heeft al jaren geen chocola gegeten. Ze laat hem smelten in haar mond, heel langzaam, met haar ogen dicht. Valentine kijkt toe en begrijpt niet hoe ze er zo van kan genieten. Ineens barst ik in lachen uit en kan ik niet meer ophouden. Als een donderslag bij heldere hemel wordt ook Valentine door de slappe lach gegrepen. Ze moet zo hard lachen dat de tranen over haar wangen beginnen te rollen en op de grond uit elkaar spatten. Dan begint zelfs Marguerite, de oude, kille en koppige Marguerite, te schaterlachen. Haar slappe huid wiegt heen en weer en de infuus-slangetjes doen mee. Ze heeft een chocoladelach: over haar tanden, die geel zijn van het lange kauwen op het leven, zit een bruin laagje.

Vandaag had ik gedoe met Romain over de televisie en toen hebben we ruziegemaakt. De hele ochtend zat ik in mijn hoofd te malen over alle lelijke dingen die hij gezegd had en probeerde ik nog lelijkere dingen te bedenken om hem mee in te peperen. Maar opeens dacht ik aan Maxence, die altijd zei dat je je nooit tot hetzelfde niveau moest verlagen. Dat je in het leven juist altijd omhoog moest klimmen. Toen heb ik al mijn boosheid en al mijn vlijmscherpe woorden ingeslikt en ben ik naar de afdeling verloskunde gegaan.

Mijn zwarte prinsesje doet haar ogen open. Ze brabbelt. Ik vergeet meteen alle slechte dingen die ik bedacht had. Mijn hart smelt, mijn hart wordt zacht en licht. In de gang klinken voetstappen.

'Hallo. Hoe heet jij?'

Ik draai me om. Voor mij staat een heel mooie vrouw die erg op mijn zwarte prinsesje lijkt.

'Eh… Slimane… Ik wilde niet…'

Ik stap achteruit om weg te lopen, maar ze glimlacht heel aardig naar me.

'Ik doe geen kwaad…'

'Dat weet ik.'

'Is ze uw dochter?'

'Ja.'

'Ik vind het fijn om naar haar te kijken. Ze is zo mooi dat ik alle slechte dingen vergeet.'

Ze geeft geen antwoord. Ze glimlacht alleen maar.

'Hoe heet ze?'

'Melissa.'

'Is ze een prinses?'

'Nee, ik geloof van niet…'

'Ik weet zeker van wel. Mag ik u iets vragen?'

'Natuurlijk!'

'Wilt u beloven dat… dat er in haar leven geen Engerd zal zijn…'

'Een Engerd?'

'Is haar vader… aardig?'

'Heel aardig.'

'Drinkt hij niet te veel alcohol?'

Ze kijkt me in de ogen en legt een hand op mijn schouder.

'Nee. Maak je geen zorgen. Wil je haar even vasthouden?'

'O, nee hoor, ik weet niet hoe dat moet!'

'Ik help je wel.'

Ze pakt voorzichtig het zwarte prinsesje op en legt haar in mijn armen.

'Kijk, zo doe je dat. Hou je hand maar onder haar hoofdje om het te ondersteunen.'

Ik doe alles wat ze zegt en sluit mijn ogen. Het hartje van Melissa klopt vlak naast het mijne. Ik hou mijn neus bij haar hoofdje. Het ruikt naar een leven zonder verdriet, een heel nieuw leven, een leven vol glimlachen. Een leven zonder Engerd.

22

Op 21 maart is Marguerite overleden. Verwelkt als een margrietje, precies op de eerste lentedag. Ik weet zeker dat ze expres die datum heeft gekozen, om de zon nog netjes gedag te kunnen zeggen. Valentine en ik twijfelden heel erg of we moesten huilen. We voelden diep vanbinnen een zware regenbui, een soort verwoestende moesson. Maar we herinnerden ons ook hoe Marguerite in haar sombere kamer lag, met een infuus in de oude huid van haar arm geprikt, en toen verdwenen alle wolken in ons. De laatste keer dat Valentine en ik bij Marguerite waren, hadden we haar voorgelezen. Een feest van woorden was dat. Ze smulde van komma's en uitroeptekens, keek een beetje sip bij punten aan het eind van zinnen, liet zich meevoeren door levens tussen haakjes en streepjes.

'Ik weet wel waar Marguerite is.'

Valentine kijkt me vreemd aan.

'Waar dan?'

'In een ketel met chocola.'

We hebben een chocoladereep in kleine stukjes gehakt en in de tuin uitgestrooid. Ik heb wel eens gezien dat ze dat met de as van mensen doen. Het leek me dat er voor Marguerite geen betere as bestond dan een chocoladereep. Daarna hebben we een gebed opgezegd voor de koning van alle chocola en hem gevraagd Marguerite tot zijn rijk toe te laten en haar te benoemen tot chef-fijnproever voor altijd.

In Valentines kamer staat een tafeltje waar we vaak onder gaan zitten. We hebben er een grote zon van geel vilt, hemelsblauwe wolken en sterren in alle kleuren opgeplakt, zodat we ons er op stormachtige dagen veilig voelen. Het is een plek geworden waar we niet meer zonder kunnen als we ons te ongelukkig voelen. We worden er weer rustig. Zelfs Romain gaat er wel eens zitten als hij verdriet heeft. Valentines tafeltje is een soort telefoonoplader, maar dan voor ons.

Valentine komt eronder zitten en ik zie meteen dat ze verdrietig is.

'Huil je?'

'Nee!'

'Zijn dat geen tranen dan?'

'Nee, dat zijn regendruppels.'

'Het regent helemaal niet.'

'Nou, ik heb geen idee waar het dan vandaan komt.'

'Waarom huil je?'

'Ik huil niet, mijn ogen huilen.'

'Komt het doordat ze aan het piekeren zijn?'

'…'

We zouden onze gedachten moeten schoonmaken met bleekwater. We zouden ze flink moeten boenen, schuren, poetsen en afspoelen om ze mooier te maken.

De vochtige ogen van Valentine maken me onrustig. Haar dunne lijf schokt van verdriet en ik krijg kriebels in mijn hart. Ik word er helemaal duizelig van.

'Jouw ogen lijken op een spiegel, Slimane. Als ik erin kijk, vind ik mezelf mooi.'

'Door die spiegel zie ik alles wat jij doet.'

'En zie je ook wat ik denk?'

'Soms wel. Maar ik ben een beginnende spiegel, ik heb nog veel te leren.'

'Je wordt een grote spiegel, Slimane. Een spiegel waarin alleen maar mooie dingen te zien zijn.'

Ze glimlacht en kijkt me in de ogen, met een blik die zachter is dan een veertje.

23

Valentine eet nu bijna normaal. Ze denkt niet meer dat iedere hap een steen is die haar naar de bodem van de zee zal trekken. Ze leeft niet meer aan de rand van de afgrond en is niet meer duizelig van de honger. Toch heeft ze het soms wel moeilijk. Dan blijft ze stilzitten en zoekt ze mijn blik. Ik hoor alles wat ze me in stilte zegt en ik antwoord zonder een woord uit te spreken. Als ze me heeft begrepen, pakt ze haar vork en begint ze langzaam op het eten te kauwen. Ze maakt er puree van, zodat het zo min mogelijk ruimte inneemt in haar lichaam.

Epiloog

Valentine is een paar weken geleden naar huis gegaan. De dokters van het ziekenhuis hebben met haar ouders gepraat en zullen dat heel regelmatig blijven doen om de 'omstandigheden die de anorexia verergeren' weg te nemen. De ergste daarvan is het gebrek aan liefde. Dat komt goed uit, want ik heb heel veel liefde aan Valentine te geven.

Het was Dokter Lemoine die mij vertelde dat ik ook naar huis mocht. Mijn hart kneep samen als een spons, want ik kon me niets meer voorstellen bij mijn 'thuis'. Dokter Lemoine keek me aan met een blik van maak-je-geen-zorgen-ik-begrijp-wat-je-voelt. Dat is een heel bijzondere blik, met ogen in de vorm van hartjes, die me het gevoel geeft dat ik boven op een hoge berg sta, waar de lucht heel, heel schoon is. Dokter Lemoine ging mijn toekomst voorspellen en zei dat mijn moeder veranderd is en dat zij en ik samen heel gelukkig worden. Ik geloofde er niks van en in mijn hoofd begon het hard te bonken. Ik hoorde een soort hardrockdeuntje: En de Engerd? En de Engerd? Alleen de gedachte al maakte me aan het klappertanden. Zelfs mijn hart begon te klapperen, maar dat kon alleen ik voelen. Ik dacht aan wat Maxence een keer had gezegd, namelijk dat je van tanden helemaal geen plezier kunt hebben omdat ze vol zenuwen zitten die pijn doen, bij de tandarts bijvoorbeeld. Zo had ik er nog nooit over nagedacht en ik heb vaak met mijn vingers over mijn tanden gewreven om te kijken of het zo was. Eigenlijk had

Max wel gelijk, want ik heb nooit plezier gehad van mijn tanden. Daarom doen ze niks anders dan klapperen.

Dokter Lemoine vertelde me dat de mensen van de juridische hulp gezorgd hebben dat mama weer sterk is. Dat ze haar leven met de Engerd in een zak hebben gestopt en in de vuilnisbak hebben gegooid. En dat mama in de tussentijd veel gepraat heeft met een zielendokter, die je helpt om weer heel te worden.

Dokter Lemoine legde ook uit dat de mensen van de juridische hulp de Engerd hebben opgeroepen. Dat was vast geen leuke verrassing voor hem! Ik heb geen idee wat hij ze verteld heeft, maar volgens dokter Lemoine is hij naar een speciale inrichting gestuurd, waar mensen een kuur kunnen volgen die antialcohol en antigeweld is. Daar moet hij een paar maanden blijven, net zo lang tot hij beter is en begrijpt waarom hij ons de hele tijd wilde slaan.

Dokter Lemoine was erbij toen mama me uit het ziekenhuis kwam halen. Ze stond voor me, wiebelend van haar ene op haar andere been, en zei niks. Ik durfde haar niet aan te kijken, dus deed ik mijn ogen maar dicht om naar mijn hart te luisteren. Eerst was het stil, maar langzaam hoorde ik een zacht gebons opkomen en toen begreep ik dat het weer voor mama ging kloppen. Ik dacht aan alle keren dat Valentine mijn hart met jodium had ingesmeerd, er pleisters op had geplakt en er zelfs verband omheen had gedaan om al mijn wonden te genezen. Toen dacht ik zo hard aan Maxence dat het leek alsof hij bij ons was en keek ik omhoog. Mama's ogen kwamen meteen op me af gezoefd. Het was alsof we ons hele leven van vroeger voorbij zagen komen, maar van heel ver weg. Ik glimlachte naar haar, een beetje zoals Pitbull, met een verdrietige en een blije kant, en liet me in haar armen vallen. Ze omhelsde me heel stevig en huilde van blijdschap, en ik dacht: eindelijk, we zijn gered.

Laatst hoorde ik dokter Lemoine tegen mama zeggen dat de Engerd, toen hij klein was, zelf door zijn vader geslagen werd. Het schijnt dat psychologen dat 'nabootsing van gewelddadig gedrag' noemen. Kortom, de Engerd is 'atavistisch'. Toch deed het me goed om me voor te stellen hoe hij een flink pak slaag kreeg.

Ik heb nu een heel nieuw leven. Het vorige was te ingedeukt en dat mochten we omruilen. We mochten zelfs verhuizen naar een andere flat, die veel mooier is dan waar we eerst woonden. Het is er netjes en de buren zijn aardig. Ze zeggen gedag als je ze tegenkomt en de lift is nooit stuk. Er hangt een spiegel waar mama in kijkt en haar haar goed doet voordat ze gaat werken. Ze maakt geen kamers meer schoon in het hotel bij de snelweg. Ze heeft een echte baan als caissière in een supermarkt gevonden en een heleboel vrienden gemaakt. Twee keer per week gaat ze naar schildercursus en ze doet yoga om rustig te blijven. Valentine en ik denken trouwens dat ze verliefd is op de leraar, want iedere keer als ze het over hem heeft, gaan haar ogen schitteren.

Ik vind het mooi als ze haar hand door haar nieuwe blonde haar haalt. Het lijkt wel vanillevla. Soms pakken we elkaar vast en omhelzen we elkaar stevig. In die omhelzingen zitten Maxence, onze blauw geslagen ogen, gescheurde lippen, helse avonden, loodzware ochtenden, de stroompjes bloed op de keukenvloer, haar werkdagen in het hotel, mijn maanden in het ziekenhuis, de Engerd die zweert dat hij zal veranderen, en alle andere herinneringen aan ons leven van vroeger. Maar meteen daarna kijken we elkaar aan en glimlachen we, omdat we samen zijn, met zijn tweeën, in ons nieuwe leven, dat voor ons uitgerold ligt als taartdeeg. En nu mogen wij beslissen waarmee de taart gevuld wordt.

Zaterdag is Hugo jarig. Hij wordt dertien. Valentine gaat met mama een chocoladetaart bakken en we nodigen al onze vrienden uit. Nou ja, al onze vrienden, dat zijn er niet zoveel. Eigenlijk komen alleen Hugo, Valentine en ik. Maar dat is een begin. Hugo heeft weer haar. En Valentine is niet mager meer, maar slank. Laatst zei ze tegen me dat het leven eigenlijk veel makkelijker is als je eet en dat ze nu begrijpt waarom mensen zoveel energie hebben. Voor haar is dat moeilijk. Zij zou het liefst hebben gehad dat energie zomaar uit de lucht komt vallen, zodat ze op haar eigen manier oprecht zou kunnen leven. Op de spiegels in haar kamer heeft ze poppetjes getekend met ogen, een mond, haar en alles erop en eraan. Poppetjes in allerlei kleuren, die naar haar lachen als ze in de spiegel kijkt, zodat ze zichzelf altijd mooi vindt. Het zijn bijzondere spiegels, die heel veel reflecteren.

Valentine, Hugo en ik hebben bedacht om iedere zondag 'open huis' te houden voor kinderen die ongelukkig zijn. Zodat ze bij ons kunnen komen schuilen. We gaan ze reserveharten geven voor de dagen waarop het onweer losbarst en we zullen ze beschermen tegen alle Engerds.

Maxence is heel blij, want wij zijn nu zijn ambassadeurs op aarde geworden. We hebben zelfs een handvest geschreven voor het Land zonder grote mensen:

Wij zullen altijd kinderen met zonnige ogen blijven, ook als we grote mensen zijn. We zullen ons altijd herinneren wat we allemaal hebben gezien. Nooit zullen we vergeten dat er kinderen zijn die met Engerds moeten leven, niets te eten hebben, nooit cadeautjes krijgen voor Kerstmis, geen tekeningen hebben om in hun kamer op te hangen, moeten werken en niet vol dromen naar de hemel kunnen kijken. Kinderen die nooit naar school gaan en bij wie de tandenfee niet langskomt om centjes onder hun kussen te leggen. Al die kinderen die geen ouders hebben om van te houden, geen knuffel om tegen zich aan te drukken, geen toekomst. Nooit zullen we al die kinderen vergeten die met angst in hun buik in slaap vallen en wakker worden door oorlogsgeluiden, die wapens hebben gekregen, die verbrijzelde botten hebben van alle klappen, die nooit voorgelezen krijgen en die zelfs als ze wakker zijn nachtmerries hebben. Kinderen die niet willen eten, niet groot willen worden, die eenzaam in het donker huilen, die met een mes verhalen op hun lichaam schrijven, die doodgaan omdat het ze niks meer kan schelen. Nooit zullen we de ellende vergeten van al die kinderen die een leven vol littekens hebben en die wanhopig hun hand naar ons uitsteken, op zoek naar hulp.

Hugo, Valentine en ik zullen iets kunnen betekenen. We zullen anderen helpen als we later groot zijn. Echt waar, beloofd. Ongelukkige kinderen zullen we in onze netten vangen en pas weer vrijlaten als ze helemaal zelf kunnen zwemmen. Ongelukkige kinderen zullen we duidelijk maken dat ze bloemen zijn in een prachtige tuin en dat ze moeten blijven groeien, zelfs al is overal met gif gespoten. Ongelukkige kinderen zullen we vertellen dat de zon alleen dankzij hun gelach nog zin heeft om 's morgens op te komen en dat de wereld helemaal in duisternis gehuld zou zijn als zij er niet waren. Ongelukkige kinderen zullen we zeggen dat zonder hen de aarde niet meer zou kunnen ademen en geen reden meer zou hebben om te blijven draaien.

Samen met de ongelukkige kinderen zullen we ruitenwissers in de hemel maken voor als het te hard regent en kerstbomen met vallende sterren erin om ontelbaar veel wensen te kunnen doen. Tegen alle ongelukkige kinderen zullen we zeggen dat het Land zonder grote mensen, als we ons uiterste best doen, de wereld van morgen zal zijn.

Met dank aan:

Elisabeth en Dominique Khayat, Tristan Khayat, Frédéric Koskas. Robert Laffont voor zijn onvermoeibare steun. Anne Carrière en haar medewerkers. Christian Bobin, Claire en Robert Roth en Michel Bartoli, bevlogen boekhandelaars, voor hun bemoedigende woorden. Julie Lachenaud, een geweldige kinderarts. Marc Lévy en Hubert Taieb. Yves Abouaf, Richard Bessis, Jihane Sfeir, Nour Khayat-Sfeir, Poupy, Marie-Noëlle Descamps, Bertrand Schiro en Marie-Noëlle Japy. Farid Naïr, David Koskas, Emily Lutyens en Alice, Denis Koskas. Jérémy Gabriel, Perla en alle harten van glas.

En Fernanda in het bijzonder.